TOM WOLF

KRISTALLKLAR

Mord à la carte

Preußenkrimi

berlin.krimi.verlag

Die Personen und Handlungen dieses Romans sind frei erfunden. Ähnlichkeiten mit tatsächlichem Geschehen sind zufällig und nicht beabsichtigt.

Bibliografische Information der Deutschen Nationalbibliothek

Die Deutsche Nationalbibliothek verzeichnet diese Publikation in der Deutschen Nationalbibliografie; detaillierte bibliografische Daten sind im Internet über http://dnb.d-nb.de abrufbar.

KulturBrauerei Haus S, Schönhauser Allee 37, 10435 Berlin
post@bebraverlag.de
Lektorat: Gabriele Dietz, Berlin
Umschlag: Hauke Sturm, Berlin, unter Verwendung eines Gemäldes von Emanuel Gottlieb Leutze, »George Washington Crossing the Delaware«, 1851, corbis, Düsseldorf
Satzbild: Friedrich, Berlin
Schrift: Stempel Garamond 10/13,5
Druck und Bindung: Norhaven A/S, DK – Viborg
ISBN 978-3-89809-514-3

www.bebraverlag.de

Friedrich dem Einzigen

Historische Personen und *fiktive Hauptakteure*

Barker, Henry – Waffenkonstrukteur
Barker, William – Waffenschmied, Bruder des Vorstehenden
Beeren, Gerardine von – Urenkelin Honoré Langustiers
Clyber, Elisabeth (Lizzy) – Tochter von Louise Clyber
Clyber, Louise – Schwester von Émile Joyard; Gutsbesitzerin
Decker, Friedrich – Sohn Heinrich Deckers, Forstlehrling in Rheinsberg, AB
Decker, Heinrich – Lehnschulze des Kolonistendorfs Neu-Charlotte, AB
Fersen, Hans Axel von – Favorit Marie-Antoinettes, C
Fetschow, Heinrich Friedrich Gottlieb – Wechselhändler (Bankier)
Friedrich II. – König von Preußen
Gant, Ebenezer – Tabakhändler
Heinrich, Prinz – Bruder Friedrichs II., AB
Joyard, Émile – Erster Hofküchenmeister i.R., AB
Lalande, Jérôme de – Kriegsveteran, Ballonpionier, C
Langustier, Honoré – Zweiter Hofküchenmeister i.R.
Langustier, Rahel – Ehefrau von Honoré Langustier
Lucchesini, Girolamo – Kammerherr, Bibliothekar und Vorleser
Mencken, Anastasius Ludwig – Geheimer Kabinettsekretär
Mirabeau, Honoré-Gabriel Riquetti, Comte de – Publizist, Spion

Mylenthal, Johann Amadé – Adjutant von Prinz Heinrich, AB
Pentland, John – Sekretär von Benjamin Walker, *C*
Pfeiffer, Johann – Gehilfe Heinrich Deckers, AB
Philippi, Karl Johann Albrecht von – Polizeipräsident
Polk, Alexander – Farmer, C
Quandt, Marie von – Tochter Honoré Langustiers
Saint-Sauliac, Philippe de – Lecteur des Prinzen Heinrich
Schickler, Johann Jacob – Großbankier
Sterling, Bill (Black Eagle) – Fellhändler
Theden, Johann – Generalchirurg, Charité-Chef
Walker, Benjamin – Abgeordneter, *C*
Zimmermann, Johann Georg Ritter von – Arzt

C: Society of the Cincinnati (Cincinnatus-Orden)
AB: Gemeinschaft der Amerikanischen Brüder

Die einzigen gefährlichen Feinde
Eurer Majestät sind Ihre Köche ...
Johann Georg Zimmermann

Könnten die Menschen
auch noch durch die Luft fahren,
so wäre ihre Schlechtigkeit
rein gar nicht mehr zu zügeln.
Gottfried Wilhelm Leibniz

Ostersonntag, 16. April 1786

Auf einer roten Decke lagen sie, die Ellenbogen aufgestützt, zwischen Feldsteingrotte und Vorjahresschilf.
Am jenseitigen Ufer leuchtete das Rheinsberger Schloss in der Mittagssonne. Prinz Heinrich, ein jüngerer Bruder des Königs von Preußen, war sehr begierig, den hübschen Jüngling an seiner Seite zum Buhlknaben zu machen. Philippe de Saint-Sauliac nannte er sich und diente ihm seit Wochen als Gesellschafter. Die eigentümliche Unterbrechung der linken Augenbraue entstellte das Gesicht des Zwanzigjährigen keineswegs, sondern machte es nur noch anziehender, fand der Prinz und schwärmte, während er ihre Gläser wieder mit Bourgogner füllte:
»Die ersten Blumen blühen so frisch an der Quelle! Und wie leise die Bäume flüstern ...«
Er wies mit wachen, leicht auswärts schielenden Augen auf einen nahen Waldhügel, dem ein kleines Wasser entsprang. Philippe erwiderte:
»Die welken Blätter des Rohrs schwanken wahrlich so sanft, als gelte es, ein liebend Paar in seligen Schlummer zu wiegen. Auch verbergen sie uns vor dem Auge der Welt in paradiesischer Einsamkeit ... Der Geist Egeriens wirkt das Wunder, mein Prinz! Solche Stelle sah ich schon einmal, in jenem Land, das so sehr nach Ihnen ruft.«
»Wie machen mich deine Worte glücklich und hoffnungsfroh ...«, entgegnete der Prinz. »Fürwahr, Liebster! Arkadiens Gefilde ... Egeria ...«

Er war voller Sehnsucht nach Philippes Berührung, aber auch nach Italien. So viele Sehnsüchte peinigten ihn gleichzeitig … Trotz eines gewissen Glanzes, den er bei aller Hässlichkeit um sich zu verbreiten wusste, war er der Einsamste und Unglücklichste der Menschen. Mit warmem Timbre rezitierte er:

»Unbeirrbar führt Eros, mit sicherer Hand,
den Schiffer zum Bett des Geliebten,
in der Höhle tiefem Born versteckt.
Kein Bildwerk stört das milde Waldesgrün.
Ein Becken, das längst sprang,
hemmt nicht die Flut der Quelle,
und Kräuter blühn den Bach entlang
bis hin zum vollen See …«

»Tibull?«, fragte Philippe, der sich bei den römischen Dichtern nie sicher war.
»Properz!«, entgegnete der Prinz. »Wie willst du beweisen, dass du schon dort warst, im gelobten Land der Quell-Nymphen und Faune, wo die Zitronen blühn …?« Er seufzte. »Ich, der ich mir mein Italien hier stückweise imaginieren muss, bin voll des zweifelnden Neides …«
Er nahm Philippes feine Hand. Viel ging dem Erwählten im Kopf herum. Dieser Prinz war keineswegs schön, nicht im griechischen Sinne, wie Winckelmann es dargestellt … Philippe war verwirrt. Er hatte des Prinzen Gesellschaft aus eigennützigen Gründen gesucht, doch jetzt glomm ein unbekanntes Gefühl in ihm auf. Zum ersten Mal in seinem von Grund auf verpfuschten Leben war er an einen paradiesischen Ort gelangt, an dem er vielleicht um seiner selbst willen geachtet und … geliebt würde? Gefährdete diese eigenartige Empfindung seine Absichten?
»Obgleich ich oft schwindele – diese Reise hab ich getan, mein Prinz!«

Ein verhärmter Zug um die Lippen ließ sein Gesicht für Sekundenbruchteile alt und hässlich wirken. Verdammter Spitzbube, dachte Prinz Heinrich.

»Meine Eltern starben, kaum dass ich auf der Welt war. Ich wuchs in einem Waisenhaus auf. Lange kannte ich nicht den Namen meines Vaters ... Ein Blutsverwandter, der mich 1779 aufsuchte und es durchaus gut mit mir meinte, verriet ihn mir. Doch ich schlug sein Angebot aus, mir im Fortkommen behilflich zu sein. Ich wollte meine eigenen Abenteuer erleben und entfloh der Anstalt, als man mich in eine Weberei stecken wollte. Als Begleiter eines Mannes mit ähnlichem Schicksal gelangte ich nach Italien. Ihr kennt ihn, er war ein mathematisches Genie, als Findelkind bei einem Glaser aufgewachsen, der Rousseau hieß ... Die Damen flogen auf ihn wie die Bienen auf einen blühenden Apfelbaum ...«

»Genie? Mathematik? Findelkind? Oh – Jean-Baptiste le Rond d'Alembert!«, sagte der Prinz und lachte kurz auf. »Ha! Nicht möglich, in welche Phantastereien dein Geist sich erneut versteigt! Du willst als Knabe Reisegenosse jenes Mannes gewesen sein, der von meines Bruders Geld lebte? Ich kann es nicht glauben.«

»Und doch ist es wahr!«, sagte Saint-Sauliac, fein lächelnd und wieder in entspannter Schönheit. »D'Alembert nahm mich mit von Paris nach Rom, wo er das Pharo-Spiel studierte. Er hegte die Hoffnung, den Zufall durch Theorien und Spielsysteme zu besiegen: die *Progression*, das *Martingale*, die *Montante Américaine*. Es ist sieben Jahre her, und ich war erst dreizehn, dem Alter nach. Doch ich ging schon für sechzehn durch, und man ließ mich als Diener meines Herrn mit hinein in die Höllenstuben der Hazardeure. Da auch der reiche Lohn meinen wachsenden Bedürfnissen nicht genügte, musste ich meine Fähigkeit, für mich selbst zu sorgen, stärker kultivieren. Ich verwandelte also d'Alemberts Hypothesen zu vorgeblich unfehlbaren Anleitungen für das Pharo, ließ alles sehr schön drucken und verkaufte diese Gewinnrezepte für teures Geld an unheilbar Spielkranke. Ein oder zwei Dutzend Menschen haben sich so beim Pharo ruiniert ... Ich gab Rom und meinem Herrn Valet, als man einen Prozess gegen d'Alembert anstrengte, der unweigerlich zu meiner Verurteilung geführt hätte. Ich schloss mich somit 1780 einem Manne an, der jetzt Kammerherr Ihres Bruder ist und damals im Begriffe stand, Rom in Richtung Potsdam zu verlassen ...«

Der Prinz war unschlüssig. Das Gehörte war unerhört dreist erlogen und gut ausgedacht, befand er. Die neuerliche Wendung war vollends verblüffend:

»Girolamo Lucchesini!«

»Erraten! In Straßburg trennten sich unsere Wege. Ich ging nach Paris, wo ich lange blieb. Dann war ich in London, bevor ich wieder nach Paris zurückkehrte und Euch traf ... zu meinem Glück!«

Ein Schatten zog über Philippes Gesicht. Nur Tölpel logen nie, aber kein Lügner von Format log immer. Auf die richtige Dosierung der Lügen kam es an. Man musste nur erkennen, wann es überhaupt genug war mit diesem Lügen-Leben und man ein Ende zu setzen hatte! Und wahrlich: Einer musste sterben, damit die anderen das Leben wieder mehr schätzten. Vor Jahren war es noch zu früh gewesen, er war auf halbem Wege stecken geblieben ... Aber nun konnte er an den ersten Versuch anknüpfen, und es bereitete ihm – bei aller Perfidität – auch noch Vergnügen.

Der Prinz redete jetzt von Amerika und von den Amerikanern, denen sie morgen begegnen würden. Er nannte endlos viele Namen, doch Philippe hörte nur mit einem Ohr zu, auch wenn ihn diese Sache interessierte. Noch hatte er sich nicht entschieden, was er davon halten wollte. Er hätte das Geld, sich in Nordamerika anzusiedeln. Ob er mit den Amerikanern ginge? Wenn er erst sein Kunststück fertig gebracht hätte, vielleicht. Philippe tastete an die Stelle seines Rockes, an der sich,

gut verwahrt, jenes knisternde Papier befand, das Berge versetzen konnte. Das war die Macht des Geldes, nun erst spürte er sie ganz.
»Erzähl nur weiter, auch wenn ich dir kein Wort glaube«, sagte Prinz Heinrich, der hinter Philippes Irritation die Verstrickung im eigenen Lügenmärchen vermutete.
Sein Adjutant und lang verwichener Gespiele Mylenthal, stets vergeblich bemüht, ihm neue, eventuell bedrohliche Bekanntschaften vom Leib zu halten, hatte interessante Nachforschungen über den falschen Namen des schönen Lügners angestellt.
»In Rom also willst du Egeriens Quelle aufgesucht haben?«
Philippe nickte ernst und fuhr dann lächelnd fort:
»Zum Beweis vermag ich es Euch zu schildern, wie Ihr es nirgends in der Literatur beschrieben fändet: Vorüber an den Gräbern der Scipionen, vorüber auch am prächtigen Denkmal der Cäcilia Metella, gelangte ich in ein liebliches Tal. Ein träges, schmales Gewässer durchfloss es, verborgen unter großen Stängeln und Blättern der Canna. Wogende Getreidefelder und frisches Wiesengrün zeigten sich zu den Seiten. Tausende von Anemonen blühten im Gras. Ich kam ans Ende des Tales, wo an einem kleinem Hügel – einem Hügel ganz wie dieser dort! – ein Schäfer bei seiner Herde lag. Baumwurzeln und Efeuranken schmückten und verhüllten den Eingang zu einer Grotte, aus dem das Wasser kam. Ich ging hinein. Netzförmiges Mauerwerk bildete Wände und Wölbung, und aus grünbemooster Marmorfassung rieselte der starke Quell zuerst in ein Becken. Alle Wände, der Eingang und der Fußboden waren dicht und weich mit dem feinblättrigen Venushaar überwuchert, das auf seinen leichten, rotbraunen Stängeln, jeder Luftbewegung folgend, mich zitternd und nickend zu begrüßen schien …«
Weiter kam er nicht in seiner Schilderung – die Lippen des Prinzen setzten ihr ein Ende …

»Wenn du mir weiter von Egeriens Quelle erzählst, die ich dort drüben anzulegen gedenke, will ich meine Betrübnis vergessen und dir jedes Wort mit einem Kuss vergelten!«
Philippe ließ es geschehen. War die unwahrhaftige Zeit endgültig vorüber? Für einen Moment, in dem sich die Rabenschwärze seines Zukunftshimmels in strahlenden gelben Schein verwandelte, glaubte er es wirklich. Der hübsche Admiral, der sich auf eine Distel vor ihnen gesetzt hatte, rührte die Flügel und flatterte davon. Unsinn, dachte Philippe. Dieser Prinz war ein gefährlicher Einfaltspinsel! Jeder wusste das. Er benutzte ihn, er benutzte sie alle. Er war unberechenbar gleich diesem Schmetterling. Schon lag Philippe wieder im trüben warmen Bad seiner Einsamkeit. Er kannte die wahre, die beißende Armut ... Er hatte lange die Bedrängnis wie die Spitze eines Dolches auf der Brust gespürt. Jetzt würde er den Spieß umdrehen und sich vor der Ausführung seines Plans einmal amüsieren, wo stets das Amüsement auf seine Kosten gegangen war ... Wie im Spiel, wie nebenbei! Alles ergab sich so günstig, nur auf die Entschlossenheit kam es an, auf die Entscheidung, Ernst zu machen. Er hatte sich die Lokalität angesehen. Dazu war in den vergangenen Wochen mehrfach Gelegenheit gewesen. Es gab keinen besseren Ort! Oft hatte er gedacht, dass es besser gewesen wäre, gar nicht in dieses altersschwache Land zu kommen. Das zu nehmen, was er hatte, und unterzutauchen ... Doch dann nagten die Zweifel. Bohrten ... Das wäre kein Anfang, das wäre eine Fortsetzung seiner peinigenden Flucht, vor *ihm* und vor sich selbst ... Er musste es tun ... Alles auf die Spitze treiben, dann wäre die Erlösung umso größer. Kein reinigendes Bad, das dem gleichkäme: Er würde verschwinden, und, vom Fluch des Ursprungs gereinigt, ganz woanders – weit weg – neu an...
Ein Ast knackte im Wald.
»Das ist bloß der Hirsch, der Euch folgt«, sagte Philippe, obwohl er mit bloßem Auge gesehen hatte, dass es Prinz Hein-

richs Adjutant war, der sich lauernd hinter ihnen herstahl. Zusammenzuckend und sich umwendend, glaubte auch Prinz Heinrich, eine Bewegung am Hügel mit der Quelle und das Blinken eines Perspektivs im frischen Waldesgrün gesehen zu haben. Immer musste er auf der Hut sein, selbst hier im Park, vor zudringlichen Blicken.

»Lass uns zum Tempel der Freundschaft hinaufgehen, Liebster!«, sagte er. »Und nenn mich ab sofort Henri, bis ich es dir wieder verbiete!«

Das konnte schon morgen sein, dachte Philippe. »Tempel« war ein Euphemismus. Selbst die unansehnlichste Schäferhütte wurde dem Prinzen zum »Tempel« … Philippe schleuderte die leere Bouteille in hohem Bogen in den See. Prinz Heinrich lachte und zog sein williges Opfer auf den terrassierten Hügel, auf dem bald *sein* Obelisk errichtet würde, und immer weiter in die Tiefe des Boberow-Walds.

Ostermontag, 17. April 1786

Ploppend wie ein Kolkrabe spuckte der Kutscher aus, dann knallte er mit der Peitsche. Er wunderte sich über nichts mehr. Diese Amerikaner! Jawohl, die Amerikaner ... Etwas war im Schwange zwischen Preußen und dieser sogenannten Konföderation überm großen Teich. Jener Teich war viel größer als alle märkischen Seen zusammen, aber aus schiffbarem Wasser bestand er auch. Die Vereinigten Staaten strebten ein Bündnis mit Preußen an. Sie wollten Tabak, Waffen und Felle verkaufen ... und was sonst noch alles. Insgeheim, dachte der Kutscher, wollten sie bloß von seinem König anerkannt werden, wo alle Welt – außer Frankreich – sie bisher nicht für voll nahm.

Am Seeufer war die achtköpfige Delegation des Zweiten Kontinentalkongresses der Vereinigten Staaten vom Planwagen gestiegen, nachdem er sie die halbe Nacht von Potsdam hergefahren hatte. Jetzt schlugen sich die in der Mehrzahl blau-rot-weiß uniformierten Herren seitlich in den Wald. Zwei von ihnen waren ziemlich kurz geraten, reichten ihm nur bis knapp über den Bauchnabel. Daneben stampften ein rechtes Fass von Mann davon und ein schmaler Ballonist. Das dicke Paket aus Stoff und Schnüren sowie ein Nachen an der Wagenseite war angeblich sein Ballon, der *Aerostat*. Seit Tagen fuhr er sie mit einem langen Sechsspänner durch die Gegend – einem von der Sorte, die auf gut Lateinisch *Omnibus* hieß, weil zehn und mehr darin Platz hatten. Der König hatte sie schon einmal zur Begrüßung empfangen. Doch mit den Geschäften, die sie ab-

zuschließen gedachten, war es nicht weit her. Dieses junge Land drüben brauchte alles Mögliche, was man dort noch nicht selbst herstellen konnte. Doch so schnell schossen die Preußen nicht, schon gar nicht beim Geschäftemachen. So würden die Amerikaner noch etwas in Potsdam bleiben müssen, auch einen öffentlichen Ballonaufstieg wollten sie vorführen, bevor sie die Rundreise durch Europa anträten.
Diese Amerikaner, dachte er, und schwang die Peitsche: Hü! Eben erst ging irgendwo hinter den Hügeln die Sonne auf. Was sie nur hier in der Einöde suchten, hatte er nicht ganz begriffen. Wollten partout das letzte Stück durch die Silberkehle zu Fuß laufen! Wo dort bis am späten Vormittag der Dunst von den Seen durchzog, dass man kaum die Hand vor Augen sah! Vergeblich hatte der Mann auf dem Kutschbock den Eigensinnigen begreiflich zu machen versucht, dass es bequemer wäre, sich das kurze, aber höchst steile Wegstück zum Clyber'schen Gut Neu-Charlotte hinauffahren zu lassen. Aber weder davon, noch von den alten Legenden, diese Schlucht betreffend, wollten sie etwas hören ... Immerhin, alle sprachen mehr oder weniger fließend Deutsch und Französisch. Dass sie fast ausnahmslos aus North Carolina kamen, lag daran, wie sie behaupteten, dass das der fortschrittlichste unter den dortigen Staaten war ... Und dass der alte Clyber, der Neu-Charlotte aufgebaut hatte, aus Amerika gekommen war, das wusste er.

An den lehmigen Steilhängen der Silberkehle kämpften die Bäume seit Generationen ums Überleben. Stellenweise hatte sich das Totholz zu dicken, bemoosten und pilzüberwucherten Strängen formiert, die bis an die Findlinge im kleinen Wildbach herabreichten. Zwei Fuß breit war der Schlammpfad rechts des Wassers. Nach der ersten Biegung wurde er steiler. Spechte rührten die Baumtrommel, und eine Waldamsel floh mit Gezeter ins dichter werdende Grau des Nebels.

Henry Barker und sein Bruder William duckten sich unter einem querliegenden Baumstamm hindurch, den alle übrigen aufwändig umwandern mussten. Die kleinwüchsigen Brüder redeten über ihr liebstes Kind, die vierläufige kurze Rifle, die sie griffig »Barker-Four« genannt hatten und dem König in großer Zahl zu verkaufen gedachten ... Auch den Franzosen und wem immer! Vier Schüsse in schneller Folge konnte ein *rifle-man* damit abfeuern. Das konische Zündloch beim vierläufigen Batterieschlosswender war eine Meisterleistung der Waffenbaukunst – der Monarch würde sehen, dass die Amerikaner den Preußen mehr bieten konnten als Waltran, Reis und Virginiatabak. Mit Barker-Fours könnten die 1 140 Musketiere der zehn Normalkompanien eines preußischen Infanterieregiments, das hatten sie ausgerechnet, theoretisch neuntausend Schuss pro Minute abfeuern! Das wären doppelt so viele wie bisher. Aber das Batterieschloss leierte noch immer rasch aus, nach etwa tausend Schuss, und musste daher dringend verbessert werden ... Jeder in der Gruppe trug eines: die acht besten Gewehre, die es auf der Welt gab!

Der Kongressabgeordnete Benjamin Walker, Anführer der Truppe, fünfzig Jahre alt und etwas untersetzt, gab den Versuch auf, mit den quirligen Brüdern Schritt halten zu wollen. Walker war im Geiste ganz woanders. Er saß wieder mit Friedrich von Steuben und Henry Knox im Sommerhaus des reichen Wallstreet-Kaufmanns Verplanck, wo sie die *Society* gegründet hatten, ihre Geheimgesellschaft siegreicher Freunde, den Kriegsversehrten ein Trost, den Witwen, Waisen und Veteranen eine Stütze, ideell und auch materiell ... Die Republik, dachte Walker, wäre bloß ein Übergangszustand. Auch sein verflossener Geliebter Steuben sah das so. Kein Amerikaner war reif dafür ... Steuben, der Preuße, hatte das dahergelaufene Läusepack erst in eine Truppe umgeformt. Und sein *très cher ami*, Prince Henry of Prussia, würde Amerika zu einem zweiten Preußen machen, einem humaneren, freieren ...

Beim Gedanken an Henri schlug Walkers Herz heftiger – seit ihren gemeinsamen Pariser Wochen tat es das schon, jeden Tag, immer wenn er an ihn dachte ... Favorit eines Königs! Eine erhebende Vorstellung.

Jérôme de Lalande folgte Walker mit Todesverachtung. Jener Mann, dem er nun hier in Berlin vor Gericht begegnen sollte, hatte seinem alten Herrn die einzigen Dinge von wirklichem Wert genommen: seine Ehre und seinen Stolz! Als gebrochener Mann war der Vater buchstäblich verendet, ein Jahr nachdem seine Gattin bei einer in mehrfacher Hinsicht schrecklichen Geburt das Zeitliche gesegnet hatte ...

Lalande zwang sich, nicht daran zu denken. Er hatte seine wissenschaftlichen Studien in Paris schleifen lassen und ein paar Jahre zu Hause in Saus und Braus und Nichtstun verlebt. Dann plötzlich war ihm der amerikanische Traum wie ein Rettungsanker erschienen. Was ihm sein Vater, der Marquis Auguste Philippe de Lalande, bei seinem Tod 1767 hinterlassen hatte, das Schloss und die Ländereien bei Rouen, hatte er zu Geld gemacht und war 1779 mit einer angeworbenen Söldnertruppe nach Amerika gefahren. Wer in den Vereinigten Staaten jetzt wieder mit monarchistischen Strukturen liebäugelte und unterm Deckmantel des gemeinnützigen Cincinnatus-Ordens ein Militärregime im Land einführen wollte, nachdem sie durch viel Blut und Geld, geopfert von Männern seines Schlages, endlich das englische Kron-Joch abgeworfen hatten, schwieg in seiner Gegenwart besser. Der nordamerikanische Staatenbund würde nicht mehr von Sturmwinden geschüttelt.

Wohl aber sein Ballon ... Wie ließe ein Aerostat sich steuern? Wie könnte ein Antrieb aussehen? Es schien Lalande wie in der Demokratie zu sein: Die gute Hoffnung allein, der frische Wind, trieb das Gefährt vorwärts ...

Der fünfte in der Reihe, Alexander Polk, lüftete den Dreispitz überm Blondhaar und atmete den Duft der erwachenden Erde ein. Das hätte auch irgendwo in den Blue Ridge Mountains sein können. Oder in den Great Smokics ... Polk vertrat das Gros der Bauern, Nordamerikas wirtschaftliche Hauptstreitmacht in Friedenszeiten. Er glühte vor Patriotismus für die junge amerikanische Konföderation, vor allem für North Carolina, das in allem den Ton angab. Kein Oben und kein Unten mehr gab es da, keine Rang- und keine Standesunterschiede und keine Vergünstigungen! Nur Gottes wachsames Auge strahlte über allem. Auch er, der Neffe des Stadtgründers von Charlotte, ein hochdekorierter Soldat, fing mit 25 noch mal klein an. Vorausgesetzt, es läge ihm daran, sein Glück zu machen. *Goddamned* – daran lag ihm in der Tat! Wenn es einen gab, der die Ideale der Cincinnati verkörperte, dann er: vom Pflug zum Schwert, und vom Schwert zurück zum Pflug. Plötzlich gab es hinter ihm ein schmatzendes Geräusch, gefolgt von einem dumpfen Klatschen.

»Verfluchter Matsch!«, sagte John Pentland, Walkers Sekretär. Er war abgerutscht und saß im Dreck. Auch die Barker-Four, mit der er sich im letzten Moment abzustützen versucht hatte, war ihm keine Hilfe gewesen. Trotz Grauhaar und Alterstonsur war er gewöhnlich nicht so unbeholfen. Er trug eine Brille auf der fein geschwungenen Nase und prüfte als Erstes, ob die kleinen elliptischen Gläser heil geblieben waren ...

Walker, Lalande und Polk drehten sich um und verfolgten grinsend Pentlands angestrengte Bemühungen, wieder aufzustehen.

»Der Dichter Goathie hat ein Gedicht für uns Politiker geschrieben«, sagte Walker. »*Beherzigung*. Miss Kärsch las es gestern bei Nickley vor, dem Buchhändler. Ein Jammer, Pentland, dass Sie nicht dort waren! Zwei Zeilen daraus bloß an Ihre Adresse: *Sehe jeder, wo er bleibe ... und wer steht, dass er nicht falle!* Beherzigen Sie das, denn als mein Sekretär sind Sie ebenfalls in der Politik. Sie können nicht immer nur trinken und Termine verpassen.«

Pentland hatte Polks hilfreiche Hand ergriffen. Jetzt stand er wieder aufrecht, wischte sich grob die Erde von der Seite und entgegnete flapsig:
»Ach, der Müller Goathie aus dem Beaufort District ... Der hat eine hübsche Tochter, ich sah sie einmal mit ihren Brüdern bei der Kirchmesse in St. Peter's Parish ...«
Walker schüttelte ernst den Kopf.
»Nicht George Goathie von der Goathie-Mill ... Aber der ist immerhin ein Vetter des dichtenden Administrators vom Duke of Weimar. Goathie muss zur selben Zeit über die Great Wagon Road gekommen und in der Gegend hängen geblieben sein wie Polks Vater.«
»Das erklärt für mich irgendwie die Neigung unserer Alten, Schulmeister-Gedichte zu schreiben ... Wie weit ist's noch?«, bläffte Pentland. »Weshalb müssen wir eigentlich hier hochkriechen, wenn es von dem Gut aus ebenerdig hinübergeht, wie der Wagenlenker angedeutet hat?«
Er reagierte zunehmend gereizt auf Walker. Seit Frieden herrschte, hatte sich der drahtige Offizier, der ihnen früher vorm Gefecht blutige Stellen der *Ilias* aus dem Gedächtnis rezitierte, in einen weichlichen Langweiler verwandelt.
»Da vorne rüber und links hoch! Da oben muss das Denkmal sein!«, sagte Walker. »Warum wir hier hinaufsteigen? Weil es der Prinz, unser Gastgeber, so angeordnet hat, ganz einfach! Zu einem Tempel schlendert man nicht, man muss den Aufstieg mit all seinen Gefahren hinter sich bringen! Das ist ein Grundprinzip bei seinem Orden, den Amerikanischen Brüdern: Alles muss erarbeitet werden. Selbst geschafft, aus eigener Kraft! So wie wir Cinicinnati es auch halten wollen, im Krieg und im Frieden.«
Red du nur, dachte Pentland und lächelte. Du und dein Prinz, ihr seid füreinander geschaffen ...
Sie hatten sich bis auf Sichtweite ein paar bemoosten Bohlen genähert, die über dem Bach lagen. Auf der anderen Seite

schnürte der Pfad steil an der Bergflanke hinauf. Es dauerte eine ganze Weile, bis sie weit genug hinaufgekommen waren, um durch die vorüberziehenden Dunstschwaden oben, links am Hang, eine Treppe aus Granitbrocken zu sehen. Unklar, von welchem Punkt sie ausging. Mauerwerk und eine Tür entdeckten sie, und die steile Steintreppe führte bis zum schroffen Schluchtrand, wo kurz durch Dunstfetzen ein Obelisk majestätisch aufragte.

»Wenn ich die Worte des ... äh ... Adjutanten des Prinzen ... richtig verstanden habe«, sagte Walker, »lagert dort in der kühlen Eiskaverne der Vin de sec, den wir nachher trinken werden. Der alte Hofkoch, dessen Erhebung wir zelebrieren wollen, hat angeblich beim Denkmal ein Buffet aufgebaut!«

Hallos und Hochs ertönten. Das war Anreiz genug, die Wanderung umgehend fortzusetzen.

»Welcher alte Hofkoch?«, fragte Lalande entgeistert.

Sie alle folgten Walker wie in Trance. Die Überfahrt über das weite Meer war so strapaziös gewesen, dass sie Lalande während der drei Wochen oft scherzhaft angefleht hatten, doch bitte mit dem Ballon die Fahrt abzukürzen ... Sie waren zu matt, um das Programm zu memorieren, das Walker ihnen schon auf der folgenden Landpartie von Emden in die Residenzstadt Potsdam unterbreitet und detailliert zu erläutern versucht hatte.

»Émile Joyard, der berühmte Erfinder des *chapon au vin*!«, sagte Walker leichthin.

Lalande war blütenweiß geworden. Das hatte er nicht ... Und wenn er es gewusst hätte, wäre er an diesem Tag in Potsdam geblieben, wäre nicht hierher mitgekommen ... Wie sollte er den erheben, wie dem brüderlich begegnen, der morgen im Berliner Gerichtssaal sein Kontrahent wäre? Mein Gott – er hasste diesen Mann ... und jetzt das! Er würde sich vor dieser drohenden Begegnung in die nicht vorhandenen Büsche schlagen ... Später, nach dieser zweifelhaften Feierlichkeit, wäre der

Anblick dann schon irgendwie zu ertragen ... ein Moment, vor dem ihm dennoch graute ... Morgen müsste er ihm ohnehin ins Auge sehen ... Ja, morgen ... aber sofort? Undenkbar ...

Bill Sterling, hochgewachsen und kräftig, mit einem sonnengegerbten, groben Gesicht, hätte gut als Sizilianer durchgehen können. Er trug jedoch nicht wie alle anderen die Uniform der Kontinentalarmee, sondern Hosen aus Büffelleder und eine Jacke aus Waschbärenfell. Sterling betrieb Fellhandel und hatte im Krieg ein paarmal den Kundschafter gespielt, da er sich in den Bergen auskannte. Soldat hatte er nie sein wollen. Daher fehlte an seiner Brust der schöne kleine Orden mit dem schwarzen Adler der Cincinnati, was ihn ein wenig neidisch stimmte. Sterlings Vater, ein britischer Offizier, stammte ursprünglich aus Mecklenburg. Es ging das Gerücht, dass seine Mutter eine Catawba-Indianerin war, was er stets nur mit einem Lächeln kommentierte. Wegen dieses Gerüchts, der schwarzen Locken und der gewaltigen Adlernase nannten ihn alle *Black Eagle*. Er war immerhin bei Catawbas aufgewachsen, dann mit Glück in ein Waisenhaus der Benediktiner bei Altamont gekommen, wo er, als man ihn lesen gelehrt, endlich entziffern konnte, was er als Findelknabe bei sich getragen: das Soldbuch, das sein desertierender Vater auf der Farm zurückgelassen ... Black Eagle hielt nicht viel von Wegen wie diesem. Schluchten vertraute er sich ungern blindlings an. Außerdem brauchte er Bewegung nach der Planwagenfahrt. Wenn er gute Ideen bekommen wollte, etwa um diesem seltsamen König die Felle der Appalachen für seine Husarenuniformen anzupreisen, war es am besten, er streifte ziellos durch den Wald. Er sah Rehe weit oben am Steilhang. Schon flog er hinauf ...

Ebenezer Gant, der dicke Tabakhändler, gebot zwar nicht über indianische Sprungkraft, aber sein Gehör stand dem von Black Eagle kaum nach. Das graumelierte Langhaar war im Nacken mit einem farbigen Flechtband zusammengeschnürt. Die Nase, unförmig breit, war blasig-rot von zu viel Feuerwasser. Gant hatte das typische Rascheln von Vorjahreslaub, wenn ein Rudel Paarhufer sich im Wald bewegt, ebenfalls gehört. Und er hörte den Waldmenschen Sterling hinaufklettern. Er blieb stehen und setzte das Kurzgewehr ab, zog an der Pfeife und genoss den warmen, mulmigen Geschmack des Tabakrauchs. Die anderen waren noch zu hören, nur ein paar Schritte weiter vorne. Also könnte er ruhig ein Päuschen machen.

»Gant, Sie Faultier! Ein Stück noch, dann haben wir es geschafft!«, rief ihm der spindeldürre Pentland zu. Gant hasste ihn wie die Pest ...

Auf der Kuppe vor dem Obelisken stand eine lange Tafel, flankiert von zwei Reihen einfacher Holzbänke. Das blau-weiß gestreifte Tischtuch lappte leicht, wo der kalte Wind darunterfuhr und es anhob. Ein Mann in altertümlich wirkender, goldbetresster Hoftracht, der eben die letzte Schüssel zurechtgerückt und ein paar bleierne, taschenuhrgroße Gewichte an die Tischdecke geklemmt hatte – Reliefs übervoller Blumenkörbe und Füllhörner –, setzte sich ans Ende der einen Bankreihe. Dann sackte er in sich zusammen.

6 66. Die verhängnisvollen Ziffern gingen ihm nicht aus dem Kopf. Émile Joyard hob den Blick. Wenn er sich vorbeugte, verdeckte die kalte Poularde die Buckower Kirche, die ihrerseits wie eine Glucke im dunstigen Waldtal saß. Von der anderen Seite des Tisches aus könnte er sie gar vor die Sonne schieben, die jetzt einen Fingerbreit überm Horizont als rosenroter Lampion am Morgenhimmel stand, unmittelbar seitlich des baumhohen Gedenksteins ... Der Mond war seit Gründonnerstag im Abnehmen begriffen. Noch hatte er die satte Eierkuchenfarbe der Dämmerung. Doch vor dem im Steigen heller und heller rot, dann orange lodernden Sonnenball würde er binnen Minuten verblassen. Der Himmel im Osten war aura-

tisch gerötet, während im Westen ein helles Blau mit grünlichen Wolkenschlieren aufschien.

1781, ein Jahr vor seinem Tod, hatte John Clyber, sein Schwager, den Obelisken errichten lassen. Bei der Schlacht von Breed's Hill hatte man ihm ein Bein weggeschossen. Als Kriegsversehrter ohne Rente wäre er in Amerika dem Untergang geweiht gewesen. Geerntet hatte er auf seiner kleinen Farm bei Charlotte-Town kaum etwas. Daher war er, als ihn die Nachricht vom Tode seines Vaters erreichte, der hochbetagt gestorben war und sich seiner im Testament erinnert hatte, mit Frau und Tochter aus Charlotte, Mecklenburg County, nach Preußen auf das Erbgut der Kleiberfamilie gezogen. Zur Markierung des Neuanfangs, aber auch aus Sentimentalität hatte er das Gut und die kleine dazugehörige Kolonie von Tabak- und Kartoffelbauern Neu-Charlotte genannt. Viel vorgenommen hatte er sich. Zu viel für sein Holzbein – die Prothese scheuerte bei der schweren Arbeit die Wunde auf, und die Entzündung vollendete, was der feindliche Kanonier am Breed's Hill so stümperhaft begonnen hatte.

Joyard schrak zusammen – ein Reh sprang an ihm vorbei. Für den Bruchteil einer Sekunde vermeinte er im Nebel über der Treppe zur Eiskute hinab ein menschliches Gesicht zu sehen. Doch als die nächste Dunstfahne verweht war, war es verschwunden. Wahrscheinlich hatte er sich getäuscht. Da nichts weiter zu hören und zu sehen war, versank er wieder in Gedanken.

Nach dem Tod des Schwagers war Joyard zur Schwester gezogen. Louise Clyber hatte das Schulzenrecht an Heinrich Decker verpachtet und lebte komfortabel, wenngleich zurückgezogen. Gutshaus, Heidekrug, Kolonisten-Siedlung und Mühle ... ihre kleine Welt. Er konnte von seinem Sitzplatz aus alles überblicken: Am Fuße des Abhanges dünstete der kleine Tornowsee vor sich hin, etwas linker Hand schwamm das Schulzenhaus im Frühnebel – fast ein kleines Schloss. Der arme Pfeiffer war Lakai im vormaligen Haus der Eltern, ein Spieler, ein Verlierer ... Sein jetziger Herr dagegen, der Schulze Decker, war ein notorischer Gewinner, ein gewiefter Geschäftsmann. Joyard blickte über die rechte Schulter und sah den Fußweg zur Silberkehle hin abfallen, einer tiefen Schlucht, die von der Landbrücke zwischen den beiden Tornowseen in engen Mäandern bis zur Hochebene hinaufreichte, wo das hell gelb getünchte Gutshaus und der ziegelrote Heidekrug das Bild dominierten. Im Grund genommen lebte er in Neu-Charlotte mehr als zufrieden. Die Suche nach einer Frau, die ihn verstand, hatte er aufgegeben. Seine Schwester hatte über die Jahre diese Rolle völlig ausgefüllt. Stolz war er auf sein Leben dennoch nicht ... Es war vieles aus dem Ruder gelaufen. Er hatte Fehler gemacht, die ihm nachgingen. Und er musste seit 1782 ein *in Rente* hinter seinen Namen setzen ... Die großen Unbekannten, die ihn damals mit ihrem seltsamen Schreiben aus dem Dienst katapultierten, hatten lange stillgehalten ... Doch jetzt wieder: 6 66. Er zitterte, dann zwang er sich, Haltung anzunehmen, atmete tief durch. Was zur Hölle sollte das bedeuten?

Joyards Gedanken kreisten, fanden keinen Halt. Sein Blick verlor sich in der Ferne über den nebligen Waldtälern. Was würde von ihm bleiben? Jenes vor achtzehn Jahren erschienene Buch? *Die Neue Küchenmeisterey*? Der Ruhm, Erfinder des *chapon au vin de bourgogne* zu sein? Oder als solcher zu gelten? Kochkunst war doch nichts als die Kunst, Diebstahl geschickt zu inszenieren und zu ummänteln! Joyard dachte an den leidigen Prozess, der jetzt von einem Franzosen gegen ihn angestrengt wurde. Längst passé das alles, hatte er gedacht. Ging es dem alten Langustier etwa anders? Dessen ach so berühmte und manchmal so trockene Kaninchen waren auch bloß ein abgewandeltes Standardrezept der Languedoc-Küche. Aber all das war nur Geplänkel, vorbei und vergessen. Es gab doch Schlimmeres. 6 66 ...

Joyards Herzschlag machte Bocksprünge, auch wenn er nach außen hin wie tot aussah. Die geheimsten Kammern mussten verschlossen bleiben! Er würde auf ewig allen zudringlichen Augen der Richter entziehen, was seinem Rufe schaden könnte. Er zwang sich, an Naheliegendes zu denken. Aus der halkyonischen Epoche stammte seine Tafeluniform, aus der Mitte des sich neigenden Jahrhunderts, als es am schönsten gewesen war, bevor der Siebenjährige Krieg begonnen hatte. Jetzt trug er sie zur Feier des Tages, auch ein bisschen zur Beschwörung des Glückes und zur Abwehr des Bösen. Vielleicht stürbe der König gar noch an Ostern? Er – Joyard – war nur ein Jahr jünger, doch er hatte weder Gicht noch sonst ein Zipperlein. Jetzt ergriff ihn wieder Zuversicht, und er straffte sich. Prinz Heinrich hatte derzeit noch kein Geld übrig, ihn als Zweiten Küchenmeister in Rheinsberg zu beschäftigen. Jetzt wirkte da ein gewisser Conrad oder Consag oder wie immer er hieß …

Dennoch setzte Joyard alle Hoffnung auf den Prinzen. Deshalb vor allem war er ja Mitglied der Amerikanischen Brüder geworden, diesem verspielten Geheimbund von Amerikafreunden, den sich der kleine Bruder des großen Königs ausgedacht hatte … 1785 hatte er, nach eingehender Beratung mit Schwager Ferdinand von Braunschweig, der in den Asiatischen Brüdern das Vorbild geliefert hatte, die Amerikanischen Brüder gegründet. Die Gemeinschaft sollte eine symbolische Bekräftigung des preußisch-amerikanischen Freundschafts-, Beistands- und Handels-Abkommens sein, Fraternisierung mit der Society of the Cincinnati.

Es taten sich ungeahnte Perspektiven auf. Nachdem Prinz Heinrich vierzig Jahre zu Hause hatte verharren müssen, war er 1770 im Auftrag des Bruders nach Russland gereist, wo ihm die große Katharina zur schwesterlichen Freundin wurde. König der Walachei war er zwar nicht geworden, was sie ihm erst zugedacht, aber die liebeserfahrene Kaiserin wechselte mit

ihrem Freund Heinrich unausgesetzt wärmste und gehaltvollste Briefe. Besonders gehaltvoll war ein Brief mit Geld gewesen, der es ihm ermöglicht hatte, 1784 standesgemäß nach Paris zu fahren … in die Welthauptstadt der schönen und der obskuren Künste, der Geheimbünde, für die sich der Prinz so begeisterte! Ein Traum war in Erfüllung gegangen! Der französische König hatte ihn in privater Audienz empfangen und den Freimaurer, Rosenkreuzer, Asiatischen Bruder Henri zum attachierten Ehren-Mitglied des französischen Zweigs der Cincinnati gemacht. In einen politischen Orden aufgenommen zu werden hätte allein schon völlig zur prinzlichen Verzauberung hingereicht – dass er noch dazu einen schönen Mann kennenlernte, Benjamin Walker, den früheren Aide-de-camp Friedrich Wilhelm von Steubens, des Generalinspekteurs der Kontinentalarmee, ließ ihn völlig in Glückseligkeit schwimmen. Seither sang er das Lied von Amerikas Revolution und das des Abgeordneten Walker …
Neu-Charlotte mit Clybers Monument und der heldischen Vorgeschichte des verdienten Kämpfers war der ideale Ort für den Tempel der Bruderschaft der Amerikanischen Brüder. Die bescheidene, bodenständige Ruhmeshalle für die Amerikanische Revolution glich einer Stabholzkirche – in Blockhausgröße. Über dem Eingang prangte bei jeder Zusammenkunft die Flagge der Union: dreizehn Streifen, sieben blau und sechs weiß, dazu ein Kreis aus dreizehn gelben Sternen in einem tiefblauen Quadrat links oben. Louise hatte sie genäht, nach einer Anleitung ihrer alten Freundin Betsy Ross aus Philadelphia. Benjamin Walker und die Seinen würden verzaubert sein …
Joyard war der prinzlichen Amerika-Bruderschaft als einer der Ersten beigetreten. Er hatte es auf ein Gerücht hin getan. Denn die echten Amerikaner hatten ein politisch begehrliches Auge auf den Prinzen geworfen … Als Logenbruder würde der Prinz sich seiner – Joyards – gewiss sofort erinnern, wenn

die Entscheidung gefallen wäre. Joyard fühlte die Aufregung, die ihm allein der Gedanke bescherte, künftig wieder Koch eines Königs zu sein. Aber … waren das nicht alles nur Spinnereien? Ein politischer Lanturelus-Orden – dem der Prinz ebenfalls angehörte? Sie wollten Joyard an diesem besonderen Tag, an dem die echten Amerikaner ihren Besuch am Denkmal machten, in den Stand eines »Ehrbaren Ruderers« erheben – in der Ordensmystik einer von denen, die Washington sicher über den breiten Fluss mit den Eisschollen gebracht hatten. Joyard hörte freudige Rufe und Gelächter vom Tempel her. Uniformen zeigten sich hinter den schütter belaubten Büschen. Na endlich, dachte er. Was man nicht ändern konnte, musste man durchstehen … Kurz darauf ertönte ein sehr eigenartiges, weltfremdes Hornsignal. Die Amerikaner, die echten und die falschen, erwarteten ihn im Tempel, und Joyard erhob sich, um … erhoben zu werden. Die paar Schritte zum Tempel würden ihn vielleicht etwas aufwärmen. Auf dem kurzen Weg wurde ihm jedoch wieder so kalt, als wehe ihn der Eishauch vom Delaware an. Denn da war sie wieder, die Ziffernfolge: 6 66 …

Gant schmauchte und dampfte, als sie endlich anlangten. Das Trapperblockhaus war sicher gut zum Tabaktrocknen. Die Gegend war eines der Hauptanbaugebiete in diesem kleinen Königreich. An der hündischen Verehrung, die Walker plötzlich an den Tag legte, erkannte er, wer sie da erwartete, hätte die prinzliche Uniform mit Ozelotkragen nicht schon alles gesagt. Walker und Prinz Heinrich umschlangen einander und tauschten den innigsten Bruderkuss, den man je gesehen … Brüder im Geiste und im Fleische. Der Adjutant des Prinzen schien derlei ganz normal zu finden, er verzog keine Miene. Entrüstet dagegen blickte ein schöner Jüngling zur anderen Seite des Prinzen: griechisch-römisch, gestählt. Da hätte der liebe Bruder Walker einen ganz und gar hasserfüllten klassischen Antipoden, dachte Gant bei sich und lachte innerlich. Streitereien unter Liebenden waren immer lächerlich ... Und dieser ganze Ordensschmock, den sie zelebrierten, war ebenso zum Lachen ... Erfindung einiger Herren, die gerne *roma nova* spielten: heroische Krieger, vorbildliche Körper ... Dabei sprachen sie alle die Legionärssprache, die er, Gant, nicht beherrschte: Französisch! Das Deutsch dieses kleinen, verschrumpelten alten Kings verstand er eher noch als dieses gottalberne Französisch, das überall in Europa besser gesprochen wurde als das Englische und in Preußen die Amts-, Hof- und Königssprache war. Walker und Konsorten konnten es zwar *parfait*, aber Gant verstand ein *schmoken* eher als ein *fumer* und konnte im Seine-Kauderwelsch überhaupt nur ein bisschen radebrechen ... Und was für ein Römer gliche ihm? Bacchus, vom Typ her ... War nicht angeblich auch der sterbende König vom anderen Ufer? Der Ehrbare Ruderer in spe war ein früherer Koch von Old Fritz ... hatte angeblich schon ein deftiges Breakfast für sie aufgebaut. Also sollte man ihn schnellstmöglich über den Delaware befördern! Gant musste grinsen, wenn er an den Ritus dachte. Er stopfte wieder die Pfeife, um für später gerüstet zu sein. Hatten sie nicht die blasierten Briten besiegt, trotz der patenten, blutrünstigen Hessen, von denen er allein bestimmt an die hundert totgeschossen hatte? Hatte Clyber nicht mit dem Leben bezahlt, wie so viele? Wo waren die abgerissenen Gliedmaßen, wo waren das Blut und das Leid im lachhaften Getriebe eines paramilitärischen Blumenordens wie diesem? In der feinen Gesellschaft wurde noch aus jeder gewonnenen Schlacht eine strahlende Heldensage, ganz gleich, wie viele Unsterbliche auf der Strecke geblieben waren. Man behandelte die siegreichen Kontinentalarmisten, als wären sie die Römer von heute. Franklin war für die Salontierchen und gepuderten Schranzen von Versailles der neue Cato. Daher lag die Idee dieses Prinzen ganz im Strom der Zeit: Den schrecklichen

Krieg ihrer Erinnerung zur verspielten Liturgie zusammenschnurren zu lassen ... Walker hatte die kleine Karte herumgezeigt, auf der Prinz Heinrich die Festtage des Bruderbundes aufgelistet hatte: 3. Januar: Friedensfest, 17. Februar: *stultorum feriae* zu Ehren von Kriegsgott Quirinus, 1. und 17. März: *ferium martis* und *agonium* zu Ehren von Kriegsgott Mars, 23. Mai: *tubilustrium* zu Ehren von Mars, Kriegsgott ...: Und an diesem 17. April nun die Spiele zu Ehren von Ceres, der Göttin des Todes und des Ackerbaus ... Gant lachte und spuckte aus. Verdammt! Direkt vor den Prinzen, der sich eben anschickte, ihn zu begrüßen!

»Jesus! King ...«, stotterte er und wischte sich, nun doch leicht verlegen, über die braune, vorgewölbte Weste. Der Adjutant des Prinzen, Mylenthal, grinste verstohlen im Hintergrund, während Prinz Heinrich pikiert das leichenblasse Gesicht verzog, das einem Zerrspiegel entsprungen zu sein schien.

»King?... Oh! ... Prince is enough for the moment! Wellcome in Prussia, Mister Schent!«

»Gähnt! Mister Prince!«, gähnte Gant.

»Es sind einfache Menschen, mein Prinz!«, sprang Walker hilfreich hinzu und schoss einen zürnenden Blitz auf Gant ab, diesen ewig qualmenden Bauern aus Virginia, der dreist einen Prinzen verbesserte und die Hoheit zum Mister degradierte. »Mit unbedarft unaristokratischen Namen, deren Herkunft keiner kennt!«, fügte er auf Französisch hinzu, in der Ansicht, dass Gant es sowieso nicht verstünde.

Gant verstand aber diesmal wohl und erwiderte:

»Die Gant-Family kommt aus Russland, es waren früher Woiwods, also auch eine Art Fürsten. Nichts für ungut, Walker, und ... sorry, Prince ... Highness werden es unter Geistesbrüdern nicht so streng nehmen?«

Prinz Heinrich fuhr kommentarlos eilig mit der Begrüßung fort, ab sofort strikt auf Französisch, indem er sich den Barker-Brüdern zuwandte, die ihm weit ehrerbietiger begegneten.

Eifersüchtig wachte Walker darüber, dass die brüderliche Vertraulichkeit zwischen seinem Prinzen und dem gut aussehenden Sterling, an den jetzt die Reihe kam, nicht zu groß wurde … Stark wie Atlas war dieser Mann, eine wahrhaft verlockende Gestalt! Aber keine Gefahr – er machte sich aus dem nach Rosen duftenden Prinzen rein gar nichts: blutleeres Gesicht, und die Haare blähten sich wie ein kleines, strohgelbes Segel. Künstlich, zierlich und verhätschelt, hätte er keinen Tag allein in den Bergen überlebt. Black Eagle nickte bloß wortlos, nicht interessiert an näherer Bekanntschaft. Polk und Pentland stellten naturgemäß keine Gefahr dar: Ihre Abneigung gegen etwaige hoheitliche Tuchfühlung war klar ersichtlich. Walker konnte aufatmen. Ein Gleiches tat der Adjutant. Walker sah sich um. Wo war Lalande?

Ein großes Hallo gab es, als die Ankömmlinge Axel von Fersen unter den Begleitern des Prinzen erkannten, einen Cincinnatus-Bruder der ersten Stunde, Liebling der französischen Königin, die gerade eine fürchterlich peinliche Halskettengeschichte durchlitten hatte … Vor ein paar Tagen war Fersen in Rheinsberg hereingeschneit. In Paris und Versailles, am Hof und in den Bureaux d'esprit, nannte man ihn nur den schönen Schweden, doch war er unerschrocken und tapfer im Krieg: Lalande, Pentland, Polk und Gant hatten mit ihm Yorktown belagert.

Prinz Heinrich stellte den Ankömmlingen nun die Übrigen vor, die entweder in Neu-Charlotte lebten – wie der Schulze Heinrich Decker und der ausgezehrte Kriegsveteran Johann Pfeiffer, der beim Anblick des feinen satten Jüngelchens in des Prinzen Gefolge die Augenbrauen enerviert und diabolisch hochzog – oder mit ihm aus Rheinsberg gekommen waren. Außer Fersen waren das ein gewisser Philippe Saint-Sauliac, offenkundig sein augenblicklicher Gespiele, und Deckers Sohn Friedrich, der beim prinzlichen Forstmeister im Rheinsberger Boberow-Forsthaus wohnte und dort in die Lehre ging.

Walker taxierte Fersen. Nein, keine Gefahr für ihn bei Heinrich ... Dieser Buhle Saint-Sauliac? Hier lächelte der weltläufige Abgeordnete – das traf sich ganz gut ... Wie hatten die Alten es genannt: hohe und niedere Minne ... Über die quälende Frage, wie er selbst in seiner Beziehung zum Prinzen Dauerhaftigkeit herstellen sollte, wollte er vorderhand nicht nachdenken. Er wandte sich seinem Sekretär zu und raunte:

»Pentland, haben Sie ein Auge auf diesen Saint-Sauliac! Ich will wissen, wer das ist. Fragen Sie Mylenthal, den Adjutanten des Prinzen. Oder, besser, diesen hübschen Knaben selbst. Aber diskret! Diskret!«

Pentland nickte mürrisch und rückte an der Drahtbrille. Diskret ... Das Wort aus Walkers Mund war ihm verhasst, und er dachte, während er seinen Chef abschätzig musterte, der George Washington so ähnlich sah, dass man ihn als sein Double hätte einsetzen können: Soll ich jetzt auch noch den Liebesspitzel für dich spielen? Der Prinz indes labte sich an den strahlenden Gesichtern. Wie sich doch alles fügte! Als Oberpräsident der Amerikanischen Brüder gab er nun dem preußischblau uniformierten Pfeiffer einen Wink, welcher daraufhin einen römischen Tubus ansetzte und ein höchst anmutig klingendes Signal erzeugte, das wie ein Weckruf für die Geister der Vorzeit klang. Alle schwiegen, um die eigentümliche Stimmung auszukosten, als der Bläser es wiederholte. Der Ton war dem tiefsten einer siebenlöchrigen Okarina nicht unähnlich, insofern man sich selbigen auf einem chinesischen Posthorn gespielt vorstellte. Es war das Zeichen für Joyard, den Eleven, vom Siegesobelisken herüberzukommen. Vom Sieg bis zur Anerkennung war es ein steiniger Weg. Das hatte jeder zu erfahren, der zur Erhebung schritt.

»Lalande ist uns abhanden gekommen!«, sagte Walker.

»Wir wollen die Sache nicht verzögern – er wird schon wieder auftauchen«, meinte der Prinz. »Zur Erhebung Joyards brau-

chen wir ihn nicht. Das Bufett spätestens wird ihn magisch anziehen.«
Sie lachten und betraten den Tempel. Die Tür wurde geschlossen, sodass anzuklopfen hätte, wer Einlass begehrte.

Alles war nach Plan verlaufen. Bündische Gesänge waren im Tempel erklungen. Walker, der oberste Gast-Amerikaner, hatte den Entwurf der Verfassung verlesen. Alle Schlachten waren heruntergebetet worden, ebenso die Namen der zugehörigen siegreichen Generäle. Am Ende hatten sie eine Metallkiste geöffnet, in der unter großen Kieseln mit den Monogrammen der Brüder – so viele Steine wie Amerikanische Brüder – die Hauptreliquie der Bruderschaft ruhte, in einer kleinen Kassette aus gefirnisstem Ebenholz, gut gegen Feuchtigkeit abgedichtet: Clybers aus den Staaten mitgebrachte Kopie der »Mec Dec«, der berühmten Mecklenburg Declaration of Independence … Dem jungen Polk waren schier die Augen aus dem Kopf gefallen, als er das Papier gesehen hatte, Walker und Pentland ebenfalls … Joyard, der »Ehrbare Ruderer«, hatte das Dokument wieder verwahrt, die Kassette in die dafür vorgesehene Aussparung am Grund der Truhe zurückgelegt, darüber die mehrmals gefaltete Flagge, und alles mit den Kieselsteinen – den Delawarekieseln – beschwert. Der mit dem schwungvollen Monogramm des gerade »promovierten« Joyard lag jetzt ganz obenauf.
Der Mond war nur noch eine kaum erkennbare silberne Sichel, als sie endlich am Obelisken saßen. Die Sonne hatte wenig an Kraft gewonnen, was zur Folge hatte, dass ihr Frühstück reichlich frostig ausfiel. Der Nebel aus der Silberkehle zog dicht in Bodennähe über das Plateau, dass es so schien, als steckten ihre Füße in einem weichen, weißgrauen Teppich. Inzwischen war Joyard mit allen amerikanischen Gästen bekannt, und das Gefühl, ein alter Affe zu sein, den man uniformiert im Zirkus vorführt, war zum Glück verflogen. Auch die

Angst vor 6 66 verblasste. Ein übler Scherz, von wem auch immer ... Es waren einige sehr angenehme Zeitgenossen unter den überseeischen Gästen. Einer aber war verschwunden, und als Joyard den Anführer Walker seinen Namen nennen hörte, erschrak er bis ins Mark: Lalande! Das war doch nicht möglich? Er hatte geglaubt, der Lalande, der ihn verklagte, sei Franzose! Aber ein Amerikaner? Wie das? 6 66. Die Furcht nahm konkrete Gestalt an.

»Wusste dieser Herr, Hoheit, dass ich hier heute den Mittelpunkt brüderlichen Interesses abgeben würde?«, fragte er mit zitternder Stimme, während er dem Prinzen noch etwas Braten vorlegte.

Der schöne Saint-Sauliac, der seit Beginn ihres Frühstücks wortlos neben dem Prinzen saß – Walker zur anderen Seite –, schaute kurz auf, um sich dann wieder lustlos der Scheibe kaltem Hahn auf seinem Teller zuzuwenden, die er sich nicht entschließen konnte auf das minutenlang gebutterte Weißbrot zu legen.

»Ich habe keine Ahnung, mein Lieber! Warum fragen Sie? Aber es war eine wundervolle Zeremonie, n'est-ce pas? Wie Sie die großen Kiesel umgeschichtet haben – hinreißend! Lalande wird nur das Beste darüber zu hören bekommen, wenn er wieder auftaucht. Er muss sich im Nebel in der Schlucht verlaufen haben. Jetzt sitzt er wahrscheinlich zufrieden bei Ihrer Schwester im Heidekrug droben und labt sich an den dortigen Köstlichkeiten. Kulinarisch entgeht ihm also nichts, alles hier in Preußen-Amerika stammt ja von Ihnen, dem weisen Küchenmeister!«

Hierbei hatte er erst Joyard angestrahlt, dann ernst in die Runde geblickt. Schließlich brachte er ein *Vivat!* aus, in das alle freudig einstimmten. Sie schwatzten durcheinander, auf Englisch, Deutsch, Französisch.

»Partons, messieurs! Lasst uns gehen, ihn zu suchen!«, sagte Walker, als sie getrunken und die Sektkelche wieder abgesetzt

hatten. »Concerning Ihre Frage, Mister Joyard: Lalande erfuhr erst vorhin, that we would celebrate your promotion ici! Dans le temple d'amitié prussiene-américaine!«
Bei dem Namen Lalande straffte sich Saint-Sauliac.
»Wen suchen?«, fragte der Prinz, der kurz weggehört hatte, während er in eine kleine gebratene Wachtel biss.
»Lalande!«, sagte Walker.
»Naturellement, mon ami! Aber nicht alle auf einmal! Am besten wir suchen in Zweiergrüppchen und brechen im Abstand von ein oder zwei Minuten auf«, entschied Prinz Heinrich. »Wer ihn gefunden hat, schießt zwei Mal. Das soll das Zeichen zum Sammeln sein!«
Er sah Walker, den Freimaurer und Cincinnatus, schelmisch an und sagte leise zu ihm:
»Wir gehen zusammen, mon très cher Jamin!«
Philippe verstand wohl, dass ihm die Rolle des bloßen Bettgespielen zugefallen war. Bei der geistigen Liebe kam Alter vor Schönheit ... von Blumen und Quellen und von Herkunft war gut reden. Es schüttelte ihn bei dem Gedanken daran. Nachträglich wurde alles kalt und leblos, was zwischen ihm und dem Prinzen vorgefallen war. Doch was bedeutete das jetzt noch ... Warum Lalande wohl nicht da war? Er hatte offenbar nicht gewusst, dass er auf ... IHN treffen würde! Selbst schuld, dachte Philippe. Der gute Jérôme kannte ganz einfach das Programm dieses heutigen Bruderschaftstreffens nicht. Einmal nur waren sie einander begegnet, hatten kaum mehr ausgetauscht als das Unverständnis für einander ... Doch von ihm hatte er erfahren, was ihn hierhergebracht ... Warum »Bruder Lalande«, wie er ihn bei sich nannte, diese dumme Klage erhoben hatte? Das unterschied sie ... Alles ging dem Ende zu ... Der Leviathan hatte die Karten neu gemischt und gegeben: Was sollte also noch das Zaudern? Unnötig, sich dem Schicksal entgegenstemmen zu wollen. Irgendwann musste alles einmal ein Ende haben ...

Philippe blickte Joyard scheinbar ohne Regung an und sagte mit fester Stimme zum Prinzen, beinahe mit höhnischem Unterton:
»Da Sie gerade von Zweiergrüppchen sprechen, Hoheit: Lassen Sie mich unserem ›Ehrbaren Ruderer‹ beim Verräumen der Reliquien helfen und dann mit ihm gemeinsam nach dem verschwundenen Bruder suchen!«
»Wie du willst, mein Bester!«
Der Blick des Prinzen war alles andere als zärtlich. Gut so, dachte Philippe. Man erschwerte sich das Leben durch zu viel *sentiment* … Er hob die Reliquientruhe zur Probe an. Die Kiesel darin verliehen ihr ein beträchtliches Gewicht.
»Bringen wir es hinter uns, Monsieur?«, fragte er Joyard. Der rollte die Augen zum Himmel. Warum musste er hier immer den Träger spielen? Bloß weil er den Schlüssel zur Eiskate hatte und der Hüter des Vin de sec war? Und der Mec Dec, fügte er innerlich hinzu und griente kurz … Das reimte sich!
Während sie mit der Kiste im Dunst die Treppe hinabstiegen, machten sich die übrigen peu à peu zur Suche auf. Zwei und zwei gingen sie bis zum Einstieg in die Schlucht, wo sie sich auf die vielen kleineren Pfade verteilten, die ihnen der Schulze Decker mit seiner Gabel in die Luft zeichnete. Sie achteten nicht sonderlich auf seine topographischen Hinweise, denn erstens war es eine Vin-de-sec-Idee: Man vertrat sich ein bisschen die Beine nach dem Essen … Und zweitens würde bei dem Nebel ohnehin keiner mehr sehen als die Hand vor Augen!
Walker und der Prinz machten den Anfang, dann kamen Pentland und Polk, gefolgt von den Barker-Brüdern, Fersen und Mylenthal, Sterling und Pfeiffer, Decker und Sohn. Zum Schluss blieb Gant allein am Tisch zurück, was ihm sehr zupass kam. Nichts lag ihm ferner als ein schweißtreibender Verdauungsspaziergang. Er würde schlicht weiter zuschauen, satt und zufrieden schmauchend, wie der Nebel um den Obelisken

zog … In der Schlucht war er jetzt so dicht, dass man dort sicher kaum etwas sah. Auf dem Plateau dagegen verflog er träge in den Strahlen der steigenden Sonne. Es war so einschläfernd, dass Gant fast die Pfeife aus dem Mund fallen wollte …
Sie lag am Boden, als ihn ein Knall weckte. Einer hatte wohl einen Schuss auf ein Reh abgegeben. Zwei Schüsse hallten! Gant war noch einmal eingenickt. Verdammt, dachte er, die Pfeife lag schon wieder am Boden! Schwerfällig hob er den noch glimmenden Kolben auf. Er zog heftig, bis es wieder ordentlich warm im Mund wurde. Vielleicht wäre von der Eiskute aus etwas zu sehen … So erhob er sich denn, in drei Teufels Namen … Der Küchenmeister und der Schönling hätten schon längst zurück sein müssen, dachte er, während er sich langsam in den Dunst hinabtastete, die rechte Hand an der Findlingsmauer. Wahrscheinlich führte vom Endpunkt der Treppe auch eine Stiege hinab, über die sie verschwunden waren. Oder es gab seitliche Pfade, die auf halber Höhe durch die Schlucht führten … Hatte der Schulze nicht so was gesagt? Gant kam zu der kleinen Terrasse vor der Eiskutentür in der Schluchtwand. Richtig, er hatte sich nicht getäuscht: Die Treppe führte weiter nach unten. Hier waren Joyard und Saint-Sauliac wohl hinabgestiegen, wiewohl man nicht sah, ob nach der dritten Stufe noch eine vierte, nach der vierten noch eine fünfte käme … Da hinunter? Gant drehte sich um und besah sich die Tür. Wie es sich für eine Eisgrube gehörte, war sie nach Norden ausgerichtet. Schattig und kühl und trocken war die Stelle knapp unterm Schluchtrand. Ein idealer Ort zur Aufbewahrung von Eis, Fleisch, Vin de sec oder dergleichen. Gant rechnete nicht damit, dass die Tür offen sein könnte, doch sie war's! Der alte Koch in seiner Hochstimmung hatte wohl vergessen zuzusperren. Gant lachte. Vielleicht gäbe es noch etwas, um den Durst zu löschen, den er verspürte. An der Innenseite der Außentür war ein Strohpols-

ter aufgenagelt, das den Hohlraum zu einer zweiten, inneren Tür ausfüllte.
Ein schmaler Spalt, den er kaum passieren konnte. Am Boden lag eine goldene Tresse … die musste Joyard vom Rock gerissen worden sein, als sie die Kiste mit den Kieselsteinen hineinbugsiert hatten. Verdammt eng war es, Gant kam nur mit Mühe hindurch. Eine alte Filzdecke hing als weiterer Wärmepuffer davor. Es wurde eiskalt: Zwanzig Ellen tief ging es in die Erde. Wände, Boden und Decke waren gemauert und mit Holz ausgeschalt. Jetzt erst bemerkte er, dass es hell war: Die hier bereitstehende Laterne brannte noch!
»Äh, Mister …«, fragte er unsicher, doch der Raum war leer. Eine Lage Moos füllte den Zwischenraum zwischen Steinen und Holz. Am Ende des kurzen Stollens kam Gant zur Abdeckung der innersten Eisgrube, einem kreisförmigen, großen Holzdeckel im Boden, der sich mit einem Flaschenzug hochziehen ließ. Er tat es und sah lagenweise im Gemenge mit Salz eingeschichtete Eisstangen – winters aus dem kleinen See gesägt. Ganz unten am Boden der Grube, die vielleicht noch einmal zwölf Ellen tief sein mochte, lag ein hölzerner Rost, und für das Schmelzwasser war ein Abzugskanal gebohrt. Damit erklärten sich die weiter nach unten führenden Stufen draußen: Am Hang konnte man das kalte Wasser zapfen. Gant ließ den Deckel wieder sinken und bemerkte jetzt den Zwischenraum zwischen dem hinteren Rand des begehbaren Holzdeckels und der Mauer. In der Rückwand befand sich eine Aussparung, in der die Truhe mit den kultischen Kieseln stand. Eine kleine rote Lache Bourgognerwein glänzte auf dem Boden. Jetzt fielen Gant die Flaschen in dem Regal auf, das sich links vom Boden bis zur Decke erhob: Bourgogner und Vin de sec! Er zog eine heraus und wollte ihr eben den Kopf abschlagen, als draußen zwei weitere Schüsse in kurzer Folge durch die Silberkehle hallten. Gant hörte sie abgeschwächt, aber deutlich. Was hatte der Prinz gesagt? Zweimal schießen hieß

Sammeln! Gant ließ Flasche Flasche sein und Eiskute Eiskute … löschte die Laterne und ging hinaus. Er überwand sich und stieg die Treppe weiter hinab bis zu ihrem abrupten Ende. Es war, wie er vermutet hatte: Dort ragte ein Rohr aus dem Hang, und eiskaltes Wasser kam heraus, wenn man einen Hahn öffnete. Gant schaute in die Schlucht hinab … Die Nebelschwaden rissen für einen Augenblick auf, sodass er bis nach unten sehen konnte. Zwei Körper, in unnatürlicher Haltung liegend, am Grund der Schlucht. Walker und der Prinz, Pentland und Polk und all die anderen versammelten sich um sie.

Dienstag, 18. April 1786

Honoré Langustier saß auf dem Balkon seiner Berliner Wohnung, ließ sich die Morgensonne auf den Pelz brennen und dachte an die Zeit vor seinem Ruhestand.

Als Zweiter Hofküchenmeister des Königs von Preußen hatte er 1777 den Kochlöffel offiziell abgegeben. André Noël aus Périgueux war an seine Stelle getreten. Aber nach dem Kartoffelkrieg war die Hofhaltung immer armseliger geworden. Vorbei die Zeit, da der König zweimal am Tag großartig speiste, gar noch mit Beitafeln. Zwei Küchenmeister waren daher einer zu viel.

Auch der Erste Küchenmeister Joyard hatte 1782 den Dienst quittieren müssen. Langustier sah dahinter bloß einen vorgeschobenen Grund, den verdienten Mann abzusägen. Angebliche Mordpläne fremder Mächte sollte er unterstützt haben …

Wie lange hatten Joyard und er gemeinsam gewirkt?

Von 1742 an … fünfunddreißig Jahre.

Verteufelt! Und nie war der Erste das erniedrigende Gefühl losgeworden, vom König kulinarisch hintangestellt worden zu sein!

Langustier tunkte die Feder ein, rückte den kleinen Briefbogen zurecht und schrieb:

Monsieur
Georg Friedrich Engel
An der Moritzbastei

Leipzig

Berlin, Osterdienstag

Werther Verleger,
einen guten Morgen an Sie! Ich hoffe, dass es mit meiner *Verführerischen Kochkunst* nie so einen Ärger geben wird wie jetzt mit der Joyard'schen *Neuen Küchenmeisterey*. »Joyards beste Gockel-Rezepte«, »Joyards beste Hürsch-Rezepte«, »Joyards beste Frückassees« ... fürchterlich! Wer hat ihm nur diese Simpeleien eingegeben? Ich muss gleich noch ins hiesige Kammergericht, wo ich zusehen werde, etwas zu seinen Gunsten vorzubringen. Aber ach – verzeihen Sie –, das Alter macht geschwätzig: Das interessiert Sie vielleicht alles gar nicht?
Grund, Ihnen zu schreiben, sind selbstverständlich die Korrektur-Fahnen des bisherigen ersten Bogens der *Memoires*! Die Diderot-Antiqua ist ausgezeichnet, eine Fraktur wäre dem frei beweglichen Gedanken so widerwärtig entgegen wie ein ideeller Knochenbruch. Von den Tuchproben für den Einband gefällt mir keine so ganz, wenn ich aufrichtig sein soll; es sollte mehr *à bourguignon* sein oder *terre de Cassel* ... oder *terre d'ombre brulée?* Wobei mir die hessische Erde politisch zu verbrannt vorkommt – hier liebt man neuerdings alles Amerikanische ... und der gebrannte Umber sieht doch zu sehr nach Crème brulée aus ... Nun ja, es zählt ja wohl doch eher der Inhalt.
Ein paar Korrekturen schon vorab; im ersten Kapitel *Über die Schnecken von Versailles und Sanssouci* sind mir ein paar Druckfehler ins Auge gefallen, die ich gleich herauswischen

möchte. Ich hoffe, dass es mit den weiteren Kapiteln besser wird. Als Nächstes kommt *Trappenbalz und andere amoureuse Beobachtungen*. Ich arbeite meistens von morgens fünf, bis es nicht mehr geht, dann setz ich mich auf den Balkon in die Sonne ... Heute nur kurz, wegen des Gerichtstermins. Ach ja, die Fehler sind:
pag. 3, Zeile 7, steht: *WeinbergSchnaken*; muss stehen: Weinbergschnecken
ebda. steht: *sieben*; muss stehen: siebenhundert
ebda., Zeile 9, steht: fisches Blut; muss stehen: frisches Blut
pag. 13, Zeile 2, steht: Sans Susi; muss stehen: Sanssouci
ebda., Zeile 13, steht: *Stellungen*; muss stehen: Stallungen

Zum Glück schlägt das Osteroktav ab heute nur noch kalendarisch zu Buche. Sonst würden bis zum Weißen Sonntag alle an Müßiggang und geplatzten Wänsten krepiert sein. Falls Sie auf der Buchmesse nächtigen, finden Sie diesen Brief erst nächste Woche. Kommen Sie doch zu einem kleinen Familienfest am letzten Apriltag zu mir nach Potsdam! Für Logis ist gesorgt!

Überglücklich über eine Zusage wäre,
und stets der Ihre:
L

Nachdem er seine Epistel noch einmal überflogen und für hinreichend ausdrucksvoll befunden hatte, um sich damit nicht allzu sehr zu blamieren, faltete er den schmalen Bogen mehrmals, dann versiegelte und adressierte er das auf diese Weise entstandene Briefchen. Das Hausmädchen würde es nachher zum Postamt mitnehmen und dort die Gebühr im Voraus bezahlen. Verleger waren nach außen hin sehr auf die Betonung

ihrer Armut bedacht. Jeder dieser klugen Männer, auch wenn er einem so großen Haus vorstand wie dem Engel'schen, nannte den eigenen Verlag *klein* ... vor allem gegenüber dem Autor, der so stets den Eindruck haben musste, er stehle dem Verleger – selbst mit minimalsten berechtigten Forderungen – das allerletzte Käntchen Brot.
Langustier stand auf und taxierte den Himmel. Dann hüllte er sich, bereits im maigrünen Habit aus feinstem Frisé-Samt, gestiefelt und gespornt für den Gang in die blühende Lindenstraße, zusätzlich in einen leichten, aprilgrünen Redingote, bevor er sich von seiner Frau verabschiedete. Seine Bewegungen waren noch immer geschmeidig und eidechsenhaft für einen 84-Jährigen. Niemand hätte ihn so alt geschätzt, auch wenn ein Netz von Fältchen die Gesichtshaut überspannte und aus der Nähe wie gegerbtes Krokodil- oder Anacondaleder erscheinen ließ, aufgelockert von sehr kleidsamen Altersstockflecken.
Rahel Langustier war schlank, hatte einen zierlichen Hals und ein wohlproportioniertes, leicht ovales Gesicht mit einer wunderschönen Stirn und ganz unbeschreiblich feinen Lippen. Ihre wachen braunen Augen wurden von heroischen Bögen überspannt, und in ihrem offenen Blick war stets auch etwas gütige Herablassung.
Langustier gefiel ihr noch immer: Sein langes, vollends weiß gewordenes Haar war im Nacken mit einer schwarzen Fliege zusammengebunden, deren Farbe die der bequemen Soldatenstiefel aufgriff.
»Spring über deinen Schatten«, bat sie ihn sanft, aber bestimmt. »Sag was Gutes über Joyard! Er war zwar voller Argwohn und hatte etwas Teuflisches bei all seiner Steifheit, aber jetzt ist er ein alter Mann, dem keiner mehr helfen kann außer dir ... du dicker Jüngling, du! Er war vielleicht kein Freund im eigentlichen Sinne, aber niemals Feind.«
Sie küssten einander liebevoll.

»Du bist mein Jungbrunnen«, sagte er. »Deine Lippen halten mich jung! Es stimmt: Joyard ist alt und hinfällig – fast wie der König. Die Jugend muss den beiden helfen!«
Was die Grade der Freundschaft betraf, hatte Rahel sehr recht. Heinrich Richter, ein Kollege Aufschneider, den er einmal mit der Scherzwidmung bedacht hatte: *Warte nur, Freundchen, deine Lügen bringen dich an den Bratspieß! – HL*, hatte das Gerücht in die Welt gesetzt, dass Langustier damals eine Verfehlung des »Ersten« aufgedeckt hätte, die zu seiner Entlassung führte. Dafür hätte er dem Nichtsnutz Richter gerne das freche Maul gestopft! Langustiers Pulsschlag erreichte kurz bedrohliche Maximalwerte. Dann beruhigte er sich. Ein Lächeln stahl sich auf seine Lippen. Feinde waren gut, denn der Gedanke an sie begünstigte das Wachwerden. Wut brachte das Herz auf Trab.
»Ich nehme Gerardine mit!«, flötete er, schon wieder denkbar gut gelaunt. »Sie hat sich angeboten, mich zu chauffieren. Und du weißt ja, sie interessiert sich so sehr für diese Sachen … Polizei, Gericht …«
Rahel stöhnte auf. »Ja, ich weiß. Ich weiß allerdings nicht mehr, was aus dem Mädchen noch werden soll!«
Diese Klage überging er. Das Mädchen, Gerardine, wüsste schon selbst, was zu tun wäre. Was aus ihr werden würde? Das konnte sowieso niemand wissen. So verhielt es sich bei allen besonderen Menschen. Manchmal hatte er den Eindruck, Rahel würde alt. Früher hätte sie sich solche Floskeln verkniffen.
»Morgen müssen wir wohl zurück nach Potsdam«, sagte er. »Ich erinnere oben alle daran, dir beim Packen zu helfen. Alexander wird uns mitnehmen. Er fährt nach Caputh. Zu dumm, dass mein Spider in der Werkstatt ist.«
Sie lächelte ihn an und nickte. Der Mann liebte schnelle Kutschen und gute, einfache Kleidung, wo andere nur noch daran dachten, testamentarisch zu verfügen, dass der Krückstock

neben sie und den hölzernen Kavaliersdegen zu legen wäre – im Fichtenholzsarg. Und er hasste jede Einschränkung, jede unbequeme Einschnürung. Trotz seines reifen Alters war er eine Boje von Mann. Er hätte es nach wie vor mit jeder Fasanenpastete ganz allein aufgenommen! Nun ja, zumindest gut vorgelegt hätte er bei ihrem Beseitigen … Er kochte auch noch immer gern, darin glich er Marie, seiner Tochter, die seit 46 Jahren das Delikatessengeschäft ganz unten im stattlichen, vierstöckigen Bürgerhaus Rossstraße 46 betrieb – das berühmte, ehedem Stolzenhagen'sche *Delicatess-Comptoir*. Die Lebenslust lag einfach bei den Langustiers in der Familie, dachte Rahel. Sie selbst war nur ein Jahr älter als die Tochter des Ehemannes …

Langustier war gerade – befördert vom Wunsch, noch vor der Griffelabgabe seine Lebensgeschichte zu verfassen – verstärkt um die genealogische Ergründung familiärer Vor- und Frühgeschichte bemüht. Es waren schräge Vögel unter den Ahnen … Die Familie stöhnte und ächzte unter seinen Erzählungen, denn er kam vom Tausendsten ins Millionste … So wollte er tatsächlich als Urvater aller Langustiers seines Zweiges einen gewissen Florentiner namens Lupo Langoustino aufgespürt haben, der Hofkoch bei Lorenzo il Magnifico gewesen sein sollte! Als dessen ungekrönter Prinzipal 43-jährig starb, urplötzlich, aus unbekannter Ursache, 1492, hätten die Medici diesen Ur-Langustier des Giftmordes verdächtigt, doch sei kein Beweis zu erbringen gewesen. Rahel blickte ihm trotz seiner guten Kondition sorgenvoll nach.

»Brich dir nicht auf der Treppe den Hals, das wäre kein angemessener Heldentod für einen Nachfahren Lupos!«

Langustier holte tief Luft, während er sich tapfer und unerschrocken die Treppe vom dritten in den vierten Stock zur töchterlichen Sphäre hinaufarbeitete: von der Langustier'schen in die Quandt'sche Etage. Er war innerlich wieder ganz in der Genealogie. Sollte er es nicht doch Pech nennen, dass der alte

Lupo einst mit dem Leben davongekommen war und sich – nach zwei Jahren des Stillhaltens in Porquerolles – in Marseille wieder im kulinarischen Gewerbe verdingte? Hätten sie Langoustino einst filetiert, hätte die Welt keine Langusten mit Anissauce kennengelernt. Überhaupt gab es die Sage, dass Lupo der Erfinder eines Schnapses mit Anis war ... Dem lohnte es sich vielleicht nachzugehen ... Hätten sie ihn zerstückelt, wäre Langustier das lebenserhaltende und doch verhasste Treppensteigen erspart geblieben. Es hätte diese verfluchte Treppe für ihn einfach nicht gegeben ... und ihn nicht für die Treppe ... Es hätte, anders gesagt, ihn nicht gegeben und somit nichts, was auf ihn Bezug nahm.

Im vierten Stock umhalste ihn seine Tochter. Marie, Jahrgang 1723, war nicht dick, aber doch bedeutend stärker als Rahel. Ausdauernd bei der Arbeit, durch nichts zu erschüttern, eine wirkliche Allmutter. Diverse Enkel und Urenkel kamen zur Begrüßung heran, ebenso Ururenkel, inzwischen 21 ... Die Familie platzte aus allen Nähten.

Gerardine von Beeren, die bildschöne 26-Jährige, fuhr ihm wie ein Wirbelwind entgegen und hauchte einen Kuss auf seine Echsenwange.

»Guten Morgen, größter Ur-Papa! Ich bin fertig – können wir los?«

Die Tochter von Langustiers Enkel Honoré wohnte bei ihrer Großmutter Marie, seit ihre Mutter, Helene von Beeren, geborene von Au, 1779 tödlich vom Pferd gestürzt war.

»Bon jour, liebste Assistenzrätin ... nanu? Meinst du, du müsstest die Richterschaft einschüchtern? Am Ende verklagt dich der Kammergerichtspräsident zu einer saftigen Geldbuße! Die Kleiderordnung von 1701 gilt sicher noch ...«

Er blickte auf Gerardines schwarze Culottes – ein Anblick, der den meisten Berlinerinnen und Berlinern schon so vertraut war, dass es kaum noch Ausbrüche des Erschreckens oder des Hasses oder gar tätliche Versuche gab, die gottgegebene

Montierungsvorschrift – Mann: Hose, Frau: Rock – wiederherzustellen.
Gerardine grinste, dann flehte sie:
»Die würdest du für mich bezahlen, stimmt's? Du würdest nicht zulassen, dass eines deiner Kindeskinder in den Schuldturm kommt, oder?«
Er kicherte. Wer würde überhaupt künftig für ihr Leben aufkommen? Bisher hatte sie allen Bewerbern die Stirn geboten. Die Anträge waren inzwischen seltener geworden, denn es hatte sich herumgesprochen, dass man hier buchstäblich auf Granit biss …
Die jadegrünen schmalen Bändchen im tizianrot gefärbten, hochgesteckten Haar gaben ihrem klassisch proportionierten Kopf etwas Medusenhaftes, wiewohl sie insgesamt eher der Pallas Athene ähnelte, dachte Langustier. Wehe dem Jüngling, der sie zu forsch beschaute! Der würde zu Salz oder Stein, zerbröckelte flugs von einem zweiten Blick und verbliebe, am Boden liegend, als Fall für die stadtreinigende Gassen-Fuhrwerks-Commission. Der Gassenmeister und seine Sträflinge würden den grusigen Rest der armen Bild- oder Salzsäule beseitigen müssen …
»Vergiss deine Brille nicht!«, sagte Töchterchen Marie zu ihm und ergänzte lachend: »Sie sollen dein Zeugnis doch nicht wegen Alter und Unvermögenheit zu lesen ablehnen.«
Langustier zückte – zum Beweis, dass er noch im Vollbesitz seiner geistigen Kräfte war – das längliche, schwarze Pappfutteral und präsentierte die überdimensionale, klobige, dicke Lesebrille, die darin steckte. Das Weite zu sehen, das, was über eine preußische Elle hinausging, war ihm auch im höchsten Alter ohne Einschränkungen möglich.
»Wie du siehst, ich hab noch alles im Blick. Wartet nicht mit dem Mittagessen, meine Lieben – Gerichtssachen können sich in die Länge ziehen wie geschmolzenes Glas! Und helft bitte Rahel beim Sortieren unserer mobilen Habseligkeiten. Wir

müssen morgen zurück, um die Villa für den ersten Mai vorzubereiten!«

Gerardine winkte ihrer Großmutter Marie, während sie sich bei ihrem Urgroßvater einhängte und mit dem jetzt doch sehr behutsam treppab Kletternden und heftig Schnaufenden aus der Wohnung entschwand. Im ersten Stock musste er kurz pausieren. Gerardine lief derweil vollends hinunter, um Maries Stadtwagen, den sie zuvor schon angeschirrt hatte, aus dem Wagenhof zu holen. Langustier öffnete eine Tür im ersten Stock einen Spalt und warf einen Blick in die großen, verwaisten Gesellschaftsräume, die bei früheren Familienfesten so brechend gefüllt gewesen waren. Nach Helenes Tod hatten sie beschlossen, das Fest in Potsdam und nur noch an geraden Jahren zu veranstalten.

Als er unten ankam, erwartete ihn Gerardine mit dem alten Zweispänner.

Die Wagenlenkerin stand auf dem Kutschbock, als sei es ein römischer Streitwagen. Der dicke Mann blieb mitten auf der Straße stehen, die Arme zum Himmel erhoben, atmete tief ein und rief: »Frühling!« Allerdings hatte er danach einen ganz und gar unfrühlingshaften Odeur in der Nase und wich geistesgegenwärtig der Losung eines Straßenköters aus. Für einen Mann seines Alters war das eine geradezu verblüffende Reaktionsschnelligkeit.

In der Lindenstraße No. 14, im Königlichen Collegien-Haus, waren sämtliche Justizkollegien versammelt: die Gesetzeskommission, das Obertribunal, die Senate und Deputationen des Kammergerichts, das Kurmärkische Pupillenkollegium sowie das Lehensarchiv. Als sie die dem Kammergericht zugeteilten Räumlichkeiten im Erdgeschoss links vom Eingang ansteuerten und den einzigen Sitzungssaal suchten, trat ein kleiner Mann, vornehm livriert, auf sie zu, zog den Dreispitz und verbeugte sich.

»Ergebenster Diener, Monsieur! Meine Verehrung, Mademoiselle! Mencken ist mein Namc. Ich habe den Auftrag, Ihnen das hier zu geben, Monsieur Langustier!«

Langustier erstarrte ehrfürchtig, als er seine Brille gezückt hatte und das Schreiben anschaute. Das war vom Chef! Mencken musste des Königs neuer Kabinettsekretär sein: der Nachfolger von Happenwalde.

»Ich werde es im Gerichtssaal lesen, wenn Sie gestatten. Ich bin schon etwas zu spät, die Anhörung hat schon begonnen. Können Sie mir vielleicht sagen, welches die Tür zum Verhandlungsraum ist?«

»Die Anhörung fällt aus«, sagte Mencken. »Überhaupt fällt der ganze weitere Prozess flach. So viel kann ich Ihnen schon sagen.«

»Aber warum denn das?«, fragten Langustier und Gerardine fast gleichzeitig. »Ist eine der Parteien verhindert?

Mencken schüttelte den Kopf.

»Das Papier gibt Ihnen weiteren Aufschluss. Wenn ich Sie darum ersuchen dürfte, nun einmal zu lesen …«

Der König hatte offenbar höchstselbst die Feder geführt, denn das Ergebnis war ein einziges Geschmier mit einem Kratzfuß von Unterschriftskürzel darunter, von dem eine Fontäne von Tintenspritzern zur Seite wegstrahlte.

Langustier, umständlich bebrillt, brach in Gelächter aus. Die amtierende Küchenbesatzung in Sanssouci hatte sich einen formidablen Spaß ausgedacht.

»Hahaha! Das ist gut. Noël und die Seinen! Den alten Langustier wollen sie anführen, die jungen Köche! Hahahahahaha! … Das sieht ihnen ähnlich, den Jungspunden. Daran erkenne ich, wie sehr sie da jetzt Däumchen drehen. Da fällt Ihnen so eine Räuberpistole ein. Sieht sehr gut gemacht aus – ist aber kein Hexenwerk, wenn man sein Gekrakel täglich auf den Küchenzetteln vor Augen hat. Sie sollten sich schämen, werter Herr, dass Sie diesen Spaßvögeln auch noch Papier liefern! Wäre keinesfalls denkbar, dass er diese ganze Epistel selbst …«

Mencken räusperte sich.
»Monsieur Langustier – die Köche sind zu gut beschäftigt für aufwändige Späße, denn es ist mittags immer eine volle Tafel. Abends speisen zur Zeit täglich Minister von Hertzberg, General-Lieutenant Graf von Görtz, der Kammerherr Lucchesini, meine Wenigkeit und die wechselnden Gäste, im Augenblick der Comte de Mirabeau, im Schloss.«
Langustier machte große Augen, wandte aber weiter ein:
»Der König schreibt ja doch schon seit Langem niemals mehr selbst!«
Mencken erhob den Zeigefinger:
»Nie stimmt nicht, nur in Phasen der Anfälle der rechtshändigen Fingergicht fällt es ihm zu schwer. Und auch dem Leser.«
»Sie wollen mir nicht sagen, dass das hier …«
»Denken Sie, dass ich – der Geheime Kabinettsekretär – mit den Köchen einen Scherz gegen Sie aushecken würde? Es ist leider die Wahrheit.«
»Leider?«, entfuhr es Langustier.
»Mein Gott, so lesen Sie doch endlich!«

FR
Mein lieber, guter Langustié!
Mit mich seindt es bald aus. Mich beißen die Parzen den Lebensfaden weg, bis ich nichts mehr sein werde als ein altes Gerippe und zu nichts mehr tauge als hingeworfen zu werden auf den Anger. Ihn dagegen scheint die Fortuna mit dem Glücke zu winken, das Jahrhundert noch durchzuleben! Gestern hat mich Lucchesini von Ihrem formidablen Familienfeste von anno 1784 berichtet. Mir wäre auch sehr von Wunsch, vor dem letzten Tor noch einmal etwas von Ihren Zaubersachen im Munde zu haben …
Weil nun der Gelegenheiten, Ihnen zu sehen, wohl nicht mehr allzu viele sein werden, ergreife ich umso williger die

jetzige: Ihr Kollege Joyard, vormals Erster Küchenmeister unseligen Angedenkens, hat die elysischen Gefilde gestern vor uns betreten!
Man fand seinen irdischen Kokon, ohne einen Hauch des höchst verwerflichen Lebens noch darin, in einer Schlucht in der Buckowinischen Schweiz. Neben ihm lag – in gleicher Kondition – ein ungewisser blutjunger Lecteur meines Bruders Henri. Beide nahmen zuvor Anteil an einem bündischen Treffen mit Amerikanern, welches mein kryptisches Bruderherz in der Nähe des Gutes eines Veteranen aus dem Amerikanischen Independance-Krieg veranstaltet hat.
Henri seindt der *chairman* eines Clubs namens *Amerikanische Brüder*. Da ich aber die Ambitionen der Printzen von Geplüht in letzter Zeit kaum aufmerksam gefolgt bin, weiß ich Ihnen wenig mehr über diese Materie zu sagen. Joyard hatte ich oft im Verdacht, Spionerei für andere Mächte zu betreiben. Eine Güfft-Attacke gegen mir zu planen, schien er mir vor Jahren mehr als nur verdächtig, weshalb ich ihm seinerzeit Valet gegeben.
Ein Sohn des Marquis de Lalande, der seinen Adel für heiße Luft wegwarf, wollte heute Joyard den Prozess gemacht sehen, den er ihm angehängt … Dieser junge Lalande war in Buckow dabei, was mir sehr verdächtig erscheint. Philippi will ihn gründlich verhört und nichts gegen ihn gefunden haben!
Auch die anderen Kommissions-Amerikaner waren da, die mir die Kongressgrüße überbrachten und mit allerhand Schäkereien in Europa bei den Königen hausieren gehen wollen.
Sie sollen alle dableiben. Philippi soll sie am Fortgehen hindern, bis Sie sich ein Bild gemacht haben, in Berlin und in der Schweiz! Es seindt viel verlangt, doch wer könnte mich noch vor meinem Übertritt in dem leidigen Casus Klarheit verschaffen, wenn nicht Sie?

Attention! Wenn Sie mich rapportieren, erbitte mich Ihr Ragout von des Weinbergsgeschnecks! Vielleicht ist es das letzte Mal, dass ich es auf dieser Welt essen kann.
Mencken wird Ihnen ein General-Permissions-Billet aushändigen, das Sie als Polizeihelfer ausweist.
Sie seindt der wackerste Mann, ich freue mir, Sie bald hier bei mich zu sehen! Und ja mit die Schnecks!
Wohlaffektioniert –
Frch

Langustier gab Gerardine das Blatt und sah Mencken, der wie ein gut erzogener Knabe dabeistand, entgeistert an.
»Ich glaube, ich phantasiere – Joyard … tot … in einer Schlucht? Neben einem ebenso toten Vorleser aus der Umgebung des Prinzen? Amerika-Brüder?«
Für einen Moment schien es, als wollte ihn das Bewusstsein verlassen. Der Herzschlag rumpelte. Er fasste sich mit der Hand ins Weißhaar. Schloss die Augen. Blieb so einen langen Moment. Das war ziemlich viel für ein altes Herz. Als er die Augen wieder öffnete, hatte sich der Organismus mit der Unabweislichkeit dieser ungeheuerlichen Neuigkeiten abgefunden. Mit erstarkender Stimme erklärte Langustier:
»Auf in die Letzte Straße! Der Gehilfe des Polizeipräsidenten ist in Eile!«
Mencken schaute äußerst verblüfft.
»Woher wissen Sie …? In der Tat, die Leichen sind … Aber wie …?«
Langustier weidete sich an der Naivität des Kabinettsekretärs.
»Mein Herr! Bei diesem so spektakulären gedoppelten Todesfall ist es nicht mit rechten Dingen zugegangen – folglich müssen die beiden Leichen bei unserem besten Pathologen auf dem Tisch liegen. Und der beste, erste und oberste Fachmann für den Tod ist noch immer Theden! Ich war schon oft in sei-

ner Studierstube, wo sich auch der anatomische Hörsaal für die angehenden Feldschere und der Sezierkeller befinden, unter der Sternwarte im rückwärtigen Teil des Großen Stalles oder der Gendarmerie. Da es im Schreiben Seiner Majestät zudem heißt, ich solle mir ein Bild machen, *in Berlin und in der Schweiz*, nehme ich an, dass wir ebenfalls noch heute in die Buckower Gegend fahren.«
Mencken hatte einen sabbernden Greis erwartet. Jetzt nickte er geplättet und sagte:
»Ich muss zurück nach Potsdam. Der Polizeipräsident Philippi wird alles Weitere mit Ihnen besprechen. Seine Präsenz dürfte Ihnen ein deutliches Zeichen für die Wichtigkeit sein, die der König dem Vorfall beimisst.«
Gerardines Wangen glühten vor Aufregung. Sie würde den heldischen Urgroßvater begleiten. Das war so selbstverständlich, dass ihr die Erwähnung dieses Umstands kaum der Rede wert schien.
»Was tat denn Monsieur Joyard wohl in der Buckower Schweiz?«, fragte sie, da sie seinen Namen nur aus Erzählungen kannte.
»Seine Schwester Louise hat dort ein Gut«, sagte Langustier. »Ihr Mann, John Clyber, war im Großen Krieg drüben; dann hat er hier geerbt. Aber er starb am Wundbrand. Im Heidekrug, zum Gut gehörig, hat Joyard seit der Pensionierung sein Handwerk betrieben. Gute Tartuffeln kommen von da! Und Tabak. Also los! Wir sollten den Ort des Geschehens heute noch aufsuchen, solange eventuell übersehene Spuren noch frisch genug sind für meine Brille. Gerardine! Du wirst Rahel und Marie nur erzählen, dass es eine Ordre für mich gibt. Keine Details!«
Gerardine japste. Jetzt war sie doch wie vor den Kopf geschlagen. Das konnte ja nicht sein Ernst sein! Sie fand kaum Worte. »Aber … also … großer Urvater! Puhh! … Du vergisst, dass ich selbstredend mit von der Partie bin! Wie kannst du

denn etwas anderes annehmen? … Deine dicke Brille in allen Ehren – aber … ! Aber vier Augen sehen viel mehr als zwei! Die Nachricht an die Unsrigen kann auch ein Bote übermitteln. Ich muss mit!«
Das Letzte hatte sie mit einer Bestimmtheit verkündet, die keinen Zweifel am Ernst ihrer Auffassung bestehen ließ. Er hatte es befürchtet. Wie hätte es anders sein können? Er nahm eine entschiedene Haltung ein.
»Nein! Liebes, das ist zu gefährlich! Die Angelegenheit klingt sehr ernst. Und ich bin für dich verantwortlich!«
»Hast du vergessen, dass ich dir bei der Templergeschichte* geholfen habe?«, setzte sie sofort nach. »Auch wenn du nicht schlechter beinander bist als damals – so brauchst du mich dennoch ebenso nötig! Und ich bin jetzt neun Jahre älter! Ich kann gut auf mich selbst aufpassen. Aber warum könnte ich mich fürchten, wenn du dabei bist?«
Da half nichts. Sollte er weitere Zeit verschwenden mit dem nutzlosen Versuch, ihr das Mitkommen ausreden zu wollen? Er entschied sich zu kapitulieren.
»Aber du darfst nichts unternehmen, was ich nicht ausdrücklich gutheiße!«, sagte er schwer schnaufend und empfing lächelnd den Kuss, den sie ihm auf die Wange drückte.
Gerardine fasste Mencken bei den Händen und wirbelte ihn einmal durch die gepflasterte Halle des Collegien-Hauses. Der Arme wusste nicht, wie ihm geschah. Und hätte er die junge Dame nicht schon allein wegen ihrer unorthodoxen Beinkleider für irrsinnig gehalten, so tat er es mit leichtem Schaudern jetzt, summte sie doch lachenden Angesichts:
»Hur-ra, hur-ra – Crimi-na-lia!«

Der Generalchirurgus und Generalpathologus Johann Anton Theden schaute entgeistert auf die junge Dame in Hosen. Ge-

*Goldblond. Verheerende Torheit

rardines Freude erhielt einen empfindlichen Dämpfer, als er sagte:
»Damen in der Pathologie? Da sei Gott bevor. Nur nach dem Tod!«
»Ich bin keine Dame!«, protestierte sie. »Ich assistiere meinem Urgroßvater! Ich bin … ich bin … Criminal-Assistentin!«
Theden musste lachen, was absonderlich war, denn normalerweise lächelte er nur.
»Ist das wahr, Monsieur?«
Langustier nickte entschieden und runzelte die Stirn.
»In der Tat, es ist wahr! Sie wird wissen, was sie erträgt. Und wenn es zu viel wird, verabschiedet sie sich – verhält es sich nicht so, Liebes?«
Gerardine strahlte Theden an.
»Nicht anders verhält es sich!«
Auch der neben Theden stehende Polizeipräsident Philippi mit gutmütig rollendem Doppelkinn – klein, furchtbar untersetzt und fast ebenso weiß auf dem Kopf wie Langustier – begrüßte die Ankömmlinge. Er schnaufte etwas vor Anstrengung und konnte es nicht verhindern, dass sein Lächeln im tief von Sorgenfalten durchpflügten, rundlichen Gesicht etwas gezwungen geriet. Die Urenkelin war wieder dabei … Von der Logen-Geschichte war ihm dieses vorwitzige junge Frauenzimmer noch dunkel in Erinnerung. Sein Untergebener Distel hatte ihm damals alles haarklein berichtet. Was sollte er tun? Der König hatte den alten Koch noch einmal zum Hilfspolizisten gemacht. Wenn der es nun so wollte, konnte er nichts einwenden. Schöne Bescherung, doch es wäre ja das letzte Mal. Als Theden, der ewig Lächelnde, ihn lächelnd-fragend ansah, zuckte er daher bloß mit den Schultern.
»Aha!«, sagte Theden. »Nun, aber ich lege offiziell mein Veto ein!«
»Notiert!«, sagte Langustier. »Doch jetzt lassen Sie uns fort-

fahren. Wir sind etwas in Eile. Nicht wahr, Herr Polizeipräsident?«
Philippi nickte und stellte offiziell für den Pathologen klar:
»Des Königs Permiss für Monsieur Langustier ist uneingeschränkt – was er an Hilfsmitteln benötigt, ist ihm zuzugestehen! Und wenn es ein Frauenz…, pardon: und wenn es seine verehrenswerte Urenkelin ist!«
»En avant, Mademoiselle, Messieurs!«, sagte Theden, der sich insgeheim darauf freute, die junge Dame vor Kälte und Blut Reißaus nehmen zu sehen. »So lassen Sie uns in Gottes Namen hinuntergehen!«
Im Leichenkeller mit seinen Backsteinwänden wandelte jeden, unabhängig von der Temperatur, der Frost an. Vor den einst weißen, jetzt grauen, blutbesudelten Laken, die über die beiden gemauerten Seziertische gebreitet waren, biss Gerardine die Zähne zusammen und sprach sich Mut zu. Hatte sie nicht schon ganz andere Leichen gesehen? Eine zumindest: stranguliert, entstellt, überdies nachts in schauerlicher Waldeinsamkeit … Dennoch fuhr ihre Hand instinktiv vor den Mund, als Theden die beiden Tische mit ihrem umlaufenden Wulst und den Blutablaufrinnen schwungvoll von ihren Abdeckungen befreite. Verflixt! Die eigene Courage war etwas, das einem manchmal Angst einjagen konnte … Worauf hatte sie sich eingelassen? War sie noch recht bei Trost? Der Mann damals war vollständig bekleidet gewesen. Doch die zwei hier … o Gott! Diese hier waren das Gegenteil … zwei unbekleidete, tote Männer! Über und über mit blauen Flecken bedeckt und von blutigen Schrammen gezeichnet! Wie weißlich die Haut … große Albino-Nacktschnecken … Sie schlug beschämt die Augen nieder, was Theden Gelegenheit gab, den Toten Tücher über die Lenden zu legen, bevor er sagte:
»Zwei Männer, 73 Jahre alt der eine, etwa 20 bis 25 der andere. Beide rappeldürr. Alter vor Schönheit: Joyard starb an einem oder mehreren tödlichen Stichen ins Herz. Insgesamt kann

man, wenn man die Schrammen und Blutergüsse ignoriert, achtzehn Stiche in die Herzregion unterscheiden, die meisten nicht tödlich.«

»Mon dieu!«, entfuhr es Langustier, obwohl er mit Gott nichts am Dreispitz hatte.

Als sei dies nötig, deutete der Generalpathologus auf jeden einzelnen Stich. Seine Hände waren noch gerötet von den, so schien es, kurz zuvor erst beendeten Untersuchungen. Jetzt strich er sich wie nebenbei über seine Schürze, vor Urzeiten weiß, nun aber im Hüftbereich – nach vielen derartigen Handbewegungen – schwach rosa.

»Es sieht aus, als hätten der oder die Täter es auf das Herz abgesehen und sichergehen wollen, dass es ein Herzstich wäre, der den Tod brächte.«

»Das Herz ist von außen schwer zu sehen«, sagte Langustier und suchte sich zu erinnern: der Sitz des Gefühls nach alter Ansicht, ein höchst symbolisches Organ, der Rose entsprechend, Liebe und Lebenskraft bedeutend … »Man muss wissen, wo es schlägt, um es sicher zu treffen. Das ist bei einem Fisch einfach. Bei einem Menschen nicht. Oder irre ich mich?«

Theden lächelte.

»Nein, manchmal sitzt es in der Mitte, manchmal weiter seitlich, das hängt ganz von der Größe der Lungenflügel ab. Die Herzgröße selbst variiert mit der Größe der körperlichen Beanspruchung. Ich sah Herzen so groß wie Riesenkürbisse, etwa eines bei einem ehemaligen Rossknecht und Einreiter der Armee, der sein Leben lang neben den Gäulen herlief. Wenn ihn nicht ein Huf getroffen hätte – er hätte erst ein halbes Leben nach dem Schwachsinnigwerden die Hufe von sich gestreckt. Aber um auf unseren armen Joyard zurückzukommen: Er erhielt einen Schlag mit einem stumpfen Gegenstand. Dadurch könnte er das Bewusstsein verloren haben. Der Täter mag dann den Herzschlag ertastet und seine Stiche

angebracht haben. Ob er einfach nur schlau ist oder über medizinische Kenntnisse verfügt, wage ich nicht zu entscheiden. Dieses einmal angenommene Vorgehen erschiene mir als einem polizeilichen Laien – der ich natürlich den Kriminalisten nicht dreinreden will – einigermaßen schlüssig zu sein. Es hätte den Vorteil, dass dem Opfer nach den ersten sitzenden Stichen keine Möglichkeit zu entscheidenden Abwehrhandlungen mehr blieb, selbst wenn Joyard, was man in der Praxis des Spitalslebens oftmals erlebt, der starke Schmerz wieder zu Bewusstsein hätte bringen können. Das sah ich schon einmal bei einer Amputation, bei der ich glaubte, aufgrund der cerebralen Absenz ohne Narkotikum auszukommen. Denn – das können Sie selbst nachvollziehen – wenn Sie tief eingeatmet haben, reicht Ihnen diese Luft noch eine ganze Weile zum Leben. Lange genug, um selbst nach einem todbringenden Herzstich dem Stechenden noch einen schmerzhaften oder gar seinerseits todbringenden Stich zu versetzen! Es war dies einmal bei einem Duell zwischen zwei Köchen der Fall, wenn Sie sich erinnern, Monsieur?«
Langustier erinnerte sich sehr gut an diese Geschichte – nur die Jahreszahl wollte ihm nicht einfallen. Sein selbst ernannter »Freund« Richter, damals noch dummer Küchenjunge, war der Auslöser dieses Streites gewesen, bei dem zwei sizilianische Köche den schmählichen und völlig überflüssigen Tod gefunden hatten.
In einer Küche, wo es vor Mordwerkzeugen nur so wimmelt, wirft man nicht ohne Not Fragen der Ehre auf wie die, ob Öl ins Nudelwasser gehöre oder nicht ... schon gar nicht, wenn Süditaliener anwesend sind.
»Perfid!«, entfuhr es Gerardine nach Thedens Analyse.
»Du sagst es, Liebes!«, bekräftigte Langustier. »Das ist das Schrecklichste, was ich je gehört habe! Er war also ohne Bewusstsein, als ihm die tödlichen Stiche beigebracht wurden?«
Gerardine verschwamm alles vor Augen, als sie die weiße

Haut des schönen Jünglings mit dem schrecklichen blutigen Loch in der Brust sah. Doch sie ermannte sich, und es gelang ihr, die Ohnmacht zu umgehen. Sie deutete auf Joyard.

»Wenn man einen Menschen mit achtzehn Herzstichen tötet, dann muss er doch sprudeln wie ein Springbrunnen?«, ergriff sie forsch die Offensive. Das beste Mittel gegen Irritation war die Attacke, sofern man das Bewusstsein nicht bereits verloren hatte.

»Nein, verehrteste Mademoiselle – das ist nicht unbedingt der Fall; der Fontäneneffekt tritt eher bei Verletzung der Schlagader auf. Bei Herzstichen – je nach Sitz und Tiefe der Stiche – bleibt ein Großteil des Blutes in Herzbeutel oder Brusthöhle. Oder es wird gar durch eine Querung in die Lunge geleitet. Auch verschließt sich der Kanal bei schmaler Klinge oder einem Dorn relativ dicht, sodass der austretende Blutschwall gebremst und das meiste, was nach außen dringt, von der Kleidung aufgenommen wird. Unser verehrter Herr Joyard trug daher, als man ihn fand, eine unterhalb des Herzens dunkle, fast schwarz wirkende Kochlivree.«

Nach dieser Antwort ging es ihr nicht unbedingt besser. Aber sie hielt sich tapfer. Außerdem bemerkte sie den schützenden Einfluss der Neugier. Es war möglich, sich abzulenken von Grauenhaftem, indem man auf noch Grauenhafteres zu sprechen kam. Wie weit mochte das gehen? Wartete nicht doch die Ohnmacht?

»Und der junge? Woran starb er?«, fragte sie unerschrocken, doch bereits mit deutlich überhöhtem Puls und leichter Kurzatmigkeit.

»Der jüngere, Saint-Sauliac sein Name, starb, der zentralen Wunde und den Schmauchspuren am Hemd nach zu urteilen, durch ein auf ihn abgefeuertes Projektil.«

»Projektil?«, fragte Gerardine. »Was für ein Projektil?«

»Nun, eine Tartuffel war es nicht«, sagte Theden. »Ich nehme an, es war die Kugel einer Feuerwaffe.«

Für diese Unverschämtheit hätte sie zur Mörderin werden können. Doch sie bewies Nervenstärke, indem sie sich gar nicht damit aufhielt:
»Kam der Schuss von vorn oder von hinten?« fragte sie.
»Ich fand Schmauch, aber keine Stanzmarke vorn auf dem Hemd und auch auf der Jacke. Das Loch in der Brust ist ungleich kleiner als das am Rücken. Die Kugel kam folglich von vorn, die Waffe wurde nicht aufgesetzt, sondern aus kurzer Distanz abgefeuert. Ich nehme an, der Mann war sofort tot. Die Jacke weist nur ein Loch am Rücken auf. Den Ausschuss, wie man sicher annehmen darf.«
In die entstehende Pause hinein fragte Gerardine:
»Wenn ich Sie richtig verstanden habe, war der Junge sofort tot, während Joyard noch lebte nach den ersten Stichen. Was beschleunigt den Tod durchs Erschossenwerden – verglichen etwa mit dem Tod durchs Erstochenwerden?«
Theden lächelte über diese Frage, die wenig mit der Klärung des Falles zu tun hatte. Das Frauenzimmer war schwer aus der Ruhe zu bringen. Das nahm ihn für sie ein.
»Nun, Mademoiselle, was den Tod beim Erschossenwerden begünstigt und verschnellert, ist der sogenannte traumatische Schock, den mein Kollege Le Dran schon vor vierzig Jahren beschrieben hat – der Zusammenbruch aller Lebensfunktionen durch starken Schmerz! Frontal in die Brust Getroffene, die noch Worte herausbringen können, sagen oft, dass es sei, als würde ihnen der Leib zerrissen. Die Lunge kollabiert, das Nervensystem ist bereits jenseits von Gut und Böse …«
»Wie viele der Männer, die Sie dort trafen, waren denn bewaffnet?«, fragte Langustier den Polizeichef, um vielleicht wieder etwas Sachdienliches zu erfahren.
»Alle«, antwortete Philippi, dann präzisierte er: »Alle außer Prinz Heinrich … und den beiden Mordopfern. Es gibt amerikanische Kurzgewehre neuer Bauart, Pistolen sowie alte

preußische Flinten. Die Amerikaner tragen die Barker-Rifles, der Dorfschulze Heinrich Decker verfügt über eine preußische Muskete. Sein Sohn Friedrich, sein Diener Pfeiffer und Mylenthal, der Adjutant des Prinzen, haben preußische Armee-Pistolen, Fersen eine schwedische.«

»Axel von Fersen? Der Intimus der französischen Königin?«, fragte Theden interessiert dazwischen.

Philippi nickte.

»Was tat der denn dort?«, fragte Langustier.

»Fersen ist privater Geheimpolizist Marie Antoinettes. Er vermutete in Saint-Sauliac – dem jungen Toten hier – einen Betrüger, der möglicherweise in die Halsbandaffäre verwickelt war, die *affaire du collier* … Daher war Fersen nach Rheinsberg gekommen. Als Mitglied der Cincinnati fügte er sich gut in des Prinzen Amerika-Verbrüderungszeremonie ein …«

»Cincinnati?«, fragte Gerardine.

»Das erklär ich dir später!«, sagte Langustier. »Wir müssen weiterkommen: Wie sieht es mit Dolchen und scharfen Messern aus?«

Philippi lächelte:

»Ich bitte Sie – jedermann hat ein Messer, jeder Offizier einen Dolch! Sie als Koch …?«

Langustier nickte. Er musste es zugeben, das war eine törichte Frage.

»Hat man die Todeskugel gefunden? Vielleicht kann man das Kaliber feststellen und wenigstens herausfinden, ob sie einer Hand- oder einer Faustfeuerwaffe entstammte?«

»Die Kugel steckte nicht mehr«, sagte Theden und blickte Hilfe suchend zu Philippi. Aber der Polizeichef schüttelte bedauernd den Kopf.

»Wir wissen, wo der Schuss erfolgte: am Hang unterhalb der Eisgrube, bei dem Ausflussrohr, wo Blutspuren zu finden waren. Aber da das Gelände extrem abschüssig ist und völlig unklar, bis wohin die Kugel flog, halte ich den Versuch, sie zu finden, für ganz aussichtslos. Sie kann Hunderte von Metern hinabgerollt sein!«

Langustier schüttelte nachdenklich den Kopf, während Theden den vollen Eimer entfernte, der unter dem Abfluss der Rinne hing.

»Ist das Blut?«, fragte Gerardine entsetzt. »Ich denke, im Toten gerinnt es?«

»Bei Weitem nicht das ganze, Mademoiselle! Gut die Hälfte war im vorliegenden Fall noch flüssig.«

Gerardine schluckte. Musste man eigentlich alles und jedes immer so genau wissen? Dumme Frage, schalt sie sich sofort: Natürlich musste man ... Zum Beispiel musste man auch wissen, was das da war.

»Was, denken Sie, ist das?«, fragte sie und deutete auf die fingerbreite Unterbrechung der linken Augenbraue des Erschossenen.

»Keine Wunde, eher eine Haarwuchsstörung. Bei den meisten Menschen gibt es solche Stellen, etwa auch an den Koteletten oder an anderen ... äh ... haarigen Partien.«

»Sie meinen also, dass er das schon immer hatte?«

»Ja, und ich denke, wenn er jemals einen richtigen französischen Passeport oder ein amtlich beglaubigtes *laisser-passez* hatte, dann hätte es als Merkmal dort eingetragen worden sein müssen.«

»Wir fanden kein amtliches Dokument bei ihm oder in den wenigen Kleidungsstücken, die er mit sich führte. Er scheint sich an Menschen gehalten zu haben, in deren Protektion er reiste«, ergänzte Philippi.

»Und die Schürfungen, die blauen Flecke?«, fragte sie weiter.

»Postmortale Einwirkungen, die von dem Sturz herrühren«, sagte Theden. »Ich fand in den Wunden tief eingedrungene Lehmpartikel und Blattfragmente von Birke und Eiche.«

Philippi fügte hinzu:

»Diese Blattreste beweisen, was wir ohnehin schon wissen:

dass der Fundort nicht der Tatort war. Dort, wo das Blut vom Schuss am Boden klebt, findet sich Eichen- und Birkenlaub. Wo sie zuletzt lagen, bedecken Buchenblätter den Grund der Schlucht.«

»Warum hat der Mörder sie nicht einfach dort gelassen, wo er sie tötete?«, wollte Gerardine wissen: »Warum hat er sich auch noch die Mühe gemacht, die Toten in die Schlucht zu werfen? War das nicht unnötig strapaziös?«

Philippi schwieg, Thedens Zuständigkeit war überschritten. Langustier mutmaßte:

»Er wollte sicher rasch größere Distanz zwischen sich und die Toten bringen. Er musste sie bloß ein paar Stufen weiter nach unten ziehen, das kostete ihn kaum Zeit und Kraft. Sie fielen in die Schlucht, und schon im nächsten Moment war er wieder im Nebel untergetaucht.«

Sie sagte, laut nachdenkend:

»Er hat sie nicht beide erschossen, weil er a) keine zwei geladenen Pistolen oder Gewehre bei sich trug und/oder weil er b) seine demonstrativen Herzstiche anbringen wollte. Er schoss erst, dann nahm er das Messer … Seltsam, dass Joyard in diesem Fall nichts unternehmen konnte … oder weggelaufen ist?«

»Du vergisst den Schlag, der ihn außer Gefecht setzte«, sagte Langustier.

»Ach ja. Also schlug er erst den armen Joyard bewusstlos, erschoss den anderen, um sich dann in Seelenruhe Joyards Herzen zuwenden zu können. Absolut ungewöhnlich, nicht wahr? Exzentrisch … Es könnten auch zwei gewesen sein!«

»Du sagst es. Dürfte ich die Kleidungsstücke einmal sehen? Die Jacke dieses Saint-Sauliac interessiert mich auch.«

Während Philippi einige blutige Stofffetzen anschleppte, setzte Langustier seine schwarze Riesenbrille auf. Joyards Jacke wäre an der königlichen Tafel nicht mehr unbedingt vorzeigbar, dachte er. Die Stichregion sah grauenhaft aus. Nach mehrmaligem Hin- und Herwenden legte er sie beiseite. Der braune Samt der Jacke des anderen bot einen nicht minder fatalen Anblick, wenn man wusste, was die beiden Löcher mit den zerfetzten Rändern und die dunklere Rückenpartie zu bedeuten hatten. Als er sich die Innenseite ansah, stutzte er.

»Seht euch das an! Gerardine, was meinst du dazu?«

Sie besah sich den quadratischen Lappen, der herunterhing. Seitlich, unter der Achsel, war eine Naht noch in voller Breite erhalten, von den drei anderen kündeten nur noch ein paar Fadenreste.

»Da war etwas eingenäht!«, sagte sie. »Es ist herausgerissen worden.«

»Sehr gut, Liebes! Da war etwas verborgen. Zu zwei Tötungen kommt möglicherweise ein Raub hinzu. Ob er vorsätzlich war?«

Philippi besah die fragliche Stelle.

»Der Mörder war kaltblütig«, sagte er. »Das ist eine Trivialität angesichts der Fakten. Aber eine gewisse Steigerung ergibt sich meines Erachtens doch aus der Tatsache, dass er diesen Raub begangen hat, während er dem Jungen die Waffe förmlich vor die Brust hielt. Möglich auch, dass er ihn gezwungen hat, das versteckte Gut selbst herauszurücken.«

»Das Versteck könnte aber auch schon länger leer gewesen sein«, gab Gerardine zu bedenken.

Langustier nickte. Sie hatte recht. Das ließ sich nicht bestreiten.

»Nun tragen Sie Ihren Fall mal vor«, sagte Langustier zu Philippi, gnadenlos lächelnd, in schönstem Inquisitorenton.

»Sicher braucht dieses Versteck gar nichts mit dem Mord zu tun zu haben«, gestand der Polizeichef zu, mit leicht belegter Stimme, da ihn der Alte so herausgefordert hatte. Doch er gewann rasch wieder Vertrauen in die eigene Unwissenheit: »Aber angesichts der übrigen Umstände sollten wir nicht vom unwahrscheinlichsten aller Fälle ausgehen. Dieser Raub ist

bisher das Einzige, was den Mord an Saint-Sauliac zu erklären vermag. Der geraubte Gegenstand muss von großem Wert gewesen sein. Ein Weiterleben des Bestohlenen konnte nicht hingenommen werden. Möglicherweise erfolgte auch die Tötung Joyards, um den Zeugen eines Raubes zu beseitigen.«
Gerardine sagte nichts zu diesem in mehrfacher Hinsicht widersinnigen Lösungsvorschlag.
»Nur so scheint es zur Zeit erklärlich«, schob Philippi nach, vom eigenen Ingenium überwältigt. »Saint-Sauliac hatte wenig bei sich, reiste wohl immer mit kleinem Gepäck. In seinem Koffer war nur Kleidung. Deutet auf eine unstete, eventuell betrügerische Existenz. Nie lange an einem Ort, stets darauf vorbereitet, rasch wieder zu verschwinden. Ach ja, und in seiner Jacke fand sich bloß dieser zerknitterte kleine Abriss …«
Langustier hielt ihn dicht vor die Brillenscheiben, während sie langsam aus dem Keller hinaufstiegen. Er gab den Zettel Gerardine. Sie las und fragte:
»Eine Adresse: *…ecker, Paris, Rue Geoffrin*. Was ist das?«
Philippi zuckte die Achseln.
»Auf der Fahrt können Sie die bisher protokollierten Aussagen und meine Beobachtungsnotizen für den König einsehen. Zwei Beamte halfen mir gestern. Wir haben viel gehört und aufgeschrieben! Es sind ein paar hochrangige, teils weit gereiste Personen in die Geschichte verwickelt. Mir wird ganz anders, wenn ich daran denke.«
»Und mir schwindelt, wenn ich an die Lebenszeit denke, die ich mit dieser Sache verliere. Das Familienfest wirft schon seinen Frühlingsschatten voraus …«, sagte Langustier, tatsächlich schweißüberperlt.
Theden belächelte ihn diagnostisch und sagte:
»Ich bin freudig erstaunt, Monsieur, Sie in einer so erstklassigen Verfassung zu sehen. Sie sind ein medizinisches Wunder! Wollen Sie mir nicht testamentarisch Ihren Corp…«

»So weit kommt es noch!«, schnitt ihm Langustier mit gespielter Entrüstung das Wort ab. Er fühlte sich weiterhin ausgeruht und allseits belastbar, wenngleich ihm ein wenig mulmig wurde, wenn er an die lange Fahrt dachte, die vor ihnen lag. Das Kutschefahren bekam ihm im Alter immer schlechter.
Gerardines Herz klopfte heftiger als gewöhnlich, als sie losfuhren. Zeitweise war es ihr in Thedens Sektions-Gruft doch in die Hose gerutscht … Aber es freute sie, dass sie durchgehalten und sich keine Blöße gegeben hatte. Der Herr hatte sicher gedacht, Rechtsmedizin sei eine Männerdomäne.

Langustier hatte die Brille aufgesetzt und sich noch einmal die Protokollbögen in der Kladde angesehen, die ihm Philippi in die Hand gegeben. Seine Augen waren gerötet, als er damit zu Ende kam und die Schleife wieder zuband, welche die Aktendeckel zusammenhielt. Einen etwas besseren Überblick über die beteiligten Personen hatte er nun. Das war bei den vielen Namen und Vorgeschichten kein geringes Pensum. Leicht übel war ihm, denn er hatte im Fahren noch nie gern gelesen. Die Kutsche rumpelte seit drei Stunden in einem fortwährenden Kampf gegen Sandkuhlen, Stock und Stein Richtung Osten.
»Der Prinz, die Amerikaner und zwei Morde …«, murmelte er. »Eines der Opfer war ein ehemaliger Koch des Königs, der andere ein Gast des Prinzen … das krudeste Verbrechen, das mir je begegnet ist. Ich habe noch nicht die leiseste Idee …«
»Hast du nicht selbst immer wieder hervorgehoben, Urgroßpapa, wie gut und notwendig es sei, ohne vorgefasste Meinung oder Idee an einen Fall heranzugehen?«, fragte Gerardine, während sie in die bis jetzt wenig erbauliche Landschaft hinaussah. Wo war die viel gerühmte Schweiz? Das war flaches Gelände mit unspektakulären Föhren- und Eichenwäldern. Belanglose, schmucklose Weiler. Tiefste Provinz … Es war zwei Uhr, wie Langustier nach einem Blick auf seine zwiebel-

förmige Taschenuhr verkündete. Sie hatten die Pritzhagener Hochebene erreicht.
»Sehr richtig, meine Liebe«, entgegnete er. »Es ist sogar ganz unerlässlich, alle Theorien oder spontanen Einfälle zu Beginn einer solchen Untersuchung zu vergessen oder doch zumindest hintanzustellen. Im Übrigen«, sagte er, mehr in Philippis Richtung, der ihnen in abgerundeter Hilflosigkeit gegenübersaß, »heißt ohne Ideen zu sein nicht zugleich, ratlos zu sein. Es gibt jenseits aller Ideen, die man hat oder nicht hat, eine Art allgemeines *procedere*, das aus der notwendigen Perspektivlosigkeit herausführt und die … «
»Apropos Perspektiv – bitte gib mir einmal dein Taschenfernrohr!«, sagte Gerardine aufgeregt. »Ich habe da draußen etwas Unglaubliches gesehen, über einem Wäldchen in der Ebene!«
»Das Wäldchen ist der bewaldete Kirchhof von Neu-Charlotte. Wir sind gleich da!«, sagte Philippi, als er ebenfalls einen Blick aus dem Fenster warf. Das Gut und die Agrarsiedlung lagen nur noch etwa eine Viertelmeile entfernt. Der Karpfenmund des Polizeichefs öffnete sich, und selbst Langustier, der schon viel gesehen, machte große Augen. Im nächsten Moment kam die Kutsche ins Holpern. Die Pferde wieherten, scheuten, und der Kutscher hatte Mühe, sie im Zaum zu halten und das Gefährt zu stoppen. Sie stiegen aus und starrten gebannt schräg hinauf in den Himmel. Über Neu-Charlotte stand, als große künstliche Sonne … ein strahlend gelber Ballon!
»Mein Gott, was ist denn das?«, entfuhr es Langustier. »Hat man je eine größere fliegende Tartuffel gesehen? Das muss der Franzose aus Amerika sein!«
»Heißa!«, rief Gerardine und sprang vor Freude im Kreis. »Ich glaube es nicht! Das will ich erleben – so da oben zu schweben!«
Der Polizeichef fasste sich und sagte:
»Das … ist … in der Tat bemerkenswert! Superb! Ich kenne das bisher nur von Abbildungen. Vom ersten Aufstieg Lunar-

dis mit seiner Montgolfière in Paris vor einem Jahr. Aber wo sind die Segel? Wo die Ruder?«

Gerardine lachte ihn aus.

»Braucht man alles nicht. Um in der Luft zu rudern, sind die Ruderblätter viel zu klein«, belehrte sie ihn. Ihr Interesse galt schon seit Jahren den Ballonen, und sie durfte sich rühmen, so viel darüber zu wissen wie niemand anderes in Berlin. Sie hatte im Tiergarten, auf dem großen Exerzierplatz, schon erfolgreiche Experimente mit heißluftgefüllten Stoffsäcken unternommen.

»Und außerdem, Herr Polizeipräsident«, sagte Gerardine auftrumpfend, »Lunardis Ballon war eine Charlière, ein Gasballon! Und er startete nicht vor einem Jahr, sondern schon vor dreien … in London! Das hier ist eine Montgolfière, ein Heißluftballon. Ballone brauchen keine Segel, ihre Oberfläche ist groß genug, um selbst wie eines zu wirken! Dieser Ballon dort schwebt so fest, weil er an einer Leine hängt. Es ist ein gefesselter Ballon. Da man dem Wind vertrauen muss und nicht steuern kann, macht der Schiffer nur los, wenn er das Abenteuer wirklich riskieren will. Da ist er, ich sehe ihn! Er winkt uns zu!«

Sie hüpfte aufgeregt und winkte zurück.

Der weise, weißhaarige Langustier grinste den gemaßregelten, blassen Philippi unverhohlen diebisch an. Die beiden winkten ebenfalls.

»Sie weiß alles darüber! Wäre unser Doppelmord vom Ballon aus geschehen, hätten wir die alleinige Expertin in ihr!«

Vielleicht war ihr dieses so lebhafte Interesse von der Ururgroßmutter vererbt worden, dachte Langustier, genealogische Wurzelfasern ahnend: Jeanne Antoinette Elisabeth Langustier, seine Mutter, war eine geborene Montgolfier!

»Lalande hat ein Alibi«, sagte Philippi. »Er war im Heidekrug, während Amerikaner und Amerikanische Brüder ausschwärmten, nach ihm zu suchen. Das bestätigten der Kutscher und die Bedienung im Krug. Er sei nur für einen Moment vor die Tür, um den Ballon abzuladen. Dabei wären die Kinder aus dem Dorf mit ihm gewesen. Er hätte keine Sekunde woanders verbracht.«

»Natürlich war er bei seinem Ballon!«, ereiferte sich Gerardine. Ihre Wangen brannten, nachdem sie den wagemutigen Lalande im Perspektiv gehabt hatte. »Ein Ballonfahrer denkt immer zuerst an sein Luftschiff!«

Sie fuhren auf den Ballon zu, dann einmal um den Kirchhof mit seinen wahrlich kapitalen Eichbäumen. Die Kolonistenhäuser vis à vis von Heidekrug und Gutshof waren reetgedeckt und aus Backstein. Eine lange Stichstraße führte vom Gut bis ans Ende der Siedlung. Fast überall sah man Speicher und Ställe. Hunde kläfften. Der eckige Turm der gedrungenen Feldsteinkirche war fast zur Gänze zwischen den hohen, rauschenden Eichen versteckt. Clybers Grabstein auf dem Kirchhof zwischen den großen Bäumen leuchtete auf einer Lichtung als kleiner Obelisk.

»Clyber«, sagte Langustier, auf den Stein zeigend, und setzte Gerardine in Kenntnis:

»Yorktown-Kämpfer, kriegsversehrt, Kleiber-Erbe, starb 1781. Witwe: Louise Clyber, Joyards Schwester, jetzige Gutsbesitzerin.«

Philippi ergänzte:

»Verpachtete 1781 das Erbschulzenrecht der Kleibers an Heinrich Decker; Tochter: Elisabeth oder Lizzy, geboren in den USA, in Charlotte, North Carolina. Joyard kam 1782 hierher, nach seiner Entlassung.«

»Wie alt ist diese Lizzy?«, fragte Gerardine.

»So alt wie Sie, Mademoiselle«, sagte Philippi.

»Was ist mit der männlichen Ortsbevölkerung?«, fragte Langustier. »Haben Sie alle überprüft?«

»Jeden. Alle waren in der Kirche. Einzige Ortsansässige beim Amerika-Ritual sind Decker, der Schulze, sein Sohn Friedrich und sein Gehilfe Pfeiffer gewesen.«

»Was können Sie mir über Decker erzählen? Woher kommt er? Wo ist seine Frau?«
»Er ist verwitwet, seine Frau starb bei der Geburt des Sohnes. Danach hat er nicht wieder geheiratet. Er war Jäger beim Herzog Adolf Friedrich von Mecklenburg-Strelitz. Der unterstellte ihn leider einem Beamten, der alles daransetzte, ihn anzuschwärzen. Dieser dreiste Mann behauptete, Decker hätte in den Revieren den Schmuggel begünstigt. Dabei war er selbst der König der Contrebanditen … Kaffee und anderes über die grüne Grenze nach Preußen … Decker schnappte eine Schmugglerbande und drohte seinem intriganten Vorgesetzten damit, sie vor den Fürsten zu bringen, wo sie ihn zweifellos, um ihre Köpfe zu retten, ans Messer geliefert hätten … So kam er zu einem Abschied ohne Ehrverlust und – wie es aussieht – zu einer ordentlichen Abfindung. Wer immer ihm diese auch zahlte.«
»Der schurkische Schmuggel-Gewinnler-Vorgesetzte, nehme ich an«, mutmaßte Langustier.
Philippi nickte. Die Welt war einfach schlecht, da konnte man nichts machen.
»Wo war der Kutscher Seiner Königlichen Hoheit?«, fragte Gerardine, einer plötzlichen Eingebung folgend.
»Einen solchen gab es nicht«, sagte Philippi. »Friedrich Decker chauffierte den Prinzen, Fersen, Saint-Sauliac und den Adjutanten Mylenthal.«
»Was machte der in Rheinsberg?«, fragte Gerardine.
»Der Sohn des Schulzen erlernt dort im Boberow das Handwerk des Waidmanns und Forstmeisters.«

Amerikaner und Amerikanische Brüder saßen im Heidekrug. Es herrschte eine bedrückte Stimmung, als Philippi, Langustier und Gerardine die Wirtsstube betraten.
Prinz Heinrich und Benjamin Walker, der Kongressabgeordnete waren als Erste aufgestanden und bestaunten die junge

Dame. Eine Berlinerin in Hosen war eine Attraktion. Nach und nach machte sich wohlgefälliges Grinsen auch bei den Amerikanern breit, die sich ebenfalls erhoben hatten, um die Ankömmlinge zu begrüßen.
»Ich bin untröstlich, Monsieur, dass wir uns unter diesen Umständen wiedersehen – meine Verehrung, Mademoiselle!«, sagte der Prinz.
»Seine Majestät hat mich …«, sagte Langustier, während sich Gerardine vor dem Prinzen verneigte.
»Ich weiß!«, sagte die Hoheit unwirsch. »Mein, äh, werter Bruder hat auch die teuflische Ordre gegeben, uns alle hier so lange zu kasernieren, bis Sie in Ihren Interessen zufriedengestellt sind. Sie werden eine Ruhestätte in Madame Clybers großem Haus finden. Und ich bitte Sie sehr, so schnell es geht mit dieser … Untersuchung zu Rande zu kommen … Ich logiere bei Monsieur Decker unten am See. Mister Walker, mein Adjutant sowie Herr von Fersen ebenfalls.«
Die Genannten verbeugten sich. Gerardine blieb der feurige Blick, den der Graf ihr zuwarf, nicht verborgen. Fersen, Fersen, der Name sagte ihr irgendwas …
War das etwa der Intimus der französischen Königin, von dem Theden gesprochen hatte? Marie Antoinettes Favorit, ihr Liebhaber gar?
»Ich danke Ihnen, Prinz, für die Fürsorge …«, sagte Langustier. »Ich will weder Ihre noch meine Zeit vergeuden. Dürfte ich Eure Hoheit daher gleich bitten, mir zu sagen, in welcher Beziehung Philippe Saint-Sauliac zu Ihnen stand?«
Langustier sah die Träne im prinzlichen Auge. Der Prinz tupfte mit einem blütenweißen, seidenen Tüchlein, und schon war sie verschwunden.
»Sie müssen, sie dürfen auch, da der König Ihnen zu derlei die Permission erteilte … Ungern antworte ich Ihnen auf diese Frage, höchst ungern.«
Jetzt rann eine zweite Träne ungehindert über die Wange.

»Philippe Saint-Sauliac war mein Lecteur. Ich lernte ihn in Paris kennen und brachte ihn mit. Er war sozusagen ... ein touristisches Mitbringsel. Noch vor ein paar Tagen unterhielt ich mich länger mit ihm über seine vorgeblichen Reisen mit berühmten Männern. Aber gut gekannt hab ich ihn dennoch nicht. Er war ... nun ja ... wie soll ich sagen ... anregend, aber verschlossen. Ein schwer zu durchschauendes Rätsel.«
»Diese Rolle folgte ihm in den Tod«, sagte Langustier. »Ich danke Ihnen, Prinz. Vielleicht muss ich Eurer Hoheit später nochmals beschwerlich fallen ...«
»Wenn Sie nur tunlich dafür Sorge trügen, dieses *später* in ein *alsbaldigst* zu verwandeln!«, sagte Prinz Heinrich ärgerlich.
Er und Walker nahmen wieder am Tisch Platz. Langustier, nachdem er ansatzweise gedienert hatte, wandte sich dem Forstadjunkten Friedrich Decker zu.
»Mit Ihnen möchte ich mich ebenfalls sogleich einmal unterhalten! Draußen!«
Er verständigte sich mit Philippi durch einen Blick – der Polizeipräsident verstand, dass er sich nun im Hintergrund zu halten hatte und nur fürs Protokoll zuständig war. Friedrich Decker blickte seinen Vater fragend an. Heinrich Decker, ein mittelgroßer Mann, dem das Wohlleben am vollen Gesicht und an der Bauchwölbung abzulesen war, flüsterte seinem Sohn etwas zu.
»Wie spät ist es?«, fragte Langustier die Bedienung.
»Es muss so gegen viere sein«, antwortete das Mädchen. »Die alte Uhr ist kaputt. Unsere einzige Uhr!«
Langustier hielt inne und zog eilig die Brille hervor, setzte sie auf und schaute dann auf seine Zwiebel, die an einer Kette hing und sicher in der Rocktasche verborgen war. Es war kurz nach drei! Teufel aber auch, dachte er. Hier war schwer ein Alibi zu belegen.
Während Philippi sich bemühte, im Krug die am Vortag begonnenen Befragungen zu Ende zu bringen, gingen Langus-

tier und Gerardine mit Friedrich Decker hinaus. Der verwunschene Kirchhof bot sich als Verhörort an. Als sie kurz darauf vor Clybers Grab standen, sagte der junge Decker:
»Ich habe dem Polizeipräsidenten schon alles erzählt, was ich gesehen habe – nichts! Der Nebel war überall. Ich kam mit meinem Vater zu den beiden tot am Boden Liegenden, als schon fast alle anderen um sie versammelt standen.«
»Ich habe das Protokoll durchaus studiert«, sagte Langustier, »mit heißem Bemühen. Trotzdem ... wenn ich bitten dürfte? Was übrigens hat Ihnen denn Ihr Vater da gerade eben zugeflüstert?«
Decker lachte.
»Er meinte nur, dass Sie noch immer der gefährlichste Mann im Land sind – der König hielte geheimes Konzil mit Ihnen. Was ich der Polizei gesagt hätte, hätte keinen Belang. Auf die Befragung durch Sie käme es an.«
Gerardine lächelte. Die Worte des leicht anämisch wirkenden Jünglings gefielen ihr. Ganz so jung war er nicht mehr, schätzte Gerardine. Er mochte in ihrem Alter sein, wirkte aber sehr verschlossen.
»Wie gefällt Ihnen das Waidhandwerk?«, fragte Langustier.
»Überaus wohl!«, antwortete Friedrich Decker.
Langustier wartete einen Moment, aber es kam nichts weiter.
»Was wissen Sie über den toten Lecteur?«
»Nichts.«
»Das ist nicht viel. Haben Sie ihn dort nie mit dem Prinzen zusammen gesehen?«
Decker junior zögerte kurz, neigte dann leicht den Kopf.
»Wo wohnte er in Rheinsberg?«
»Im Marstall. In der Wohnung, die früher dem Baron Meerkatz gehörte.«
»Ach, dem alten Meerkatz ... der seine Güter wieder in Besitz genommen hat?«
«Hatte, ja. Er ist gestorben, schon vor zwanzig Jahren.«

»Oh! Ich bedaure das zutiefst, ich habe ihn gekannt und gemocht! Das heißt, Saint-Sauliac wohnte nicht direkt im Schloss beim Prinzen?«
Der junge Decker sah sich verstohlen um. Gerardine hatte Mühe, ihn noch zu verstehen, so leise wurde er.
»Ich weiß, Monsieur, worauf Sie hinauswollen ... Ich glaube nicht, dass es jemanden gab, der es nicht mitbekommen hätte, wie es um ihn und den Prinzen stand. Der Adjutant des Prinzen schlich in Tränen aufgelöst durch den Wald ... noch am Tag vor Saint-Sauliacs Tod.«
»Mylenthal? Sie meinen ... er wäre ... auch einmal ...«
Langustier zog die Brauen hoch. Er hatte verstanden. Decker senkte die Stimme jetzt zu einem Raunen. Es war ihm offenbar peinlich, derlei vor der schönen jungen Dame zu äußern. Langustier bat um Wiederholung und zeigte auf sein linkes Ohr: »Pardon, noch mal bitte, diesmal direkt hier hinein!«
Gerardine zog spöttisch eine Augenbraue hoch.
»Mylenthal ist passé ... Prinzliche Gnaden haben einen regen Verschleiß, um die Formulierung meines Forstmeisters zu gebrauchen. Ich sah die beiden am Sonntag auf dem Weg zu des Prinzen Schäferhütte im Boberow. Und wenn ich mich nicht arg täusche, war dieser Gang sehr einvernehmlich, wenn Sie verstehen, was ich meine.«
»Verstehe, verstehe! Was für einen Eindruck hat Saint-Sauliac auf Sie gemacht?«
»Ein musischer Mensch. Aber irgendwie auch sehr bodenständig. Schwer zu beschreiben. Ein Mann, dem nichts geschenkt worden ist, der sich aber dennoch eine romanhafte Art bewahrte, die Welt zu sehen. Er hielt wohl alles für Theater und sah sich selbst die Titelrolle darin spielen.«
Hübsch formuliert, fand Langustier. Aber reichlich allgemein. Ein Allsatz. Denn dachten und lebten nicht alle Menschen so? Er bedankte sich bei Decker. Anschließend gingen er und Gerardine ins blassgelbe, zweistöckige Gutshaus.

Louise Clyber, eine große, schlanke grauhaarige Frau Mitte fünfzig, saß in der Küche und weinte. Tochter Lizzy stand ratlos daneben. Als die Gutsherrin Langustier und Gerardine erblickte, begann sie noch heftiger zu schluchzen. Gerardine stellte erstaunt fest, wie ähnlich sich Mutter und Tochter sahen – bis auf Elisabeths blondes Haar. Lizzy war ihr sofort sympathisch. Langustier schloss Joyards Schwester in die Arme.

»Mein Beileid, Madame. Ich kann diese schreckliche Geschichte nicht begreifen. Es ist grauenvoll!«

Louise Clyber befeuchtete zur Antwort seine maigrüne Samtschulter.

»Wie schrecklich der Anlass auch ist – es ist schön, Sie zu sehen!«, sagte Louise Clyber. »Mein Bruder hat viel von Ihnen gesprochen, vor allem in den letzten Tagen. Heute hätte er Sie getroffen, bei Gericht, und er hat sich darauf gefreut, das dürfen Sie mir glauben.«

Er nickte, wiewohl sein Glaube an das Behauptete nicht groß war.

»Schön, dich kennenzulernen!«, sagte Gerardine zu Lizzy, nachdem sie erst die in Tränen aufgelöste Mutter stumm umarmt hatte.

»Ganz meinerseits!«, entgegnete Lizzy. »Was du da trägst, könnte dir auf dem flachen Land leicht zum Verderben gereichen: Hier nimmt man die Kleiderordnung noch sehr streng. Ich dachte, alle Berlinerinnen wären Modepüppchen – etepetete bis zum Gehtnichtmehr …«

Louise Clyber trocknete sich die Tränen und lächelte schwach. Gerardine lachte.

»Die Hosen habe ich mir zur Gewohnheit gemacht. Heute sind sie zufällig besonders praktisch. Dass ich zu einer Sondertour aufbrechen würde, wusste ich vor Stunden noch gar nicht!«

Lizzy, bodenständig und resolut wie ihre Mutter, war erstaunt, eine verwandte Seele aus der angeblich so verweichlichten Großstadt vor sich zu haben.

»Da haben sich zwei gefunden«, sagte Langustier zu Louise Clyber, nachdem sich die jungen Damen zum Fenster begeben hatten. »Ich war mir nicht sicher, ob es gut wäre, Gerardine hierher mitzunehmen. Aber jetzt weiß ich es – Sie müssen verstehen: Das Mädchen steht in der Stadt einsam da. Sie ist … anders … Gut, dass sie sich mit Ihrer Tochter versteht. Das wird den Schmerz mindern, den Ihre Elisabeth jetzt wohl empfindet.«
»Lizzy ist ebenfalls einsam. Der junge Decker ist hinter ihr her. Sonst gibt es hier draußen keinen, der sich an sie herantraute. Und die Töchter schon gar nicht. Sie ist eben eine halbe Amerikanerin, wie auch ich. Wir konnten uns nie mit den hiesigen Gegebenheiten abfinden.«
»Welche Gegebenheiten meinen Sie?«, fragte Langustier.
»Nun, mit der Monarchie. Wir sind Kinder der Revolution.«
»Oh, ich verstehe … Aber ohne unseren König würde hier alles auseinanderlaufen. Es bedarf wohl noch einer langen Zeit, schätze ich, bis in Preußen einmal die Revolution ausbricht.«
»Lassen Sie uns nicht länger über Politik reden«, bat sie. »Mein Gatte hat mich in dieser Hinsicht für mein Leben versorgt. Sie glauben nicht, wie viel Wert er auf solche Dinge legte. Er, der Mitunterzeichner der Mecklenburg-Declaration …«
Langustier sah ihn leibhaft politisierend vor sich, wohl weil er hier als Ölbild an der Wand hing: ein Clyber neben vielen Kleibers … Alle hatten die gleiche hohe Stirn, die edle große Bogennase, stechende Augen, das leicht heroisch-jesuitische Pioniergehabe.
»Wunderbar, dass Sie am Leben sind und noch so frisch und munter! Wenn Sie den Mörder meines Bruders finden, würde ich Ihnen glatt den Heidekrug schenken, zum Dank«, sagte Joyards Schwester.
Langustier wehrte entschieden ab und trat rasch einen Schritt zurück.

»Nein, oh nein, ich bitte Sie! In meinem Alter braucht man keine Wirtschaft mehr. Mein eigener Herd reicht mir voll und ganz. Erzählen Sie mir bitte erst einmal etwas mehr von Ihrem teuren Bruder. Da stand ich viele Jahre mit ihm zusammen in der Küche und weiß nichts über sein Privatleben, außer dass er ledig geblieben ist. Ich würde mich auch gern, wenn Sie nichts einzuwenden haben, in seinen privaten Räumen umsehen.«
Die schmerzlichen Gefühle wurden zu übermächtig. Die Sinne drohten ihr zu schwinden. Er umhalste sie wieder und sprach ihr leise Trost zu.
»Zu versprechen, dass alles wieder gut würde, wäre gelogen, meine Teuerste. Aber ich werde Ihnen Genugtuung verschaffen, das verspreche ich Ihnen. Vorausgesetzt, ich sterbe nicht eher … Sie haben Ihren Bruder sehr geliebt, nicht wahr?«
Sie bestätigte dies, und er sah die Heftigkeit der Trauer in den Bewegungen ihres schönen Kopfes. Ihr Haar war weich, und es roch gut. Verdammt, dachte er – warum bin ich nicht dreißig Jahre jünger? 25 würden auch reichen … Ach was: zehn! Sie schien unter dem sanften Streicheln seiner Hand ein wenig zu genesen. Viel zu rasch machte sie sich zu seinem Leidwesen frei und vertraute die letzten Tränen ihrem Taschentuch an.
»Ich werde Sie hinaufführen. Émile bewohnte drei Zimmer in der ersten Etage. Ich erzähle Ihnen natürlich alles, was Sie wissen wollen. Er achtete Sie und Ihre Arbeit. Auch wenn er, glaube ich, eifersüchtig war auf Ihre bevorzugte Stellung beim König.«
Langustier gab Gerardine mit den Augen ein Zeichen, und sie folgte ihnen; Lizzy ebenfalls.
»War er in der letzten Zeit irgendwie verändert?«, fragte er, unnachgiebig im kräftig-atmenden Bestreben, diese steile Treppe nicht sein vorzeitiges Ende werden zu lassen.
»Nein. Oder, warten Sie – in der letzten Zeit wäre zu viel gesagt. Aber seit Gründonnerstag war er merkwürdig.«

»Könnten Sie diese Merkwürdigkeit beschreiben? Oder vielleicht sogar einen Anlass dafür vermuten? Viel Arbeit an den Feiertagen?«
Er musste eine Pause einlegen. Louise Clyber schritt leichtfüßig weiter, bis sie seinen Stopp bemerkte und ebenfalls innehielt. Sie drehte sich zu ihm um, die Hand am Geländer, und sagte:
»Ach nein, nur ein paar Ausflügler. Er war wie … gelähmt oder eingefroren! Anders kann ich es nicht beschreiben. Er war kein Springinsfeld. Aber diese Art der Lethargie hab ich zuvor nie an ihm bemerkt. Ich glaube nicht, dass es der alberne Prozess war, der ihn so bedrückte. Vielleicht war es die rituelle Geschichte von gestern, diese Logenkasperei …«
Sie ging gedankenversunken weiter bis oben. Er ermannte sich, die letzten Treppenstufen ebenfalls hinter sich zu bringen. Sie betraten einen großen, hellen und freundlichen Raum.
»Hier ist sein Wohn- und Arbeitszimmer.«
Langustier erkannte seinen Kollegen sofort wieder. Wohlaufgeräumt, blitzsauber, doch bodenlos langweilig … Bis auf die Miniatur, die beinahe altarartig auf dem Ebenholztisch aufgestellt war. Er bebrillte sich und nahm vorsichtig das Bildnis hoch. Eine hübsche Dame, modisch im Stil der Jahrhundertmitte.
»Wer ist das?«
»Wir nennen sie die große Unbekannte«, sagte Lizzy Clyber vorlaut.
Die Mutter bedachte sie mit einem bösen Blick.
»Na, na! Jetzt, wo er tot ist … Aber es stimmt, ich weiß auch nicht, wer das ist. Er hat nie über vergangene Liebschaften gesprochen. Viele dürften es nicht gewesen sein. 1750 hatte er einmal eine Affäre, davon weiß ich. Mit der Frau eines Gastes beim König … Sie schrieben sich Briefe, einmal muss er sie besucht haben, in Berlin. Aber dann ist ihnen der Mann auf die Spur gekommen und hat ihm mit dem Tod gedroht, wenn er sich noch einmal unterstehen sollte …«

»Ach? Wissen Sie den Namen?«
Sie flüsterte ihm etwas ins Ohr, und er lachte schallend.
»Die sind damals aus der Stadt nach Sacrow gezogen! Jetzt erinnere ich mich. Über diese Flucht, die sich keiner erklären konnte, sprach man in der ganzen Friedrichsstadt! Na ja, der Ehemann kann es ja wohl schwerlich gewesen sein ... Ein hoher Offizier als Mörder, das schlüge dem Fass die Krone ins Gesicht. Auch fiel er schon bei Hochkirch.«
Langustier stellte das kleine ovale Goldrähmchen wieder auf den Schreibtisch. Dann besann er sich anders und bat, es ausleihen zu dürfen, was Louise Clyber ihm umstandslos erlaubte.
»Wie sah es mit Freunden aus?«, fragte er.
»In Berlin war er hin und wieder, bei Nicolai – sie hassten beide die Jesuiten wie die Pest! Auch der Apotheker Larouche war ein Bekannter, mit dem er hin und wieder Schach spielte. Hier dagegen war Pfeiffer sein bester und treuester Kumpan, Deckers Faktotum.«
»Soso«, sagte Langustier und nahm das Kochbuch seines Ex-Kollegen in die Hand, das auf dem Schreibpult am Fenster lag. Joyards *Neue Küchenmeisterey*, erschienen bei Haude und Spener 1768. Langustier sah hinaus. Der Blick ging auf den Wald und die Silberkehle.
»Glauben Sie, dass stimmte, was sein Kontrahent ihm vorwarf?«, fragte Louise Clyber. »Dass es dieser Ballonartist gewesen ist, der ihn verklagte, hat mich sehr merkwürdig berührt. Davon wusste Émile gar nichts, glaube ich! Sonst wäre er sicher gar nicht zu seiner Erhebung in den Tempel gegangen.«
Langustier hielt das Buch so, dass es plötzlich von selbst aufklappte, an einer Stelle, wo ein schmaler Brief eingelegt war.
»Ich weiß es nicht«, antwortete er. »Ich kann mir auch nicht vorstellen, dass er dieser lächerlichen Klage großes Gewicht beimaß. Was kann man schon beweisen mit einem vor einem Vierteljahrhundert gedruckten Kochbuch, in dem zufällig Ge-

richte enthalten sind, die denen gleichen, die schon immer in einer bestimmten Region zubereitet werden? In der Kochkunst ist schwer, eine Autorschaft zu beweisen. Was sollte ich sagen, wenn mir jemand meine Kaninchen um die Ohren schlüge? Ich hab die Zubereitung variiert, aber nicht erfunden ... Ich weiß zum Beispiel sehr genau, dass Richter – der törichte Koch Ihrer Majestät – sich mit ein paar von meinen Flaumfedern schmückt! Nie aber würde ich deshalb gegen ihn prozessieren, denn es gibt ja kein Recht auf Urheberschaft von irgendetwas. Wird es auch nie geben. Die fraglichen Papiere sind doch gar nicht aufzufinden gewesen, oder?«

Sie schüttelte erst den Kopf. Dann schien sie es sich anders überlegt zu haben und ging zum schönen Nussbaumschrank und öffnete ihn. Unter allerlei Kleidung war eine kleine Ledermappe versteckt. Aus dieser zog sie ein paar Seiten, die aus einem Buch herausgerissen waren.

»Nein! Das hätte ich nie gedacht! Ich hätte geschworen, mein aufrechter, sauberer Kollege sei gar nicht fähig zu derlei!«, stieß Langustier hervor. Er setzte seine Brille wieder auf und nahm die Blätter vorsichtig vor die Augen.

»Weiß der Himmel, was ihn damals ritt«, sagte Louise Clyber resigniert. »Aber ich möchte nicht, dass Sie es offenbaren – nun, wo Émile tot ist. Würden Sie diese Blätter dem Sohn der Lalandes zurückgeben? Sie würden mir eine Last von der Seele nehmen.«

Langustier nickte. Gerardine und Lizzy waren hinzugetreten und sahen interessiert, was auch er sah: Ziselierte, schon leicht verblasste Schriftzüge, daneben kleine lavierte Bleistiftzeichnungen. So roh es herausgerissen und wohl in Hast kleingefaltet worden war, so vorsichtig war es wieder glattgebügelt und zwischen schöne Trennblätter gelegt. In einer Schrift, die Langustier gut kannte: mit Joyards typischem V, seinem typischen A stand auf dem Deckblatt: *Nova artificia docuit fames – per omnia saecula saeculorum.*

»Neue Künste lehrte der Hunger – von Ewigkeit zu Ewigkeit«, übersetzte Gerardine.
»Sehr löblich, meine Liebe!«, sagte Langustier voller Anerkennung. »Der private Lateinunterricht hat sich ausgezahlt! Aber dieser Spruch ist der reine Hohn. Hungerte es ihn etwa nach diesen Rezepten? Brachte ihn dieser Appetit auf die Kunst des Diebstahls?«
Da entsann er sich wieder des Briefs, der noch immer in dem aufgeklappt daliegenden Kochbuch der Beachtung harrte. Er nahm ihn hoch und sah ihn sich an. Verblüfft gab er ihn Gerardine weiter.
»Das ist … ein Brief …«, sagte sie, das geknickte Blatt drehend und wendend, »ohne Absender, abgeschickt laut Berliner Postvermerk in der letzten Woche, am Dienstag. Wissen Sie, wann er ihn erhielt?«, fragte sie die Hausherrin.
»Ich habe keine Ahnung«, sagte Louise Clyber nach kurzem Überlegen. »Briefe aus Berlin etwa kommen schon nach einem Tag hier bei uns in der Einöde an. Ein Lob der königlichen Fahrpost!«
»6 66. Da steht einzig und allein: 6 66. Was zum Teufel soll das bedeuten?«, fragte Gerardine.
Sie gab den Brief an Langustier zurück, der ihn zu den gestohlenen Ausrissen steckte und sich beides unter die Weste schob.
»Ich glaube mich zu erinnern, dass 666 für eben diesen … Herrn … steht«, bemerkte Lizzy, die sich auf die Zehenspitzen gestellt hatte, um Langustier über die Schulter zu blicken. Sie hielt sich die gekrümmten Zeigefinger wie Hörnchen an die Stirn.
»Du meinst, für Satan?«, fragte Gerardine.
»Eben den! Wir sind da drüben in Amerika sehr bibeltreu erzogen worden. Die Zahl 666 stammt aus der Offenbarung des Johannes. Man nennt sie auch Zahl des Tieres oder Zahl des Antichristen.«

»Soll das heißen, jemand hat meinem Bruder den Teufel an den Hals gewünscht?«, entrüstete sich Louise Clyber. »Dann hätte er ihn doch nicht gleich umbringen müssen ...«
»Was immer 666 bedeutet – es könnte die Ursache für seine Verstörung gewesen sein!«, sagte Langustier. »Angesichts des Datums ist das sogar mehr als wahrscheinlich! Abgesehen davon, dass zwischen Satan als dem Oberteufel und den vielen Unterteufeln noch gewisse Graduationen zu beachten wären ...«
»Als da wären unter den Teufeln, auch Phlegeton genannt: Lucifer in Oriente, Beelzebub in Septentrione, Belial in Meridie und Astarozh in Occidente!«, leierte Lizzy herunter. »Erzählst du uns die alte Geschichte von der Schlucht, Mutter?«
»Ach nein, dieses Ammenmärchen doch nicht ... Monsieur Langustier soll uns nicht für abergläubisch halten.«
»Monsieur Langustier glaubt sowieso nur, was er sieht«, sagte Monsieur Langustier. »Alte Geschichten interessieren mich aber immer. Meistens ist irgendein Keim der Wahrheit darin. Was also erzählt man sich über die Silberkehle?«
Louise Clyber seufzte und begann:
»Der erste Kleiber, Johannes Kleberius, hat sein Haus in so kurzer Zeit gebaut, dass es nur mit dem Teufel zugehen konnte, heißt es. Er soll dem grünen Jäger, also dem Teufel, seine Seele verschrieben haben, nicht aber, ohne eine kleine zusätzliche Leistung zu verlangen ... Damit Gott besänftigt werde, solle der Teufel, so wünschte es Kleberius, am Hang zum kleinen Tornowsee – wo jetzt der Obelisk steht – eine Kirche errichten! Erst wenn die Kirche fertig sei, sagte Johannes Kleberius, träte er seine Seele wirklich ab. Der Teufel frohlockte und holte die größten Steine aus Rüdersdorf, um die Kirche nur schön schwer und groß zu machen. Aber er hatte nicht mit dem Lehmgrund gerechnet. Der ließ die Mauern am Abhang immer wieder einstürzen, sodass der Teufel mit seinem Kirchenbau nie fertig wurde. Kleberius wurde unterdessen der

reichste Mann im Land und lebte einhundert Jahre lang, so erzählt man sich. Als er starb, war dem Teufel die Kirche gerade wieder einmal eingestürzt, und aus Wut, des Kleberius' Seele nicht bekommen zu haben, schleuderte der Dämon den letzten Stein, mit dem er eben durch die Luft herangeflogen war, so wuchtig auf die Erde, dass die Silberkehle in den Boden gegraben wurde. Man findet die Steine der eingestürzten Teufelskirche überall auf den Hügeln und an den Abhängen. Und wenn man eine Aaskrähe auf einem der Teufelssteine sitzen sieht, dann muss man nur *Kleberius!* rufen, und sie fliegt wütend davon. Ein Pfaffe wird sich die Mär ausgedacht haben. Der Sprengel wird heute von Buckow aus betreut, doch der Buckower Pfarrer ist nicht sehr auf Teufelsgeschichten versessen. Eher auf unseren Tabak und auf einen Krug Bier.«
Langustier griente.
»Eine hübsche Geschichte ist es trotzdem. Dieser Legende braucht sich doch Neu-Charlotte nicht zu schämen ... Stand Ihr Bruder in Verbindung mit okkulten Gesellschaften? Von den Freimaurern, Rosenkreuzern und Amerika-Brüdern abgesehen, zu denen ja alle in des Prinzen Umkreis gehören? Es gibt ja so unverschämt viele davon, dass ich schon lange nicht mehr auf dem Laufenden bin.«
»Nein, und wenn, dann hat er darüber eisern geschwiegen«, sagte Louise Clyber. »666 ... Das ist in der Tat eine höchst groteske Botschaft. Kein Wunder, dass er verstört war. Höchstwahrscheinlich wusste er indes mehr damit anzufangen als wir. Warum hat er den merkwürdigen Brief gerade zwischen diese Seiten seines Buches gelegt?«
Langustier besah sich das Seitendoppel.
»Wenig aufschlussreich. Zufall wahrscheinlich. Ohne Bedeutung«, sagte er, während sein Gesichtsausdruck dem Gesagten dreist widersprach.
»Du machst mich neugierig. Was steht auf den Seiten?«, fragte Gerardine.

»Nun ja, sieh selbst …«
Gerardine und Lizzy starrten in Joyards Kochbuch und stießen einen Aufschrei der Verwunderung aus.
»Diablotins! Teufelchen!«
»Was ist das?«, fragte Louise Clyber entgeistert.
»Eines der vielen Leibgerichte Seiner Majestät – gewürzte Käsenocken …«, erwiderte Langustier, und Gerardine las getreulich Joyards Rezept ab:
»Tartuffel- und Brandmasse mit geriebenem Parmesan und Pfeffer vermengt, gesalzen; kleine Löffelnocken abgestochen, in Salzwasser pochiert, abgetropft, in feuerfeste Form gefüllt, mit zerlassener Butter beträufelt und gratiniert.«
»Wenn er die Nachricht mit der ominösen 666 an dieser Stelle in sein Buch steckt, dann bedeutet es vielleicht bloß, dass er Humor hatte. Hätte ich ihm gar nicht zugetraut!«, sagte Langustier. »Es kann natürlich auch eine ernstere Bedeutung haben, die wir nicht kennen.«
»Natürlich«, wiederholte Louise Clyber mechanisch, bevor sie als Erste wieder die Treppe hinabstieg.
»Ich würde mir so gern Lalandes Ballon aus der Nähe besehen«, begann Gerardine zaghaft und war erstaunt, dass der Großvater umstandslos zustimmte
»Das musst du sogar – und ich muss und will es auch! Der Aeronaut soll sich zu seinem Aufenthalt gestern äußern … Wer nun aber könnte ihn besser locken, seinen luftigen Ausguck zu verlassen, als du, mein Kind?«
Während Gerardine und Lizzy kaum rasch genug hinunter und aus dem Haus gelangen konnten, machte sich Langustier an seinen etwas gemächlicheren Abstieg, immer am Handlauf entlang, wobei die Mappe mit den gestohlenen Ausrissen und dem Satansbrief an seiner Hemdbrust knisterte. Er würde mit dem Zurückgeben der Lalande'schen Papiere warten, beschloss er bei sich.

Es bedurfte jeder helfenden Hand, um ihn herabzuziehen. Wie eine riesenhafte Pomeranze, die sich langsam auf die Erde senkte, stand der Aerostat über ihnen am Himmel. Zwar hatte Lalande das Feuer im Korb gelöscht, sodass der Ballon bald wieder in sich zusammensacken würde – und doch war noch jede Menge Kraft nötig, um ihn rascher zu landen und zu verankern. Polk und Pentland, Sterling und Pfeiffer halfen, die Deckers, Fersen ... zu dessen Freude sich Gerardine nun ebenfalls ans Haltetau hing, direkt vor ihm ...
»Geben Sie es zu: Sie wollten vor mir fliehen!«, rief Langustier zu Lalande hinauf.
»Aber Monsieur – eher schon vor der jungen Dame in Hosen! Amazonen machen mir Angst, wenn sie auch noch so freundlich winken wie diese da unten«, antwortete der Ballonier auf Französisch.
»Ja, sehen Sie sich vor«, tönte Langustier. »Meine Enkelin ist Berlins größte Ballon-Spezialistin! Und würde ihre Seele verkaufen, um in Ihr Luftschiff zu kommen.«
»Ist das wahr?«, fragte Fersen hinter ihr am Zugseil. »Verkaufen Sie sie mir, und ich überrede den Wahnsinnigen da oben, Sie mit hinaufzunehmen!«
Das brachte sie so sehr zum Lachen, dass sie das Seil wieder losließ, worauf Fersen einen kleinen Satz nach vorne machte und Lalande oben ins Taumeln kam.
»Glauben Sie meinem Urgroßvater kein Wort! Auch wenn ich fanatisch bin – meine Seele würde ich weiß Gott nicht verkaufen ... Ich hoffe vielmehr, dass Monsieur Lalande mich auch als wissenschaftlich interessierten Laien mit hinaufnehmen würde!«
»Würde er, würde er!«, rief Lalande von oben. »Hüten Sie sich, Mademoiselle, vor Grafen und Baronen, Dukes und Dauphines, Earls und Marquis, die ihre Seele kaufen wollen! Selbstredend sind Sie als Wissenschaftlerin auf derlei Händel nicht angewiesen, um von mir entführt zu werden ... in die Lüfte!«

Fersen, der einstige Dolmetscher George Washingtons, sagte: »Ich habe mit diesem Herrn da oben Seite an Seite bei Yorktown für die Freiheit der britischen Kolonien gekämpft. Aber die irdische Freiheit hat ihm nie genügt. Er kämpft für die gänzliche Aufhebung der Schwerkraft. Wenn ich aber etwas Gutes über ihn sagen kann, dann dies, dass er alles tun wird, um für Ihre Sicherheit zu garantieren! Bitte vergeben Sie mir meinen Vorwitz, Mademoiselle – ich hätte es mir nicht verziehen, einer so schönen und aufregenden Dame wie Ihnen nicht wenigstens ein Scherzwort oder ein Lachen abgetrotzt zu haben!«

»Das lernt man wohl am Hof von Versailles? Seine Komplimente noch im Zurücktreten abzugeben?«, sagte Gerardine, doch der sich herabsenkende Ballon mit dem schmucken Ballonisten darin absorbierte jetzt ihre Aufmerksamkeit vollständig.

Als der Korb nur noch einige Fuß überm Boden schwebte, wurden die vier Taue an Ösen festgemacht, welche am oberen Ende langer, in den Boden getriebener Eisen saßen. Lalandes Anblick ließ Gerardines Herz rascher klopfen: hager, sodass kein überflüssiges Gewicht den Flug verlangsamte! Stark und sehnig für die kräftezehrenden Manöver beim Start oder beim Ballastabwerfen … Nur durch einen Zufall, dachte Gerardine, waren die Montgolfiers die Ersten gewesen … Allerdings hätten die Heißluftballone im anderen Fall *Lalandières* geheißen, was doch etwas … spaßig … klänge.

Lalandes Stimme war voll und wohltönend:

»An Ihrem hilfreichen Zupacken erkenne ich, Mademoiselle, dass Sie eine wahre Aerostatin sind! Ohne Ihre Hilfe wäre ich in der Unendlichkeit des Himmels entschwunden! Würden Sie mir die Freude machen, mich bei meinem nächsten Aufstieg zu begleiten?«

»Monsieur, ich wäre die glück…«, hob sie an, doch weiter kam sie nicht.

»Ich würde Sie gerne zum gestrigen Tag befragen!«, schnitt Langustier der Urenkelin das Wort ab; überaus brüsk, registrierte sie erzürnt.

»Urgroßpapa!«

Ein mahnender Blick genügte nicht, sie zur Besinnung kommen zu lassen, daher nahm er sie zur Seite und sagte:

»Du wirst schon noch mitfliegen, keine Angst! Aber vergiss nicht, dass sich Lalande noch nicht erklärt hat. Ein Alibi muss richtig überprüft werden. Das kann hier nicht geschehen, weil die Uhr im Krug kaputt ist. Hat Lalande wirklich zur entscheidenden Minute beim Bier gesessen? Wer kann das außer ihm bestätigen? Diese Geröllkirche aus den Zeiten des Urchristentums dort hat keine Uhr am Turm. Also zügele dein Interesse ... Im Übrigen halte ich Fersen für den interessanteren Heiratskandidaten!«

Sie kochte vor Wut und errötete bis unter die Haarwurzeln. Musste dieser alte Mann, kreuzverflucht, immer alles besser wissen? Alles in allem ... was Lalande und die Uhren betraf ... hatte er leider recht. Ihre Röte verflog.

Lalande schlug die Augen nieder, als sie ihn ansah, und sagte ernst und gefasst: »Selbstredend. Ganz wie Sie wünschen, Monsieur. Ich nehme an, Sie sind der uns angekündigte Sonder-Kommissär des Königs?«

»Dem ist so«, verkündete Langustier und präsentierte sein General-Permiss. »Ich war 35 Jahre lang der Kollege Joyards! Hätte er sich nicht gestern auf so unerwartete Weise in die Ewigkeit davongemacht aus dem Nebel und dem Staub unseres irdischen Jammertals, wie Sie es in Ihrem Ballon auch lebendig zuwege bringen, säßen wir jetzt im Gericht beieinander, er und ich – Ihnen gegenüber, Monsieur Jérôme Lalande!«

Lalandes Lächeln erstarb, flackerte nur noch einmal kurz über die plötzlich blutleer wirkenden Lippen. Bestand dieses Preußen denn nur aus Köchen?

»Ist es nötig, Monsieur, dass Ihre … Nichte?«, fragte er unsicher, zu Gerardine blickend, »… unsere Unterredung – Ihre Untersuchung – mitverfolgt?«
»Meine Urenkelin!«, verkündete Langustier.
Gerardine stand mit roten Flecken auf den Wangen da. Wollte sie Zeuge sein, wie der große Ballonfahrer in so peinigender Weise befragt würde? Könnte sie es, ohne ihr Veto einzulegen, ohne dagegen ihre Stimme zu erheben? Ihr Herz schlug anders, wenn sie Lalande ansah … War das etwas Gutes? Lange war es her, acht Jahre, dass ihr derlei mit Ernst Ludwig Heim passiert war. Heim war seit sechs Jahren verheiratet mit der tumben Charlotte Märker. Seit drei Jahren wohnte er auch noch in Berlin, sodass sie ihm gelegentlich über den Weg lief. Sie verscheuchte den trüben Gedanken. So etwas wollte sie partout nicht noch einmal erleben, weshalb es wohl das Beste wäre, sie verwünschte alle Ballone und ginge zu Lizzy, um sich die Siedlung zeigen zu lassen …
Langustier indes beschloss, ihr die Zeugenschaft bei diesem Verhör nicht zu ersparen, und sagte, bevor sie davonlaufen konnte:
»Gerardine muss leider hierbleiben, denn sie ist mein wandelndes Notizbuch! Ich bin zu alt, um mir noch Dinge zu notieren, geschweige denn zu merken. Die Auffassung meiner Urenkelin ist frisch und gelenkig, ihre Anwesenheit ist für meine Arbeit unbedingt erforderlich. Ihr sogenanntes Alibi, Monsieur Lalande, ist nichts wert, das sollte Ihnen klar sein. Dabei sind Sie der Einzige mit einem wirklichen Motiv, soweit ich sehe. Eine verlässliche Angabe darüber, wann Sie gestern früh im Heidekrug auftauchten, gibt es leider nicht, weil die Uhr dort kaputt ist. Es gibt auch keine Turmuhr an der Kirche. Keiner der im Krug Anwesenden konnte also wirklich an einem Zifferblatt ablesen, wann Sie da saßen.«
Gerardine nahm sich zusammen. Was lag daran – wenn Lalande etwas zu verbergen hatte, dann wollte sie es auch er-

fahren. Der schöne Mann sah sie traurig an und seufzte. Dann fügte er sich in sein Schicksal. Dies alles nun vor der jungen Dame offenbaren zu müssen, tat seinem Ansehen bei ihr gewiss nichts hinzu. Er brummte etwas Unverständliches. Langustier erleichterte ihm den Beginn, indem er rekapitulierte:
»Sie waren in der Schlucht, bevor Joyard zum Tempel kam. Sie standen vorm Tempel mit den anderen, das habe ich in den Protokollen gelesen. Plötzlich waren Sie weg. Einer Ihrer Cincinnatus-Bundesbrüder, Monsieur Walker, hat zu Protokoll gegeben, dass Sie ziemlich verstört waren, als Sie erfuhren, wer gestern erhoben werden sollte, in den Stand eines … *ehrbaren Ruderers*! Danach hat man sie nicht mehr gesehen. Sie waren nicht im Tempel, und Sie fehlten beim Imbiss am Obelisken. Danach hat man Sie nicht mehr gesehen, bis … tja, bis alles vorbei war und die ersten aufgeregten Brüder im Heidekrug eintrafen, um sich mit Branntwein zu beruhigen. Wann war das? Sie haben gesagt, es sei um acht gewesen. Und da wollen Sie bereits anderthalb Stunden beim Bier gesessen und gewartet haben? Sie wollen zwischenzeitlich nichts anderes getan haben als nachzudenken, den Ballon abzuladen und ein Frühstück einzunehmen, während drüben am Schluchtrand die Zeremonie und das frühe … Piquenique am Obelisk … stattfanden?«
»So war es! Ich schwöre es auf die Bibel und die Verfassung der Vereinigten Staaten.« Lalande fluchte leise. Kurz schien er sich zu besinnen, dann sagte er wutentbrannt:
»Ja! Warum sollte ich ein Geheimnis daraus machen – ich habe Joyard gehasst! Diesen fernen, üblen Mann, als der er mir im Geiste stets präsent war! Er hat meinen Vater bestohlen … ihn um das Wertvollste … betrogen! Ich war kein Kind mehr, als dies alles geschah. Ich war 26, ein halbwegs erwachsener Mann, vor zwanzig Jahren …«
Langustier rechnete rasch Lalandes Geburtsjahr aus: 1740. Der Ex-Marquis war im Krönungsjahr des Königs geboren. In

jenem folgenschweren Jahr, in dem der König inkognito in Straßburg im Rabenhof gewesen und auf ihn, Langustier, aufmerksam geworden war …
»Ich hätte nicht bei dieser Erhebung zugegen sein wollen. Lieber hätte ich mich selbst mit einem Delewarekiesel erschlagen!«
Gerardine musste grinsen bei dieser Formulierung.
»Wann war er zuerst im Schloss Ihrer Eltern als Koch?«
»1754, da war ich vierzehn. Daran entsinne ich mich nur undeutlich. Dann kam er fast jedes Jahr. Immer wenn er seine Mutter in Rouen besuchte und Enten für den König auswählte, in der weltberühmten Zucht des Duc d'Anas, wo er seine kulinarische Laufbahn begonnen hatte. Er blieb stets etwa eine Woche. Nahm kein Geld, kochte aus Anhänglichkeit an unsere Familie. Aber er hatte schon immer ein großes Interesse an den Aufzeichnungen meines Urgroßvaters Victor Édouard de Lalande – Hofküchenmeister am Hof Philippes des Fünften! Es heißt, seine Kochkunst habe Spanien in die Zerrüttung getrieben. Der König sei vor lauter gutem Essen vom Regieren abgehalten worden!«
»Ihr Name kam mir schon die ganze Zeit irgendwie bekannt vor«, sagte Langustier. »Und Joyards *Neue Küchenmeisterey* erschien mir schon seit jeher etwas antiquiert … Er hat die spanische Hofküche vom Anfang des Säkulums aufgehübscht und für neu verkauft … Anderseits: Welch ein moderner Meister, Ihr Urahn! Doch zur Sache: 1766 soll er die Rezeptblätter mitgenommen haben? Das Buch erschien 1768. Sie wissen es vielleicht nicht, aber in unseren Breiten gibt es kein Gesetz, das einem Verfasser ein ausschließliches Recht an der Veröffentlichung seines Werkes einräumt. Jeder darf sein Buch nachdrucken, filetiert oder *en bloc*, ganz ungestraft! Und einzelne Rezepte, Figuren, Titel, Namen? Ein Richter würde eher eine Maus für einen Käsediebstahl verurteilen, als hierüber auch nur eine Anhörung zu veranstalten. Ebenso verhält es

sich mit der gedruckten Veröffentlichung eines fremden Manuskriptes. Obgleich Sie vielleicht recht haben und im Joyard'schen Werk Manuskriptblätter aus dem Besitz Ihres Vaters verarbeitet sind. Hierzulande existiert kein Gesetz, welches so ein zweifelhaftes Geschäftsgebaren untersagt. In England gibt es das *Statute of Anne*; aber das bezieht sich auf bereits veröffentlichte Werke. Im Falle des Manuskriptdiebstahls ist man auch dort ohne verbindliche Regelung. Sie müssen wissen, dass ich gerade mit der Niederschrift meiner Memoiren beschäftigt bin und daher den Prozess zwischen Ihnen und Joyard mit größter Aufmerksamkeit erwartete. Worum geht oder … ging es Ihnen dabei? Um die Ehre? Um die Genugtuung? Um Geld?«

»Um Geld war es mir nicht zu tun«, antwortete Lalande. »Ihm seine Verfehlung vor Augen führen, das wollte ich. Ich habe ihn nicht ermordet. Das ist die Wahrheit. Wäre es um Geld gegangen, so hätte ich ihn übrigens noch weit weniger ermordet … So dumm, den zu töten, von dem ich etwas will, bin ich denn doch nicht.«

Sie waren langsam nebeneinander gegangen, vom Ballon weg auf die Ebene. Jetzt drehte Langustier sich um und verkündete:

»Ich möchte mir jetzt den Schauplatz des Verbrechens ansehen! Es sollen alle mit hinüberkommen, die gestern auch dort waren.«

Sie schritten wieder auf den Kirchhof, den Heidekrug und das Gutshaus zu. Am Startplatz lag der Ballon inzwischen zusammengefaltet neben der kahnartigen Gondel. Ein halbes Dutzend Jungen aus dem Dorf, uneins, wer die Ballonoberaufsicht haben sollte, zankten sich heftig.

»Wollt ihr einen Friedrichsdor ehrlich unter euch teilen?«, fragte Langustier, als sie bei ihnen anlangten.

Bewegung und Geschrei erstarben auf der Stelle und wichen stummem Nicken.

»Bestimmt einen von euch zum Aufseher für den Ballon! Die anderen fünf kommen mit!«

Lizzy war bei ihrer Mutter geblieben. So stand Gerardine reichlich verloren unter all den Männern vor dem Tempel. Allein die Gegenwart ihres Urgroßvaters gab ihr die nötige Sicherheit. Sie hütete sich, den Blicken Lalandes zu begegnen, und war insgesamt bemüht, kühl und sachlich zu wirken. Den Tempel durfte sich eine Frau natürlich nicht von innen ansehen. Aber daran schien nicht viel verloren. Die rohe Holzhütte verströmte den Charme duftender Sargbretter. Langustier schüttelte den Kopf, als er wieder herauskam. Dann schlenderten sie alle zum Obelisken hinüber. Inzwischen kam Langustier das Gelaufe doch etwas hart an, und er sagte zu Philippi:
»Man hätte mir eigentlich von Amts wegen eine Dienstsänfte zur Verfügung stellen müssen, denken Sie nicht auch?«
Der Polizeichef nickte. »Ich werde es anregen ... für das nächste Mal!«
Das es hoffentlich nicht geben wird, ergänzte er in Gedanken. Die Art, wie sich dieser alte Mann hier aufspielte, wie er alle kommandierte, erregte sein größtes Missfallen. Sogar eine Kindertruppe folgte ihm jetzt schon, wie Kroppzeug dem Rattenfänger. Vor allem aber verdross Philippi der erniedrigende Umstand, dass er selbst in dieser kruden Angelegenheit so hilflos war.
Am Obelisken waren die Bänke und Tische wieder aufgestellt wie beim Morgenmahl am Vortag. Vielleicht hatte man sie aber auch gar nicht weggeräumt. Und auf einer Bank saß, scheinbar noch wie – übereinstimmenden Aussagen zufolge –vor dem Mord, der dicke, rotnasige Ebenezer Gant und schmauchte seine Pfeife.
»You look much more like ein aulic cook! Ä höfische cooking chef ... Your colleague was a viel zu dörr fellow for an Hufkuch!«, kauderwälschte er.

Langustier verstand ihn trotzdem gut. Er selbst blieb beim Deutsch, das Gant offenbar trefflich genug auffasste, um einfache Fragen zu verstehen.
»Und Ihr Odeur, mein Herr, stünde jedem Wirt einer Tabagie gut an«, konnte er sich nicht enthalten zu bemerken und kräuselte die Lippen, denn Gant stank wie eine Mischung aus Aschekasten und Misthaufen. »Wissen Sie, dass unser Thronfolger, dieser sonst äußerst genussfreudige Mann, das Rauchen in der Öffentlichkeit unter Strafe stellen will? Er hat schon des öfteren erklärt, dass seine erste Amtshandlung dieser Erlass sein wird! Next king will forbid smoking!«
Gant spuckte aus.
»That means: Noch darf ick!«
Der Prinz schnaubte indigniert. *Unflat*, dachte der Kongressabgeordnete Walker. Pentland und die anderen schüttelten angeekelt die Köpfe. Selbst die Barkers, die sonst nicht zimperlich waren, bissen sich auf die Lippen. Allein Lalande und Fersen schmunzelten. Langustier wollte sich nicht mit Entrüstung aufhalten.
»Alors. Kommen wir zur Sache. Sie scheinen mir ein sehr … sesshafter … Mann zu sein. Im Alter bin ich es auch geworden und weiß, wie schwer man sich erhebt und welche Anlässe dazu nötig sind. Als ich so alt war wie Sie, sprang ich auf, um zu sehen, was geschah, wenn in der Nähe ein Schuss fiel. Sie dagegen wollen gestern erst aufgestanden sein, als es zum zweiten Mal knallte. Wenn Ihnen das Aufstehen schon in Ihrem jugendlichen Alter so schwer fällt, hätten Sie doch einfach sitzen bleiben können? Why did you get up when the shots fell? Why didn't you stay here and smoke still?«
Das wurmte den jüngeren Dicken.
»First there was es nur one shot. I thought, Black Eagle, that is Mister Sterling … würde endlich haven geschotten sein Bock … But I nickt ein once more and wakte auf, als the next two shots dropped, which was the sign for uns zu clustern, äh …

zum Sämmeln! Therefor bin ick geständen up. My Pfeip am ground was glimming hard.«
»Wie lange hält sich die Glut in einer solchen Pfeife ohne die Zugkraft des Rauchers?«, fragte Gerardine.
Gute Frage, aufgewecktes Kind, dachte Langustier.
»Äh … what do you mean, äh, Miss …? Oh, I glaub, I versteh … five minutes? Maybe ten.«
»Das heißt, zwischen dem Schuss und dem Sammlungszeichen vergingen etwa fünf bis zehn Minuten?«
»Hm, hm«, paffte Gant. »Maybe, yes.«
»Dann war diese Zeitspanne von fünf bis zehn Minuten die Zeit, in der die beiden Opfer in die Schlucht geworfen wurden«, resümierte Gerardine.
»Und die Zeit, die der Täter zum Verschwinden nutzen konnte«, ergänzte Langustier. »Lassen Sie uns nach unten gehen! Mister Gant, bitte kommentieren Sie Ihre Schritte, wenn es etwas anzumerken gilt. Die Übrigen mögen sich hier oben noch etwas die Beine vertreten.«
Gant spuckte aus und drehte das schwierige Wort im Mund.
»Comment? Oh, I just sag you was I did and was I see!«
»Genau das!«, sagte Langustier. »Exactly!«

Gerardine, Langustier, Philippi standen mit dem Tabakhändler auf dem schmalen »Balkon« vor der Tür zur Eisgrube. Langustier hatte auch die angeworbenen Kinder mit herabbeordert.
»Der Schuss auf Saint-Sauliac wurde etwa hier abgegeben, in diese Richtung?«, fragte er Philippi nach einem Blick in die Protokollkladde, die ihm Gerardine vor die Augen gehalten hatte. Er setzte die Brille ab und registrierte das Nicken des Polizeipräsidenten. In der angedeuteten Richtung war nur Schräge. Doch weiter unten verlief ein breites Band aus toten Bäumen.
»Seht ihr das Holz, das da unten quer liegt? Ihr seid doch halbe Indianer, klettert doch sicher oft hier herum?«

Die fünf Knaben nickten, neugierig zu erfahren, was der Dicke für den fürstlichen Lohn von ihnen verlangte. Er sagte zum Anführer:
»Du steigst langsam an dem Totholzstrang abwärts und untersuchst die Kerbe zwischen Hang und Baumstämmen. Schön langsam! Da liegt etwas Kleines und Schweres! Besonders gut noch mal ganz unten mit den Händen herumfahren, anschließend wieder hoch. Dann macht es der Nächste, auf dieselbe Weise! Wechselt euch ab, bis ihr was gefunden habt! Ihr müsst vorsichtig sein, hört ihr! Sonst stürzt ihr hinunter!«
Gerardine begriff sogleich, was er wollte – die Kugel! Sie war durch den Treffer abgebremst worden, sodass es nicht abwegig wäre, sie an der querliegenden Barriere aus Baumstämmen zu vermuten. Die Jungen waren glücklich und warfen einander verstohlene Blicke zu. Einfach verdientes Geld. Ihr Hochmut wurde etwas gedämpft durch Langustiers Zusatz:
»Geld gibt's nur bei Erfolg!«
Er hatte zur Rekapitulation einen weiteren Blick ins Protokoll geworfen und wandte sich wieder Gant zu.
»Nebel? Fog?«, fragte er und runzelte die Stirn. »In der ganzen Schlucht? Kann ich gar nicht glauben, jetzt ist es doch schon fast sommerlich.«
»A grey fishsoup all around hierum: And we in the middle of it! The Näibelfog zog here up like durch ein chimney, through … äh … ein smokestack, äh, eine Schaumstein …«
Er dampfte mit der Pfeife zur Verdeutlichung.
»Schornstein!«, half Gerardine und belehrte ihren Urgroßvater: »Zu Nebel nur so viel, wie jeder Aeronaut weiß: Es ist ein Phänomen, das unterschiedliche Ursachen haben und auch im Sommer auftreten kann. Bei bodennahem Nebel spielt etwa die Temperatur von Boden und Luft, die relative Luftfeuchte und der Druck eine Rolle. Hier ist der Boden feucht, Wald und Seen werden am Tag kräftig erwärmt, sodass viel Wasser verdunstet. Nachts aber kühlt die Luft bis fast auf den Ge-

frierpunkt ab, sodass der Taupunkt für das verdunstete Wasser in der Luft erreicht wird und es somit wieder aus der Luft ausfällt. Der Schluchtrand ist die Grenze, weil die Sonne die weiter oben liegende Luft bereits frühzeitig wieder erwärmt. So kann sich der Nebel in der Rinne noch lange halten, bis er auch dort verschwindet. Ich wette, es wird morgen wieder so sein. Und ich schätze, dass es dichter Nebel sein wird, bei dem die Sichtweite unter hundert Lachtern liegt. Nebel wird übrigens von d'Alembert zu den Hydrometeoren gerechnet ...«
Langustier machte große Augen, dann lächelte er anerkennend. Gant lachte, ihm war bei dem Vortrag die Pfeife ausgegangen.
»Danke, meine Liebe!«, sagte Langustier. »Es ist doch von unschätzbarem Wert, eine so profunde Kennerin der atmosphärischen Erscheinungen in der Familie zu haben. Mister Gant! Nebel also, bei dem der Wanderer in steiler Schlucht am besten stehen bleibt. Und doch konnten Sie die beiden Toten weit unten sehen? Das sind ja etliche Lachter von hier aus.«
»For ä Augenblick, yeah!«, sagte Gant. »Only for a short moment ... dann was it all once more hinterm Schleier.«
»Wen sahen Sie unten noch?«
»The midgets, the Prince, Walker, Färsen ... Black Eagle und the Hornisse ... äh, Hornist is the Wort, I think.«
»Monsieur Philippi – wer waren die beiden Letzten noch mal?«, fragte Langustier den Polizeichef.
»Sterling gehört zur US-Abordnung und ist Fellhändler«, sagte Philippi. »Der Hornist ist Johann Pfeiffer.«
»Ach, der Ordenstrompeter!«
»Genau. Kesselsdorf, alter Kriegsadel sozusagen – Pfeiffer ritt im Dragonerregiment unter Oberst Graf von Randow. Die Pfeiffers waren einmal so vermögend wie die Kleibers. Vor allem die Pfeiffer'sche Pferdezucht war berühmt. Der König kaufte dort seinen Brühl. Leider spielte Johann Pfeiffer wie besessen Pharo. So verschwanden peu à peu das pekuniäre

Erbe, das Haus und das Land … alles … naturgemäß auch die Frau … Glück im Unglück, dass Heinrich Decker von Louise Clyber das Schulzenrecht pachtete. Er übernahm im Austausch für Haus und Grund Pfeiffers Schulden und Pfeiffer gleich mit. Das Faktotum des Schulzen bewohnt jetzt eine Dachkammer im Haus der Ureltern. Louise Clyber zufolge waren Pfeiffer und Joyard die dicksten Freunde.«
»Wahrhaft tragisch!«, entfuhr es Langustier.

Im kalten Raum der Eisgrube waren sie hoffentlich schnell fertig, dachte Gerardine, nachdem sie mit Geschick die bereitstehende Laterne angezündet hatte. Der Bourgogner, den Gant am Boden gesehen – war Joyards Blut, selbstredend. Die Tresse? Abgerissen beim Hinausschleifen Joyards … Langustiers Blick fiel auf die Metallkiste in ihrer kleinen Wandhöhle.
»Haben Sie das untersucht?«, fragte er Philippi. »Im Protokoll steht davon nichts.«
Der Polizeipräsident zuckte bedauernd mit den Achseln. Langustiers Eifer war geweckt.
»Was für ein Dokument war das noch gleich, das bei diesen Riten eine Rolle spielte? Wie hieß es?«
»A copy of the Mec Dec!«, sagte Gant. »Der Vorläufer von unserer Proklamation der Independence. Clyber has mitgebrakt die Copy als he came here.«
»Mäckdäck? Was soll das bedeuten?«
Philippi sprang hilfreich ein.
»Mecklenburg-Deklaration. John Clyber war einer der 27 Männer, die in Charlotte am 20. Mai 1775 als Erste ihre Unabhängigkeit von England erklärt haben. Die Mec Dec hat einen unbestreitbaren Symbolwert. Daher ist sie in den vom Prinzen erdachten Ritus der Amerikanischen Brüder eingebaut.«
»Bitte helfen Sie Mister Philippi, Mister Gant«, bat Langustier. »Please help! Ich bin ein viel zu alter Mann … I'm much too old for stooping.«

So ein hohes Alter war ungemein praktisch. Man brauchte sich nicht mehr zu bücken, das taten dann andere für einen. Philippi und Gant wuchteten die Kiste hervor, öffneten sie, leerten die Kiesel auf den Boden. Das polierte, schwarze Kästchen polterte heraus: die Schatulle mit dem Dokument. Philippi öffnete sie, dann drehte er die leere Schachtel um. Langustiers Augenbrauen hoben sich.
»Nanu? Wo ist sie denn, die sagenhafte Kopie der Ur-Erklärung? Die Kiste ist so leer wie mein Magen!«
»Noch ein Diebstahl?«, fragte Philippi, indem er ausdruckslos in die Leere starrte. »Offensichtlich.«

Draußen vor der Eisgrube erwarteten sie der Prinz, Walker und Fersen. Langustier spürte ein Kribbeln in den Beinen. Schneeflocken tanzten ihm vor den Augen. Die Luft drinnen war dick geworden dank Gant.
»Meine Kräfte lassen nach … Ich vermisse mein tägliches Stündchen Erholungsschlaf!«, sagte Langustier zu Prinz Heinrich. »Falls es noch etwas gibt heute, würde ich später bei Ihnen vorsprechen, Hoheit!«
»Das trifft sich gut, nicht wahr, mein Freund?«, sagte der Prinz und tauschte einen unzweideutigen Blick mit Benjamin Walker. »Kommen Sie, sobald Sie sich ausgeruht haben. Mylenthal wird mir umgehend Bescheid geben, sollte ich nicht gleich zur Stelle sein.«
Die beiden entschwanden. Auch Gant verduftete. Nur Fersen blieb zurück.
Nach einem Moment des tiefen Durchatmens ging es Langustier wieder gut genug, um sich dem Favoriten der französischen Königin zuzuwenden. Gerardine kämpfte mit der Röte. Es gelang ihr, die Augen nicht niederzuschlagen, wozu sie sich selbst sehr beglückwünschte. Dieser Mann sollte die französische Königin … sollte mit der französischen Königin … sollte …

»Warum verfolgten Sie Philippe de Saint-Sauliac?«, fragte Langustier.
Fersen blickte in die Schlucht, während er antwortete:
»Ich glaube nicht, dass jener wirklich der war, der er vorgab zu sein. Ich verfolge ihn seit Januar. Er war zuletzt in Paris, aber davor in London.«
Fersen blickte Gerardine an, die jetzt doch die Augen senkte. Also schaute er zu Philippi und Langustier und fuhr fort:
»Die Königin hat vom Außenminister, dem Comte de Vergennes, eine Liste aller Personen erhalten, mit denen der Betrüger Cagliostro nachweislich im letzten Jahr in Verbindung stand. Ein Name auf der Liste, die sie mir zeigte, kam mir besonders verdächtig vor: Sir Albert Cunnigham. So hatte sich ein Heiratsschwindler genannt, der in Paris zwei reiche Damen um viel Geld gebracht und sich damit nach London abgesetzt hatte. Ich wollte der Sache nachgehen, auch wenn die Verbindung apokryph war und die Mitwirkung Cagliostros am Collier-Betrug fraglich. Sie wissen vermutlich, dass der in Abwesenheit verurteilte Halsbandbetrüger La Motte, ein Marineoffizier, der sich selbst zum Comte ernannt und mit der Betrügerin Jeanne Valois den Kardinal Rohan in die Bredouille gebracht hatte, mit den Diamanten nach London segelte, wo er sie Stück für Stück verkaufte? Daher lag die Vermutung nahe, Cunningham könnte ein Agent Cagliostros sein, der irgendwie an diesem Geschäft partizipieren wollte. Vielleicht gedachte Cagliostro den falschen Comte La Motte mit Cunninghams Hilfe zu erpressen? Zugegeben, es war nur eine windige Idee, und ich sehnte mich wieder einmal nach London … jedenfalls kam ich zu spät, denn der ›Sir‹ hatte seinen Namen bereits wieder geändert und England verlassen. Indessen erhielt ich eine recht genaue Beschreibung von der Londoner Polizei, die auf einen Mann passte, den ich – erneut in Paris – mit dem Prinzen Heinrich zusammen sah.«
Fersen ließ das Gesagte wirken.

»Sie wollen andeuten, dass dieser blutjunge Saint-Sauliac Ihrer Ansicht nach der flüchtige Heiratsschwindler war?«

»Das darf als gesichert gelten, denke ich!«, sagte Fersen. »Je jünger, je beliebter bei den Damen … Wer weiß, wie er wirklich hieß. Viel wichtiger in meinen Augen ist die Frage, ob er etwas mit der *affaire du collier* zu tun hatte.«

»Was tat er denn in Rheinsberg, außer dem Prinzen vorzulesen?«, fragte Gerardine. »War er nicht auch ein politischer Gast? Hatte er etwas mit den Amerikanern zu tun?«

Philippi betonte:

»Saint-Sauliac, den der Prinz aus Paris mitgebracht hat, stand bei ihm ausschließlich im Dienst als Lecteur.«

»Monsieur Fersen, sagt Ihnen *Paris, Rue de Geoffrin* etwas?«, fragte Langustier.

Fersen zuckte und erwiderte etwas zu leichthin, wie es Gerardine vorkam:

»Da gibt es eine Wechselhandlung, ziemlich groß … Becker & Becker … Böhmer & Bassenge sind deren Vorzeigekunden.«

»Böhmer & Bassenge? Klingt nach Advokaten.«

Fersen schüttelte den Kopf.

»Das sind die Juweliere, die dem Geld für den diamantenen Wasserfall nachlaufen … dem Collier der Affäre … das in Richtung England verschwand«, erläuterte er und fügte lächelnd, zu Gerardine gewendet, hinzu:

»Ein Collier, Mademoiselle, das Ihnen Schutz bieten würde wie ein Kettenhemd! Über sechshundert Steine, fast dreitausend Karat schwer … Es war dem König zu teuer. Leider. So wurde es ihm und seiner Frau nun zur ärgerlichen Schleppe. Die Schurken, der falsche La Motte und die Valois, waren gewieft. Aber den Gewinn werden am Ende die Steinhändler einstreichen. Man kann von nun an alle Juweliere auf der ganzen Welt im Verdacht haben, sich auf Kosten des Ansehens der französischen Krone zu bereichern. Sie werden den Schatz unter sich aufteilen.«

Gerardine pfiff durch die Zähne, und Langustier deklarierte rasch, nicht zuletzt auch, weil er bemerkte, dass sich die Urenkelin schon wieder im Fokus der reichlich unverschämten gräflichen Blickstrahlen befand:

»Jetzt bin ich lange genug herumgelaufen. Ein paar Schritte noch, dann muss ich mich hinlegen. Den Überblick werden wir uns morgen verschaffen. Ich will endlich die Schlucht von oben sehen. Vielleicht ergibt sich daraus etwas.«

Gerardine machte vor Freude einen Luftsprung.

»Halt … warte noch eine Sekunde«, sagte sie, ohne dass der freudige Ausdruck aus ihrem Gesicht wich. »Sieh mal, wer da angerannt kommt!« Sie deutete den Hang hinunter, wo sich, in heller Aufregung, fünf Knaben in einer Linie bemühten, so rasch zu ihnen heraufzueilen, als ginge es um ihr Leben. Nun, es ging immerhin um den sechsten Teil eines Friedrichsdors. Anders gesagt: um ein Vermögen!

»Monsieur! Monsieur! Wir haben …«, schrie der Erste, als sie noch kaum zu verstehen waren, »… was aufgefischt!«

Er hielt etwas zwischen den Fingern hoch. In dem Augenblick fiel er hin und fluchte:

»Siebensackerment, ich hab's verlorn! Gotz Hundertsacker!«

Der Junge kroch mit wilden Schwimmbewegungen am schrägen Boden herum, während seine Begleiter in Windeseile weiter abwärts gerutscht waren und sich unterhalb von ihm als lebende Barriere an den Hang legten. Langustier und Gerardine verfolgten gebannt das Geschehen. Fersen lachte, und Philippi sagte:

»Das Fluchen hat so dermaßen überhand genommen … Die Rohheit und Verkommenheit der Jugend kennt schier keine Grenze mehr! Ich weiß nicht, woran es liegt, dass wir allerorten mit dieser Verderbnis konfront…«

»Da ist ja das vermaledeite Teufelsluder! Hurra! Ich hab es wieder!«, brach es aus dem Unglücksraben weiter unten hervor.

Diesmal verbarg er den Fund in der Faust und kam mit seinen

Konsorten langsam aber sicher das letzte Stück zum Balkon heraufgeklettert.
»Tatsächlich!«, sagte Langustier strahlend: »Die Kugel …«
Doch dann, bei näherer Betrachtung, bekam seine Freude einen Dämpfer.
»… ist gar keine Kugel mehr!«, vervollständigte Gerardine.
Das Metallstück sah eher aus wie eine zertretene bleierne Haselnuss.
»Potz…«, hob sie an, verschluckte aber den Rest. »Ich hätte nicht gedacht, dass ein Nahschuss ein Projektil so deformiert und plättet.«
Langustier kramte einen Friedrichsdor aus dem unterm Rock umgeschnallten Portemonnaie.
»Hier ist euer Lohn. Damit ist die Idee wohl hinfällig, etwas über die Waffe herausfinden zu wollen …«
Gerardine besah sich den Klumpen auf seiner Handfläche, ebenso Philippi und Fersen. Ihr kam eine Idee:
»Die Form allein ist es nicht, was das Kaliber bestimmbar macht! Das Gewicht ist doch ebenso aussagekräftig. Eine einigermaßen sorgfältige Kugelproduktion vorausgesetzt, versteht sich. An Gewicht hat sie ja nichts verloren!«
Meine Urenkelin, dachte Langustier nur: meine Urenkelin! Dann klappte er so schnell zusammen, dass Philippi und Fersen nur noch für eine sanfte Landung auf den Stufen sorgen konnten.
Heinrich und Friedrich Decker, Pentland, Polk, Pfeiffer und Sterling wurden zu Hilfe gerufen. Polk und Sterling halfen Fersen und Philippi, ihn die steile Treppe aufs Plateau hochzuschieben, dann wurde er mit vereinten Kräften auf ein improvisiertes Transportgestell aus dünnen Holzstämmen gehievt. Wie einen Kriegsversehrten oder einen kapitalen erlegten Hirsch zogen sie ihn gemächlich zum Heidekrug, wo Gerardine, Lizzy und Louise ein hübsches Zimmer im Erdgeschoss zurechtmachten. Langustier wurde aufgerichtet.

Zum ersten Mal in seinem langen Leben konnte er nicht mehr so, wie er wollte. Eine nie zuvor gekannte Mattigkeit ergriff von seinem Leib Besitz. War das schon das Ende? Er musste an den berühmten Spruch von Seneca denken: Das Alter ist eine unheilbare Krankheit, es endet immer tödlich. Ein Grieseln tanzte ihm vor den Augen. Unten am Boden begann es, dann schluckte es das ganze Bild. Nur ganz oben war Gerardines besorgtes Gesicht zu sehen. Er sank auf das Bett wie eine gefällte Eiche. Seine letzten Worte waren sicher nicht das ultimativ Gehaltvollste, was es in dieser Hinsicht gab, dachte er noch. Aber sie hatten etwas Groteskes, das schwer zu überbieten wäre:
»Lass sie wiegen und sprich mit den Zwergen …«

»Ich will nie alt werden!«, sagte Lizzy.
»Dann musst du eben früher sterben …«, entgegnete Gerardine lächelnd. »Ich weiß nicht, was du dagegen hast? Ich finde alt werden schön. So wie deine Mutter möchte ich auch einmal aussehen! Und er hier? Sie ihn dir doch nur an! Dieses feine Runzelgesicht! In jedem dieser feinen Fältchen steckt ein Lächeln oder Lachen. Alle guten Momente haben dieses Gesicht ebenso geformt wie alle schlechten. Es kann doch gar nichts Herrlicheres geben als ein langes Leben! Du erlebst alles und noch mehr dazu. Kein bedauernswerterer Mensch in meinen Augen als einer, der früh stirbt.«
Langustier wurde zurückgelassen, nachdem seine gleichmäßigen Atemzüge und leichten Schnarcher die Dauerhaftigkeit des Lebens angezeigt hatten. Gerardine und Lizzy wogen das Metallstück auf der besten Küchenwaage, die es im Haus gab, dann gingen sie hinaus, die Barkers zu suchen. Lange brauchten sie nicht, sie fanden sie bald. Henry Barker, der Konstrukteur, feuerte zum Spaß der Dorfjungs auf tönerne Scherben, die William Barker, der Waffenschmied, in die Luft schleuderte. Er legte sie auf ein Ende eines Brettchens, das in der Mitte auf

einem Rundholz auflag. Ein kräftiger Tritt aufs andere Ende, und die Tonscherbe flog viel höher, als er sie hätte werfen können. Traf der erste Schuss nicht, gelang es Henry durch eine rasche Handgelenksdrehung, den Lauf zu wechseln und ein zweites oder gar drittes Mal zu feuern. Als sie die jungen Damen kommen sahen, unterbrachen sie den Schießbetrieb.

»Das ist unsere Methode, die Schnelligkeit der *Four* zu demonstrieren!«, sagte Henry auf Französisch, verbeugte sich und fragte: »Wollen Sie es auch einmal probieren?«

Lizzy wehrte furchtsam ab, Gerardine dagegen bejahte freudig. Das wäre ihr erster Schuss! Die Brüder lächelten einander an. Sie hatten sich in dieser Hosenfrau nicht getäuscht.

»Sei kein Frosch!«, sagte sie zu Lizzy, die sich empört in die Brust warf.

»Ich bin kein Frosch, und ich werde es dir zeigen!«

Jetzt mussten zwei Gewehre her. Gerardine bewunderte die feine Handwerksarbeit. Die Barker-Four hatte etwa ihre Armlänge. Während William die vier Läufe nachzuladen begann, die er gerade leergeschossen hatte, erklärte er seinen Schülerinnen, wie die Drehmechanik des Batterieschlosses funktionierte. Über einen mit der rechten Hand zu bedienenden metallischen Drücker am Schaft wurde ein Federbolzen gelöst, dann wurde der äußerst leichtgängige Viererlauf um neunzig Grad gedreht, bis der freigelassene, schleifende Bolzen in der entsprechend angebrachten nächsten Bohrung einrastete. Jetzt konnte wieder geschossen werden. Bolzen lösen, weiterdrehen, feuern, bis alle vier Läufe leer waren.

Henry reichte Gerardine seine Waffe, die bereits fertig geladen war.

»Stellen Sie sich so, dass der Rückstoß Sie nicht umhaut. Ein Bein vor, das linke. Das rechte leicht angewinkelt zurück. Legen sie den Schaft an die Schulter. Nach dem Schuss wird die Waffe leicht nach oben weggedreht, um den Druck abzumildern. Aber nicht zu früh, sonst verziehen Sie …«

Es machte einen höllischen Krach, und es gab einen Mordsschlag an der Schulter, aber Gerardines unerschrockenes Beispiel überzeugte auch Lizzy. Nachdem die jungen Damen je ein Dutzend Schüsse abgegeben und drei Blumentöpfe in der Luft pulverisiert hatten (einer davon ging auf Lizzys Konto), entsann sich Gerardine der Frage, die sie hergeführt hatte:

»Die Kugeln … wie genau werden sie hergestellt? Sind alle etwa gleich groß, gleich schwer?«

William Barker sagte stolz:

»Unsere Kugeln müssen einander an Gestalt und Gewicht mehr gleichen als Kugeln konventioneller Gewehre. Weil die Läufe Präzisionsarbeit sind! Wenn sich der Kugeldurchmesser auch nur um einen Bruchzoll verändert, kann es zu hässlichen Verpuffungen und Schäden in den Läufen kommen. Die Kugeln sind aus legiertem Blei, sie haben alle einen Durchmesser von exakt 0,4 Zoll. Die preußischen sind viel dicker. Das müssen sie auch sein, denn der Einzellauf hat einen größeren Durchmesser.«

»Dürften wir uns eine zum Andenken mitnehmen?«

»Natürlich! Greifen Sie zu!«

Mit zwei Handvoll Kugeln kehrten sie in die Küche zurück. Es stimmte, was die Barkers gesagt hatten. Alle Kugeln waren so ziemlich gleich schwer. Und alle wogen in etwa so viel wie die deformierte Todeskugel.

Nachdem das erledigt war, schlug Lizzy vor, Gerardine noch die Kolonie zu zeigen.

»Kannst du Gedanken lesen? Gerade darum wollte ich dich bitten!«

»Es sind fünfzehn Kolonistenfamilien«, sagte Lizzy, während sie über die kindskopfgroßen, von Karrenrädern rundgeschliffenen und von Füßen polierten Steine der Hauptallee schlenderten.

»Das ist wenig, oder?«, forschte Gerardine.
»O nein! Ich würde sagen, das ist Durchschnitt. Dem Schulzen scheint es zu reichen. Aber Decker hat auch ein besonderes Talent, das Letzte aus seinen Leuten herauszuholen.«
Sie betraten ein Kolonistenhaus. Gerardine kannte bis dahin nur die Handwerker und ihre Werkstätten in der Metropole. Die Ärmlichkeit und Bedürfnislosigkeit dieser Menschen auf dem Land spottete jeder Beschreibung. Was hatten sie? Einen Webstuhl, einen kleinen Stall mit einer Kuh und ein paar Schweinen. Einige Schafe, Hühner und ein bis zwei Kinder ... ein Strohdach darüber. Das war der Rahmen, in dem sich alles abspielte. Wiege und Kirchhof lagen einen Steinwurf auseinander.
»Ich würde verrückt werden hier! Schon nach einem Tag, glaube ich«, sagte Gerardine. »Übrigens dachte ich, die Leibeigenschaft sei Vergangenheit? Wie können diese Menschen je zu etwas Wohlstand kommen bei so hohen Abgaben? Decker versorgt sie mit Rohstoff, aber sie erhalten doch fast gar nichts vom Ertrag ihrer Knochenarbeit? Ich hätte es verständlicher gefunden, wenn Decker ermordet worden wäre! Er verdient sich dumm und dämlich am Verkauf des Leinens, des Tabaks, der Tartuffeln ...«
»Sie haben nichts anderes, und sie wissen es nicht besser«, sagte Lizzy leichthin und zuckte mit den Achseln. Sie schien die Not gar nicht wahrzunehmen. Vielleicht, weil sie stets in der Nähe war? Weil keines dieser bedauernswerten Geschöpfe ausbrach oder aufbegehrte? Sicher, was hätte die- oder derjenige schon davon ...
»Soll ich dir was Spaßiges erzählen?«, sagte Lizzy, als sie wieder auf der Hauptstraße standen, an deren oberem Ende das Gutshaus wie ein Schloss thronte.
»Schieß los ... pardon: ja bitte!«
»Mein Vater, Gott wiege ihn selig, wollte, dass Polk und ich ... ein Paar werden!«

»Du meinst den schmucken Blonden aus der Delegation?«
»Genau den! Wir haben als Kinder in Charlotte zusammen gespielt.«
»Und? Ich finde, er sieht gut aus! Du würdest mit ihm nach Amerika gehen, oder?«
Lizzy lachte.
»Von wegen ... Ich mag keine Blonden. Und ich bin ja auch bereits verlobt ... na ja – fast! Mit Friedrich Decker!«
Gerardine kämpfte den Neid hinunter.
»Oh! Gratuliere! Warum noch nicht ganz?«
»Wir sind uns schon lange einig. Und jetzt ...«
»Wissen deine Mutter und Deckers Vater von eurem Versprechen?«
»Deckers Vater würde nichts lieber sehen, denn auf diese Weise würde Neu-Charlotte ganz in Decker'sche Hände übergehen. Meine Mutter ist weniger begeistert.«
»Nun, der Name Clyber ließe sich wohl kaum retten. Es sei denn, du bliebest unverheiratet als Gutsherrin hier.«
»Das war gar nicht der Grund. So etwas ist meiner Mutter und mir doch egal. So amerikanisch sind wir schon noch.«
»Was war es dann?«
»Mein seliger Onkel Joyard war dagegen. Er hatte großen Einfluss auf meine Mutter.«
»Was hatte er denn gegen deinen Decker?«
»Die Art, wie Decker senior den armen Pfeiffer behandelt, erregte Onkel Émiles Abscheu. Pfeiffer war sein bester Freund! Onkel redete meiner Mutter so lange zu, bis sie seine Aversion gegen eine Verbindung mit den Deckers teilte.«
»So kommt euch beiden sein Tod nicht eben ungelegen«, sagte Gerardine und biss sich auf die Unterlippe.
»Das darfst du nicht mal denken«, sagte Lizzy mit bös gerippter Stirn. Dann lächelte sie böse. »Auch wenn es stimmt! Entschuldige, aber ich habe meinen Onkel nicht gerade geliebt. Sein Tod lässt mich, wenn ich ehrlich bin, vollkommen kalt.

Der gute Pfeiffer wird mehr Tränen um ihn vergossen haben als ich.«

»Sag, mal, Lizzy: Du kannst mir doch sicher sagen, wer oder was die Cincinnati sind? Mein Urgroßvater wurde zu früh ohnmächtig.«

Lizzy seufzte.

»Politik verdirbt den Charakter, sagt meine Mutter. Vater war wirklich kaum zu ertragen manchmal ... Er gehörte zu den Cincinnatus-Brüdern genauso wie jeder andere Soldat der Kontinentalarmee, der das Gemetzel überlebt hat. Die Veteranen wollen zusammenhalten und für Invaliden, Witwen und Waisen sorgen.«

»Und deshalb ein solches Geheimnisgetue? Seltsam«, sagte Gerardine. »Findest du nicht auch?«

Lizzy zuckte mit den Achseln. »Politik eben ...«

Mittwoch, 19. April 1786

Gerardine war als Erste wach. Nur das Gesinde im Gutshaus war schon auf den Beinen und grüßte scheu. Diese Berlinerin in Hosen war den Landeiern so geheuer wie der Leibhaftige. Was hatte sie da gestern auf der Küchenwaage gewogen? Wie verklärt ihre Augen dabei gewesen waren … Die Haustochter war vom gleichen Kaliber. Geschossen haben sollten sie! Wo gab es denn so was? Wenn die höheren Frauenzimmer anfingen, Gewehre in die Hand zu nehmen, dann würde bald gar noch die Gutsherrin mit der Flinte hinter ihnen stehen …
Einen gut abgelagerten Vorjahresapfel stibitzte Gerardine sich aus der Küche, um sich dann durch den Dienstboteneingang hinauszustehlen. Zwischen Gutshaus und Heidekrug verlief ein kleiner Ökonomieweg. Sie wandte sich nach links, der Schlucht zu. Es war kühl, aber nicht kalt, ein leichter Wind blies. Gerardine reckte sich. Wie prächtig die Wiesen und der Wald in der ersten Morgenhelle leuchteten, obwohl noch kein Sonnenstrahl darauf fiel! Dieses Grün war so frisch … Ende Mai wäre es bereits stumpf. Dann würde es blasser und dunkler bis zur herbstlichen Rötung. Sie lief den Abhang hinunter. Welch ein Genuss! Dann bemerkte sie den Dunst, der den schroffen Einschnitt des eiszeitlichen Baches fast ganz ausfüllte und durch den Wald an seinem oberen Rand nach außen drückte, wo er rasch verflog. Vor zwei Tagen dürfte es ähnlich ausgesehen haben. Sie wollte bei Sonnenaufgang am Obelisken sein, weil Joyard zu dieser Zeit dort gewesen war. Die Amerikanischen Brüder hatten sich vor ihrem Tempel ein

Stück weiter westlich am Rand der Hochebene versammelt, während die Amerikaner durch die Schlucht zu ihnen hinaufgewandert waren.

Sie präzisierte ihr Vorhaben. Sie könnte experimentell feststellen, bis wann sich der Frühnebel in der Kehle hielt, und wie viel man sah, wenn man auf den Pfaden hindurchlief.

Sie hatte den Hohlweg erreicht, der aus der Schlucht heraufkam. Der Bach tauchte rechts auf. Es ging steiler abwärts. Sie pfiff vor Lebensfreude, aber auch, um die Angst zu beschwichtigen, die nach ihr fasste, während sie in den Frühdunst eintauchte, der ihr jetzt tatsächlich sichtbar den Weg von unten her entgegenkroch und ihre Gestalt bald faserig umspielte, bis sie gänzlich darin verschwand. Sie dachte an die 666, die Teufelszahl, an die Legende vom Teufel und der Silberkehle, an ein geheimnisvolles Ritual auf einem Felsentisch … Achtzehn Herzstiche in der kalten Grube … Kälte war ein Teufelsattribut … Die Quersumme von 666 war achtzehn … In diesem Moment gefror ihr das Blut in den Adern, denn sie hörte etwas, das klang, als käme es aus einer anderen Welt, einer anderen Zeit! Auf einer Art Blasinstrument mochte es hervorgebracht worden sein, aber auf einem, das sie nicht kannte. Da war es wieder! Ein Ton, so weltentrückt und unheimlich, dass sie spürte, wie sich die Haut zusammenzog und ihr die Haare zu Berge standen … Sie bezwang sich. Das war kein Ton aus dem Geisterreich oder aus der Hölle, er war ganz real. Es tönte jeweils etwa zehn Sekunden, gefolgt von einer gleich langen Pause. Das Signal wiederholte sich noch zweimal. Dann war Ruhe. Oder? Sie stand still auf dem Pfad und lauschte: Da klangen Stimmen. Gesang! Sie ging langsam weiter den Weg hinunter. Der Frühnebel fühlte sich feucht an auf Gesicht und Händen. Die Stimmen wurden deutlicher. Es waren Männerstimmen. Sie sangen … englisch? Ja, englisch: Es klang wie ein Seemannslied. Nein, es war eine Hymne. Das hörte man an der Art, wie gesungen

wurde ... Bevor Gerardine jedoch etwas verstand, war es zu Ende.
Der Weg, den sie verfolgte, brachte sie an eine Abzweigung. Lief man geradeaus, verschluckte einen die Schlucht. Ein sanft ansteigender Pfad zweigte ab in den Nebel. Zum Obelisk und zum Tempel! Sie erkannte das Gelände vom nachmittäglichen Spaziergang wieder, obwohl sie jetzt kaum die Hand vor Augen sah. Der Gesang war von der Stelle am Obelisk gekommen, wo man wahrscheinlich überm Dunst in den Waldtälern die Sonne aufgehen sähe – von dort, wo sie hinwollte. Eine einzelne Stimme wurde laut. Warum war sie nicht näher dran, verflixt! Wenn sie einfach weiter geradeaus ginge, würde sie bemerkt werden ... Sie dachte an die Sage und die teuflische 666 ... Der Nebel, der noch immer dicht war, würde urplötzlich aufreißen, und sie stünde den Teufelsjüngern gegenüber, die hier ihre Opferzeremonie abhielten! Was opferte man dem Teufel? Kinder? Gerardine hielt inne. Dämonenanbeter, die dort bei Sonnenaufgang sangen und ihre Riten zelebrierten? Quatsch, das waren die Amerika-Brüder!
Der Dunst verschleierte den Pfad einmal ganz, dann war wieder alles klar – bis zum nächsten Nebelfetzen. Sie kam durch eine kleine Senke, danach ging es wieder aufwärts, direkt hinauf zum Obelisken-Plateau. Diesen Weg waren alle herabgekommen, die nach Lalande gesucht und auf die Toten in der Schlucht weiter unten gestoßen waren. Wenn sie sich vorsichtig anschliche ... würde man sie trotzdem irgendwann bemerken. Ein fast nur zu erahnender Pfad führte vom Weg fort. Der Dunst zerfaserte, sie sah kurz nach vorne und gewahrte die amerikanischen Uniformen. Instinktiv schlug sie sich nach links und achtete angestrengt darauf, wohin sie ihre Schritte setzte. Auch wenn sie stürtzte, würde sie nur bis zur Baumbarriere abrutschen, an der die Jungen am Vortag die Kugel gefunden hatten. Die Stimmen droben wurde immer klarer vernehmlich. Gerardine stand jetzt wieder unterhalb der Eis-

grube, wo Saint-Sauliac erschossen worden war. Ein Schauer lief ihr über die Haut bei der Vorstellung, dass hier vor zwei Tagen, etwa zur selben Zeit, zwei Tote den Steinhang in die Schlucht hinabgestoßen worden waren. Deutlich indes drangen nun von oben die sehr lebendigen Worte an ihr Ohr:

»... noch der zweite Kontinentalkongress unserer jungen Konföderation zustimmen, doch sowohl der Präsident des Kongresses, Nathaniel Gorham, als auch die Generalität und das Offizierscorps unserer Armee – vollständig verkörpert durch die Society, deren Präsident George Washington ist – werden sich notfalls mit Nachdruck hinter diesen Plan stellen und damit hinter Sie, mein Prinz! Daher ist, was in Ihren Ohren vielleicht wie eine Phantasterei klingen mag, ein völlig ernst gemeinter Antrag, den ich hier zunächst nur im Namen einer Reihe einflussreicher Männer an Sie richte, den aber der Cincinnatus-Orden ebenso an Sie stellen wird wie auch der Kongress. Eine Krone des Vereinigten Königreichs von Amerika wird es nicht geben, aber dafür einen Adler aus Brillanten. So viele wie Bundesstaaten! Und mit jedem neuen künftigen Mitglied des Bundes wird einer dazukommen. Prinz, ich bitte Sie im Auftrag des Kongresspräsidenten: Kommen Sie als unser König mit uns in die Staaten!«

Gerardines Herz stand still. Sie kniff sich in die Wange. Nein, das war kein Traum. Das war der Abgeordnete Walker, der da gesprochen hatte. Jetzt hörte sie seine Stimme wieder:

»Ihre Rolle wird der des englischen Königs ähneln. Aber Sie werden der fortschrittlichste Monarch der Welt, ein wahrhaft königlicher Präsident! Sie werden in die Geschichte eingehen als Retter der Nation, als Retter und Kapitän des Schiffes Amerika!«

Gerardine schlug sich die Hände vor den Mund, als ihr der Sinn der Worte endlich aufging: Walker hatte gerade Prinz Heinrich die Krone der USA angetragen! Eine Krone nach britischem Vorbild – in einem Land, in dem gerade die bri-

tische Krone und damit die Monarchie besiegt worden war? Das war so grotesk ... so unfassbar!
Der Prinz schien ähnlich zu empfinden, denn von seiner Antwort war nichts zu hören. Nur sein Hüsteln und Genäsele.
»Kchhh-kchhh ... hmnjjä ... jäjä ...«
Offenbar suchte er nach Worten. Jetzt setzte Walker nach:
»Wollen Sie die Herausforderung annehmen, die mit diesem Antrag verbunden ist, mein Prinz? Wir alle kennen den Mut und die Entschlusskraft, die Sie in den härtesten und erbittertsten Schlachten des Siebenjährigen Krieges bewiesen haben. Davon würde hier schon ein Quäntchen genügen – es wäre ja vor allem eine repräsentative und politische Aufgabe. Wir haben einen Code dafür ausgearbeitet, und wollen die Operation mit dem Decknamen ›Crystal‹ bezeichnen. Zunächst könnten Sie die Regentschaft, bis sich die Wogen geglättet hätten, die eine Proklamation eventuell schlüge, auch von Rheinsberg ausüben, wiewohl es besser wäre ...«
»Mnjä! Mein lieber Freund! Kchhh!«
Gerardines Herzschlag stoppte.
»Mein bester, liebster Freund – ... liebe Brüder!«
Das war die Stimme des Prinzen, nicht sehr tief und von einer leicht weinerlichen Feierlichkeit.
»Verehrte Mitglieder der Society! Ich bin zutiefst ergriffen und bewegt und ... jä ... auch gerührt von diesem Anerbieten, das mich so unvorbereitet und überraschend trifft, dass mir die Worte vom Mund wegfliegen ... Ich erfasse die Tragweite dieses Antrages, und ich muss Ihnen gestehen, liebe Freunde, dass mich die Konsequenzen angenehm erschrecken! Ich kann aber eine innere Notwendigkeit dieser Operation nicht leugnen ... Crystal – ein guter, ein schöner, reiner Name! Ich glaube wie Sie, dass aus einer reinen Volksvertretung keine handlungsfähige, mit Rückgrat und Perspektive ausgestattete Regierung hervorgehen kann. Ein demokratisches Parlament ohne Führung zum echten Regieren zu bringen, wäre so, als

wollte man eine Schlange durch Zuruf dazu bewegen, aufrecht zu gehen. Das kann nur ein Schlangenbeschwörer mit einer Zauberflöte … Ich werde diese Aufgabe mit Freuden übernehmen, so mir Gott helfe!«
Ein vielstimmiges »Hurra!« sowie Salutschüsse aus Barker-Fours ertönten. Die erkannte Gerardine inzwischen am Klang.
»Danke, meine Freunde! Ich weiß indes nicht, ob meine Kraft reichen wird, eine solche Schlange zu beschwören. Ich glaube, es wäre besser, ich würde in meinem Alter die Finger von neuen Projekten lassen und nichts dazu beitragen, die Regierung der jungen Republik USA durch mein Eingreifen zu verändern. Aber ich habe in meinem Leben oft mit Zaudern verdorben, was mit frischem Mut zu einem glücklichen Ende hätte geführt werden können … Also sei es! Ich muss sie alle um höchste Verschwiegenheit bitten! Für meine Amerikanischen Brüder würde ich selbstredend die Hand ins Feuer legen, und ich weiß, lieber Walker, dass Sie es auch für die Cincinnati tun.«
Gewagte Worte, fand Gerardine, während wieder Jubel und Schüsse ertönten. Gedanken von einer geradezu verheerenden Sprengkraft, bildlich gesprochen, insofern sie publik würden! Da oben saßen offenbar alle Amerika-Brüder und Amerikaner – ob Lalande auch dabei war? Sie hoffte es nicht … Instinktiv wehrte sie sich gegen die Vorstellung, dass die junge Konföderation, in der erstmals seit griechischer Vorzeit eine vom Volk gewählte Regierung zu arbeiten begann, einen monarchistischen Rückfall erleiden würde. Sie bemerkte erst jetzt, dass sie vor Kälte und Klammheit zitterte. Vom Dunst durchweicht war ihre Kleidung. Wenn sie sich hier nicht den Tod holen wollte, wäre es besser, zu verschwinden. Aber nicht, ohne einen Blick da hinauf geworfen zu haben.
Schon beim ersten Schritt trat sie einen vom vielen Begangenwerden in den letzten Tagen locker gewordenen, kleineren

Treppenstein los. Erst schwappte er nur träge im Vorjahreslaub, dann aber nahm er rasch Fahrt auf und polterte gegen Baumstämme, machte Riesensätze, traf hell knallend auf einen großen Findling in der Schlucht. Von oben kamen Rufe des Erstaunens. Dann Walkers Stimme:
»Seht nach, was das war! Wenn's kein Reh ist, fackelt nicht lang! Wir dürfen kein Risiko eingehen!«
Ihr Kopf arbeitete schnell und sicher. Was sie da gehört hatte, war lebensgefährlich! Ein Geheimnis, das auch Joyard und Saint-Sauliac das Leben gekostet hatte? Auch? Verflucht – sie wollte noch nicht sterben! Der Gedanke, sie könnte gestellt werden, war ungeheuerlich … Abgeschossen werden? Schon lief sie am Hang entlang. Nur nicht den Weg benutzen, den die Verfolger zuerst im Auge hätten! Auf der anderen Seite musste es auch möglich sein, zu entkommen. Ihr Herzschlag revoltierte. Sie sah kaum einen Schritt weit. Gut vom Frühnebel, dass er sie aufnahm wie ein Schwamm!

»Ich glaube an den Genius loci!«, verkündete Langustier, nachdem die Urenkelin – lehmverschmiert und mit Laubresten im Haar – verkündet hatte, beim Versuch, einen Wiesenblumenstrauß zu pflücken, in die Silberkehle hinabgerutscht zu sein. Ihrem Urgroßvater hatte der Erschöpfungsschlaf sehr gut getan, wie sie sehen konnte. Er saß frisch, aber mit unübersehbaren Sorgenfalten im Gesicht am Frühstückstisch im Gutshaus.
»Du kannst von Glück sagen, meine Liebe, dass der Geist des Ortes dich nur hat abrutschen lassen! Diese Teufelszahl will mir nicht aus dem Kopf, und wenn ich es nicht besser wüsste, würde ich zu einem Anhänger der Kirche Satans …«
Gerardine lächelte, wenn sie ihn sich als Teufelsadept vorstellte, der Diablotins kochte und den Jüngern eines dunklen Ordens servierte. Sie dachte mit Herzklopfen wieder an ihr Erlebnis. Abzurutschen auf der Flucht war bedeutend ange-

nehmer, als den finalen Durchgang einer Kugel an irgendeiner lebenswichtigen Stelle im Leib zu spüren ... Sie konnte es kaum erwarten, dem Uropa unter vier Augen das Ungeheuerliche zu berichten. Sie hatte keinen Appetit und drängte ihn – trotz seiner heftigsten Einwände – nach draußen.

»Wo willst du eigentlich hin?«, fragte Langustier. »Und warum hast du nichts gefrühstückt?«

Sie zog ihn auf den Kirchhof hinüber, bis sie vor Clybers Grab standen und für alle außer Hörweite waren. Sie deutete in Richtung des Obelisken am nahen Waldhorizont.

»Der Prinz und Walker und ... ich weiß nicht wer noch, sind in aller Herrgottsfrühe da drüben ... Du glaubst nicht, was ich bei einem kleinen Erkundungsgang gehört habe ... Vorher sah ich zwei Pfade, auf denen man den Balkon erreicht, auch ohne zuvor auf dem Hügel am Monument gewesen zu sein. Einen davon habe ich benutzt. Der Mörder brauchte nur die Stufen vom untersten Punkt, wo das Ausflussrohr aus dem Boden kommt und wo er die Toten hinunterwarf, wieder hinaufzuklettern und sich dann seitlich am Hang davonzuschleichen. Selbst im Nebel gelingt das, vorausgesetzt, man stolpert nicht.«

»Dann ist deine Rutschpartie gar nicht das Werk von Wiesenblumen?«

»Nein, es ist das Werk einer Baumwurzel, über die ich im Nebel fiel. Ich bekam keinen Bissen herunter, weil ich dir sofort sagen wollte, was ich gehört habe: Walker hat dem Prinzen die amerikanische Krone angetragen! Im Namen des Kongresses und der Cincinnati! Ich weiß inzwischen auch ohne dich, dass das im Grunde ein karitativer Veteranenverein ist.«

Das kam so ohne Vorwarnung, dass er kurz schluckte, bevor er die Fassung wiedergewann.

»Oh, du Ärmste – du musst dich sofort hinlegen! Ich kenne solche krankhaften Eingebungen einer aufgewühlten Phantasie! Besonders nach Treppenabstürzen und Kutschhavarien treten sie auf! Aber auch bei Wurzelfall mit nachfolgender Schluchtabrutschung scheint man mit ihnen rechnen zu müssen!«

»Aber ich bitte dich, das ist doch ...«

»Keine Widerrede! Du wirst sofort auf mich hören! Marsch ins Bett!«

Sie stemmte die Fäuste in die Flanken.

»Kommt ja gar nicht in Frage! Was ich gehört habe, habe ich gehört. Gestürzt und gerutscht bin ich, als sie mich verfolgten und abschießen wollten, weil ... weil ... weil ich dieses geheime Treffen belauscht und dabei gehört habe, dass Walker dem Prinzen die amerikanische Krone angetragen hat! Sie haben sogar ein Code-Wort dafür: Operation Crystal!«

Er schüttelte den Kopf. Das war ein ernster Fall von Sturz-Phantasie. Am Himmel zeigten sich Wolken. Der Wind wehte frisch. Kalt aber war es nicht.

»Gutes Kind, fasse und besinne dich: Es gibt keine amerikanische Krone! Das ist eine interessante Einbildung, die sich nach dem Wurzelunglück in deinem schönen, hübsch angeschlagenen Kopf gebildet hat! Die Vereinigten Staaten sind eine Republik!«

»Wer weiß, wie lange noch!«, respondierte sie wie ein Schuss aus der Barker-Four. »Jetzt, wo man Prinz Heinrich zum nord-amerikanischen König machen will! Operation Crystal! Klingt das nicht phantastisch?«

Er seufzte tief. Das war ein Schicksalsschlag, den er nicht erwartet hatte. Man würde sie möglicherweise einsperren, wenn sie so etwas öffentlich verkündete. Eine Wahnsinnige in der Familie ... Die Hosen waren vielleicht schon ein Vorschein dieser Geistestrübung ... Immerhin schien sie es für hinreichend brisant zu halten, nur ihm davon zu erzählen.

Gerardine sah plötzlich die fraglichen Herren am Waldrand erscheinen: sowohl Amerikaner als auch Amerika-Brüder. Es fehlten ... Sterling, Gant und die Barkers. Vielleicht würde ihn

das nachdenklicher stimmen. Vom Obelisken her kamen sie, waren jetzt aus dem Wald heraus und bewegten sich auf dem Feldweg direkt auf sie zu.
»Frag einfach den Prinzen selbst! Da kommt er samt Königstross ... Aber vergiss bitte nicht, dass wir heute noch einen Flug machen wollen!«
Langustier, scharf weitsichtig, sah tatsächlich den Prinzen mit Gefolge sich vom Wald her nähern.
»Wie kann ich Prinz Heinrich so etwas Absurdes fragen?«, fragte er mehr sich selbst, und Gerardine schlug vor:
»Du könntest sagen, dass du selbst drüben gewesen und Zeuge dieses Angebotes geworden bist. Dich werden sie schwerlich umbringen wollen.«
»Den Teufel werd ich! Das mit dem Flug müssen wir bleiben lassen, das würde deinen Geist nur vollkommen verwirren. Auch sieht mir das Wetter gar nicht danach aus. Der Wind wird immer stärker. Jetzt geh hinein und ruh dich aus. Du hast jede Ruhe nötig, so scheint es mir.«
Er glaubte ihr nicht! Der eigene Urgroßvater hielt sie für geistesverwirrt! Das war ein starkes Stück. Hinlegen? Auf keinen Fall! Sie wollte ... Dann fiel ihr etwas ein. Sie hielt inne und wendete sich ihm noch einmal zu.
»Du hältst mich für verrückt, gut! Aber ich habe gestern, noch bevor mich der Irrsinn streifte, wie du glaubst, die Kugeln der amerikanischen Gewehre gewogen. Die Barkers waren so freundlich, mir sogar das Schießen beizubringen. Kurzum – die deformierte Kugel ist eine amerikanische. Nur damit du es weißt!«
Sie drückte dem Verdutzten die unförmige Todeskugel nebst einer runden in die Hand, bevor sie auf dem Absatz kehrt machte und zornig in Richtung Ballon-Ankerplatz ausschritt.
Langustiers Blick ging sorgenvoll zwischen dem Blei in seiner Hand und den sich nähernden prinzlichen Tross hin und her. Er musste Haltung annehmen, um den Prinzen angemessen zu

begrüßen. Walker, Fersen, Mylenthal, Pentland, Polk, die Deckers und Pfeiffer waren bei ihm.
»Guten Morgen, Königliche Hoheit! Schon so früh auf dem Feld? Ist das in Amerika so üblich?«
»Ja ja, der frühe Vogel ... Sie wissen schon. Sogar die preußischen Freimaurer sind verschlafen gegen uns Amerikanische Brüder! Hab ich nicht recht, Bruder Hornist!«
Prinz Heinrich klopfte Johann Pfeiffer auf den Rücken, dass es staubte. Hoheit war noch erheblich blasser als gewöhnlich. Und die Leutseligkeit wirkte nicht echt. Der Prinz schien eher entrückt, ganz woanders im Geiste ... Langustier zögerte kurz, dann entschied er sich dafür, einen Versuchsballon zu starten. Zurückrudern könnte er immer noch.
»Auch ich mache so meine morgendlichen Pirschgänge ...«
Die Altersflecken auf der mehlig-weißen Haut des Prinzen bekamen einen Stich ins Kupferfarbene. Die Mundwinkel zuckten.
»Wie meinen?«
Seine Begleiter sahen Langustier verwundert an.
»Ich bin noch recht gut zu Fuß und bekannt für mein ausgezeichnetes Gehör, auch jetzt noch, kurz vorm Grab – geradezu ein medizinisches Wunder, das dem Teufel Theden das Wasser im Mund zusammenlaufen lässt und schon auf die Idee brachte, mir die Seele samt Leib abzukaufen. Da ich nun einmal wissen wollte, welche Wege es für den Mörder gab, von dem Punkt aus zu entkommen, an dem er die Leichen zum Absturz brachte, habe ich mir vorhin einmal diese Stelle angesehen. Und da hörte ich ...«
Ein Laut kollektiver Bestürzung war zu vernehmen.
»Da hörten Sie?«, fragte Walker, und sein Gesichtsoval schimmerte gipsern.
»Hörten Sie was?«, fragte der Prinz.
»Etwas so früh Geäußertes, dass es wahrscheinlich niemand hören sollte«, sagte Langustier so diffus wie nur irgend möglich.

Jetzt wirkte auch Decker senior, gewöhnlich von gesunder Gesichtsfarbe, wie ein wandelndes Leichentuch.
»Haben Sie etwa gehört, was Mister Walker ...«, sagte er, doch der Prinz schnitt ihm mit einer raschen Handbewegung das Wort ab und nahm Langustier beiseite, so weit, bis keiner sie mehr verstehen konnte.
»Monsieur! Man hört viel ... Besonders das, was man frühmorgens in entlegenen Wäldern hört, ist oft seltsam. Verständlicherweise ist gerade das selten für fremde Ohren gedacht.«
»Es würde wohl alle Welt in Erstaunen setzen«, sagte Langustier und begriff, dass er seiner Urenkelin würde Abbitte leisten müssen.
Der Prinz hatte einen entschlussfreudigen Gesichtsausdruck, als er sagte:
»Ein Publikwerden von so unausgegorenen Ideen und Vorschlägen könnte alles verderben! Die geistige Elite denkt und handelt stets im Verborgenen. Nicht immer sind es die besten Gedanken und nicht die besten Handlungen, die von diesen herausragenden Individuen ausgehen. Die Elite zu führen und die große Zahl der Gutgläubigen vor schlimmen Folgen elitären Denkens und Handels ... äh ... in Schutz zu nehmen, wäre die Aufgabe, die sich ... äh ... einem Regenten in einer konstitutionellen Demokratie stellte. Seine Rolle wäre die eines Oberaufsehers über die Einhaltung des *contrat social.*«
Der Prinz fühlte undeutlich, dass er ins Plappern geraten war. Langustier aber fragte interessiert:
»Werden Hoheit ... diese Rolle ...?«
»Monsieur, es ist zu früh, dies verbindlich zu entscheiden. Ich muss Sie auf strengstes Stillschweigen verpflichten! Von Walker oder mir haben Sie kein Wort gehört, kein Sterbenswörtchen, Sie verstehen?«
»Wenn es allerdings Anhaltspunkte gäbe, die darauf deuteten, dass die beiden Morde mit dem amerikanischen Antrag an Eure Hoheit zu tun hätten, wäre ich gezwungen ...«

»Wie kommen Sie denn darauf? Die Morde sind mir unerklärlich! Nichts von dem, was Sie gehört, zu meinem Bruder, ich beschwöre Sie! Es wäre sein Tod! Und meiner ... Er würde sich über Gebühr aufregen und vielleicht zum ersten Mal einen Prinzen von Geblüt in die Feste schicken ...«
In Prinz Heinrichs Augen flackerte die Angst. Er blickte auf seine Gefolgsmänner, die aufgeregt die Köpfe zusammensteckten und sich über die Gefahr für die Verwirklichung des Planes, die von dieser Langustier'schen Mitwisserschaft ausgehen mochte, auszutauschen schienen. Der Prinz sagte mit schmeichlerischem Tonfall:
»Wollen Sie nicht zeitlebens mein nomineller Erster Küchenmeister sein? Ihr Kollege Joyard hätte diesen Posten bekommen, obwohl ich Ihre Arbeit stets mehr schätzte. Das Essen mit Goethe wird mir unvergessen bleiben ... Rehrücken! Jetzt wären endlich Sie einmal an der Reihe, der Erste zu sein! Sie erhielten ein so reiches Salär, dass es ihnen ein Leichtes würde, bis an Ihr Lebensende wortkarg gegen jedermann zu sein.«
Langustier lächelte sein berühmtes feines Lächeln.
»Königliche Hoheit, das Angebot ehrt mich ungemein! Es hätte mich vor zwanzig Jahren vielleicht verlockt, doch inzwischen ... Das Hofleben habe ich zum Glück unbeschadet hinter mich gebracht. Zum Glück sage ich, denn Grabenkämpfe mit Neidern haben mich noch nie begeistert. Hoheit, deshalb muss ich Ihnen einen Korb geben. Ich bin nun einmal entschlossen, nur noch zu Hause zu kochen.«
Der Prinz bedeutete Walker und Fersen mit einem Blick, sich tunlichst weiter entfernt zu halten. Er senkte die Stimme noch mehr, bis die Worte wie hingefächelt wirkten und die Langustier'schen Ohrmembranen nur noch in kleinste Schwingungen versetzten.
»Ich verstehe Ihre Einwände, Monsieur. Sie haben völlig recht. Intrigen sind schlecht für die Galle. Sie müssten aber keine meiner Küchen überhaupt betreten. Es wäre, sagen wir, eine

dauerhafte Gratifikation, eine Art Kammerherren-Küchenschlüssel mit Gehalt …«

Dieser Spezifizierung hätte es gar nicht bedurft.

»Danke, Hoheit. Doch Sie vergessen, dass ich nur hier bin, um die Interessen Seiner Majestät zu vertreten. Wenn diese Operation Crystal Grund für einen zweifachen Mord war, dann wäre ich der Letzte, der sich zu seiner Vertuschung bereden ließe.«

Das Gesicht des Prinz sah aus, als hätte er an einer Zitronenscheibe gelutscht.

»Ich frage mich, ob Monsieur Saint-Sauliac oder Monsieur Joyard möglicherweise Gehälter von anderswo bezogen und daher … beseitigt … wurden, weil man ihnen auf die Schliche gekommen war. Weil sie in der … äh … Crystal-Angelegenheit … nicht so verschwiegen gewesen sind, wie sie hätten sein müssen?«

Der Prinz streckte sich und näselte enerviert:

»Monsieur, bitte benutzen Sie dieses Code-Wort nicht mehr, und schon gar nicht öffentlich, ich beschwöre Sie!« Dann moderater: »Derlei Mutmaßungen sind gänzlich absurd, und das wissen Sie! Wollen Sie etwa mir unterstellen, ich hätte den Menschen töten lassen, dessen Schönheit ich zu lieben begonnen?«

Jetzt war es heraus. Langustier schämte sich wieder, diesmal seiner Indiskretion.

»Hoheit, nie würde ich … Ich bitte Sie um Vergebung, Prinz. Seine Majestät aber hat den einstigen Ersten Küchenmeister wegen angeblicher Tätigkeit für auswärtige Mächte entlassen. Was, wenn dieser Verdacht begründet war? Was tat Ihr … Philippe Saint-Sauliac in England? Er scheint dort unter dem falschen Namen Cunningham in dunkle Geschäfte verstrickt gewesen zu sein.«

Langustier hütete sich, seine Quelle für diese Vermutung anzugeben, um Fersen nicht zu kompromittieren. Der Prinz

hatte sich mit einem Tüchlein die Wangen getrocknet. Sein Gesicht war gerötet, er war sehr nachdenklich geworden.
»London? Ich hielt das für eine von Philippes Lügen, mit denen er wahrlich nicht geizte. Erlogen auch, so schien es mir, war es, dass er anno '79 Reisegefährte d'Alemberts und Lucchesinis gewesen sein wollte!«
Langustier suchte verzweifelt nach einer Eselsbrücke, sich das zu merken ...
Prinz Heinrich gab Mylenthal einen Wink. Langustier musterte den Subalternen im Näherkommen. Unverkennbar, dass unter der glatten Oberfläche dieser feinen Haut ein aufgewühltes Herz für den Dienstherrn schlug. Welch glühende, einseitige Liebe ... Wie lange lag es wohl zurück, dass der Prinz ihn in die Schranken seines Postens verwiesen hatte, in denen er nun trotzdem weiter buhlte?
»Mon prince?«
»Erteile Monsieur Langustier alle Auskünfte über Philippe de Saint-Sauliac, die du ihm geben kannst, mein Lieber!«
Zu Langustier sagte er:
»Ich habe mich nie unterstanden, Erkundigungen über die königlichen Küchenmeister einzuholen. Auch nicht nach ihrer Außerdienststellung. Was immer also Joyard getan haben mag, entzieht sich meiner Kenntnis. Da aber nur Männer in den Bund der Amerikanischen Brüder aufgenommen werden, für deren guten Leumund alle übrigen Mitglieder ihre Hände ins Feuer legen, stehen in seinem Fall schon einmal sechs Stimmen gegen die meines Bruders.«
Prinz Heinrich blickte in unbestimmte Ferne.
»Ich vertraue Ihrem Takt. Was immer Sie von Crystal gehört haben, es möge tunlichst in der Bachschlucht bleiben. Wir verstehen einander, nicht wahr?«
»Selbstredend!«, sagte Langustier, während er mit Interesse beobachtete, dass sich der Lalande'sche Ballon hinterm Kirchhof wieder zu blähen begann. »Mir kam da gestern eine Idee,

wie sich die Untersuchung der Schlucht-, respektive der Fluchtwege des vermeintlichen Täters etwas befördern ließe. Die Bäume sind noch so schütter belaubt, die Kronen gestatten noch den Durchblick ... Sie könnten dann alle noch heute abfahren, und das aus polizeilicher Notwendigkeit anberaumte Feldlager in Neu-Charlotte wäre binnen Stundenfrist zu Ende!«

Die anderen hörten nur das meckernde Lachen des Prinzen, nachdem Langustier erklärt hatte, was er wollte. Persönlichkeiten von Format, musste Langustier wieder einmal erkennen, verfügten über eine besondere Begabung: Sie kamen schneller über böse Wendungen des Schicksals hinweg als normale Menschen. Manch anderen hätte der gewaltsame Tod zweier Menschen, denen er nahe gestanden, dauerhaft niedergeschlagen ...

»Das ist eine Untersuchung, wie ich sie nur Ihnen zutraute!«, sagte Prinz Heinrich jetzt. »Wie gut, dass noch ausreichend Vin de sec im Eiskeller liegt! Die Ausgangsbedingungen müssen stimmen, nicht wahr?«

Langustier nickte und entgegnete:

»Würden Sie alle, die dabei waren, zusammentrommeln lassen? Ich werde mir derweil anhören, was ihr Adjutant mitzuteilen weiß.«

Des Prinzen Gesicht leuchtete blassrosa.

»Ihr Befehl ... hmnjä ... Monsieur, entspricht ganz meinen Wünschen! So schön es auch einmal ist, ein paar Tage auf dem Land zu ... äh ... verbringen ...«

Er stockte, denn es kam ihm zu Bewusstsein, dass es diesmal ja keineswegs für alle schön zu nennen war. Sein Blick fiel auf Walker, und so fuhr er unbeirrt fort: »So schön ist es doch, wenn ein solcher ... äh ... Zwangsaufenthalt endet, wenn er ... äh ... am schönsten ist.« Er wandte sich an Mylenthal: »Amadé, bitte, du bist an der Reihe!« Er machte ein paar Schritte in Richtung der Übrigen und sagte mit veränderter, lauterer

Kommandostimme: »Pfeiffer? Blasen Sie zum Sammeln! Mister Pentland? Feuern Sie bitte aus allen Rohren, damit Sterling, Gant und die Barker-Brüder aus den Quartieren kommen und zu uns stoßen!«
Mylenthal blickte den Prinzen – *seinen* Prinzen – schwärmerisch an. Er war ein Befehlshaber von Natur aus, ein viel besserer Heerführer als sein Bruder … Bei der Vorstellung, Aide-de-camp des amerikanischen Königs zu werden, durchrauschte ihn ein Hochgefühl. Crystal … welch schönes Code-Wort! Crystal, das war der Prinz … Selbstgefälligkeit lag in Mylenthals Mimik, und seine Worte, mit denen er Langustier über den Namen Saint-Sauliac aufklärte, klangen reichlich hochtrabend:
»Der letzte Comte de Saint-Sauliac starb im …«
Doch diese interessanten Details gingen unter im Lärm: Pfeiffer tutete ins Sammlungshorn, Pentland schoss zwei Mal, wartete, wiederholte den Doppelschuss …
Mylenthal wollte wieder ansetzen, doch Langustier winkte ab.
»Das ist, verzeihen Sie, inzwischen belanglos, Monsieur! Ein Betrüger operiert eben mit falschen Namen. Haben Sie auch etwas über den existenziellen Kern dieses betrügerischen Subjekts herausgefunden?«
Der Adjutant des Prinzen war verwirrt.
»Ich … äh … nein … ich … nein … äh … bedauere – nein!«
»Was hielten Sie persönlich von ihm?«
»Äh … wie?«
Mylenthal hatte nicht damit gerechnet, das gefragt zu werden. Am Hofe kommunizierte niemand so … direkt. Unweigerlich sah er den, von dem dieser alte, dicke Mann sprach, trotzdem wieder vor sich, sah ihn auf verschlungenem Waldpfad zum Schäferstündchen gehen …
Langustier erinnerte sich daran, was Friedrich Decker ihm von seinen Beobachtungen erzählt hatte.

»Sie haben Saint-Sauliac und den Prinzen vorgestern beobachtet, im Boberow. Das muss sehr geschmerzt haben, den Tränen nach zu urteilen, die Sie vergossen haben.«

Mylenthal hörte Langustiers Stimme, als dringe sie geradewegs aus dem Geisterreich zu ihm.

»Ich ... soll ... was? Woher wollen Sie das wissen?«

Mylenthal begriff die Welt nicht mehr. Mit diesem Mann war nicht zu spaßen. Langustier dagegen fragte sich, ob des Prinzen Adjutant wirklich so schlicht war, wie er sich den Anschein gab.

»Woher ich weiß, dass Sie die beiden beobachteten? Und dass das, was Sie da sahen, Sie nicht gerade glücklich machte?«, fragte er zurück. »Man hat Sie beim Beobachten beobachtet und diese Beobachtung mir mitgeteilt, was sagen Sie dazu?«

»Wer sollte mich denn beobachtet haben?«, fragte Mylenthal entgeistert.

»Also geben Sie es zu?«

»Was?«

»Dass Sie dic beiden sahen?«

Mylenthal wand sich.

»Jeder hat sie sehen können. Sie machten aus ihrer Zuneigung kein Geheimnis. Wen interessiert es noch? Und es scheint niemand den hochstapelnden Lecteur zu vermissen. Nicht einmal der Prinz.«

Wird er also doch noch geschwätzig, dachte Langustier. Eine kleine Arabeske von Möglichkeit nahm in seinem Kopf Gestalt an. Waren die Tränen des Adjutanten vielleicht die eines doppelt Betrogenen? Der schöne Mylenthal und der schöne Saint-Sauliac ... Hatten die beiden vielleicht eine Affäre gehabt? War das nicht die allerstärkste Motivation: einen Ex-Liebhaber zu töten, der zum Nebenbuhler geworden war?

»Sie vermissen ihn also gar nicht? Den, der sich Saint-Sauliac nannte?«, fragte er.

Mylenthal straffte sich und sagte mit verschlossener Miene: »Ich habe Ihnen über Saint-Sauliac nichts weiter zu sagen. Er ist tot, Monsieur.«
Die Härte, die Mylenthals schönes Gesicht nun entstellte, machte deutlich, dass er diesen Umstand nicht bedauerte.
Gerardine und Philippi kamen heran. Der Polizeichef schien etwas aus der Fasson. Er hatte am Abend zuvor einen über den Durst getrunken, wie es aussah.
Gerardines Gesicht hellte sich auf, als Langustier sich zerknirscht bei ihr entschuldigte:
»Ich schäme mich, dir Unrecht getan zu haben! Verzeih mir meinen Unglauben! Es hörte sich so unglaublich an, aber jetzt glaube ich es auch: Es *ist* unglaublich!«
Philippi stand etwas abseits und hielt sich den Kopf, fächelte sich mit dem Dreispitz Luft zu, was reichlich überflüssig war, denn eine frische Brise hatte zu wehen begonnen. Er setzte den Hut wieder auf. Gerardine wurde noch etwas leiser.
»Sind wir denn jetzt außer Gefahr?«, fragte sie mit argwöhnischem Blick in Richtung Walker. »Oder lässt uns der Königsmacher sicherheitshalber alle erschießen? Wie gesagt, die Kugel für Saint-Sauliac war die eines Amerikaners!«
Langustier wiegte den Kopf und blickte in den Himmel. Wolken kamen rasch heran. Am Waldrand regten sich die Äste. Man hörte das Rauschen der Blätter noch in dieser Entfernung.
»Sag Lalande, dass seine Gegenwart hier wohl nicht erforderlich ist. Er möge sich lieber überlegen, wie man den Ballon gefesselt zur Schlucht hinüberbringen kann. Wir müssen aufsteigen, um zu observieren! Das Wetter wird schlechter, glaube ich!«
Sie flog förmlich davon. Sie würden in die Luft gehen!

Während man weiter auf freiem Feld herumstand und die noch Fehlenden erwartete, vertrieb sich Langustier die Zeit

im – überdies nützlichen und notwendigen – Gespräch. Es fehlten ihm noch immer einige in der Sammlung ... Der Abgeordnete Walker etwa, dessen karge Worte zum Montag indes nicht recht weiterführten.
»Was wollen die Cincinnati-Brüder eigentlich noch, außer Witwen, Waisen und Veteranen beschützen?«, fragte Langustier ihn daher unverblümt auf Französisch.
Walker schluckte und schaute nach oben, ein Zeichen dafür, dass er nach einer Notlüge suchte.
»Ich weiß nicht, was Sie meinen, Mister? Wie kommen Sie jetzt auf unseren honorigen Wohlfahrtsverband?«
Langustier war, seit Gerardine die Cincinnati erwähnt hatte, wieder eingefallen, was Mirabeau vor zwei Jahren in den *Betrachtungen über den Cincinnatus-Orden* geschrieben hatte. Der erklärte Feind des unsozialen Adels und jeder hochnäsigen Hierarchie war als vehementer Gegner jener Gruppierung aufgetreten, obwohl deren Präsident kein anderer als George Washington war.
»Die Römer vom Schlage des Cincinnatus lebten nach dem Leitspruch: *Si vis pacem, para bellum!* Wenn du Frieden willst, bereite den Krieg vor. Haben Sie derlei vor, Mister Walker? Im Vertrag mit Ihren Vereinigten Staaten, der seit Wochen im *Journal de Berlin* abgedruckt wird, ist eine Menge von gegenseitiger Neutralität im Kriegsfall und von der Behandlung gefangener Gegner die Rede.«
Walker strich sich über die Uniformjacke und schloss einen Knopf am Kragen, der aufgegangen war. Sorgfältig prononcierend sagte er:
»Beim überseeischen Schiffsverkehr können beide Seiten in vielerlei Händel verstrickt werden, nur um solche Verstrickungen geht es ... Wo sie das andere herhaben, weiß ich wohl: von Mirabeau, diesem Rabenaas ... Ich kann es kaum erwarten, diesem feinen Herrn in Potsdam zu begegnen. Ich werde ihn einmal über unser Demokratieverständnis aufklä-

ren müssen. Der Prinz hat Ihnen eben möglicherweise bereits Andeutungen gemacht. Es ist immer gut, gewappnet zu sein. In einer Demokratie sitzen die größten Feinde meistens im Senat, das wussten schon die Griechen. Was wollen Sie? Sie leben hier in einem Militärstaat. Denken Sie sich das Ganze etwas freiheitlicher, und Sie haben das vor Augen, was Steuben, Knox und auch Washington wollen. Franklin will es nicht, und auch Adams nicht ... aber wir arbeiten daran.«

»Und bedenken jeden, der es verhindern oder verraten will, mit einer Ladung Blei aus der Barker-Four?«

»Sie haben zuviel Mirabeau gelesen, Monsieur! Wir würden unsere Ideale mit keinem so schändlichen Verbrechen beflecken! Vor allem nicht, wo es hier Geheimermittler Ihres Schlages gibt, denen nichts, absolut nichts verborgen bleibt. Sie sollten mit uns in die Staaten kommen und einen Geheimdienst aufbauen.«

Langustier lachte herzlich über den Gedanken und sagte:

»Kein übler Vorschlag. Ich denke darüber nach ... Crystal Intelligence Agency ...«

Walker erstarrte.

»Ich bitte Sie! Das Code-Wort sollte nicht unnötig ausgesprochen werden! Hier sind wir ja noch quasi unter Gleichgesinnten, wenn man von einigen Unbelehrbaren absieht ...«

»Ich nehme an, dass Sie damit die Herren meinen, auf die wir warten.«

Walker nickte.

»Die Barkers sind nicht gegen Crystal ... wohl aber Lalande, Sterling und Gant.«

Langustier bedankte sich bei Walker. Dann beschloss er, sich Pfeiffer zuzuwenden. Der Mann, etwa fünfzig Jahre alt, war dürr und etwas größer als er. Eine Eidechse mit graumeliertem Braunhaar, dachte Langustier. Pfeiffers Stimme war rauchig vom Tabak, aber es klangen auch Witz und ein im Elend behauster Sarkasmus darin.

»Sie waren mit Joyard befreundet?«, fragte Langustier.

»War ein feiner Mann, Ihr früherer Kollege. Ich wäre für ihn durchs Feuer gegangen. Er hat mir geholfen, hier draußen meine Selbstachtung nicht zu verlieren.«

»Hat er mit Ihnen auch über seine Vergangenheit gesprochen? Über die Entlassung? Über seltsame … Nachrichten?«

Pfeiffer blickte zum jungen Decker, dann zum alten und zog Langustier ein bisschen zur Seite.

»Lassen Sie uns etwas Abstand halten. Joyard und Decker, das vertrug und verträgt sich noch immer nicht. Er war nicht sehr mitteilsam, was sein Vorleben betraf. Vor allem über eine gewisse Dame, deren Bild auf seinem Schreibtisch steht, hätte ich gerne mehr erfahren, aber … Fehlanzeige. Dieses Geheimnis hat er mit in den Tod genommen. Daher auch nichts über Nachrichten. Wir sprachen mehr über Literatur, über Geschichte. Über Rom etwa!«

Pfeiffer hielt das Blasinstrument hoch.

»Wissen Sie, wer mir das vermacht hat?«, fragte er, um nach Langustiers Kopfschütteln zu erklären: »Der frühere Oberhofzeremonienmeister des Königs!«

Baron von Pöllnitz! Auch ein Hazardeur! Gott sei seiner Spielerseele gnädig, dachte Langustier: seit elf Jahren schon tot, am tiefsten betrauert von seinen Gläubigern.

»Sie wissen«, fragte Langustier lächelnd, »was Seine Majestät als Kronprinz über den Baron sagte? Ich habe mit ihm, nebenbei bemerkt, auf einer Reise nach Venedig die schönsten Momente verlebt. Wir spielten im Casino!«

Ein Schatten flog über Pfeiffers Gesicht. Es brauchte nicht viel Phantasie, sich vorzustellen, bei welchem Zeit- und Geldvertreib sich Pfeiffer und Pöllnitz kennengelernt hatten.

»Bestimmt nichts Gutes«, antwortete Pfeiffer, schien aber ganz Ohr zu sein.

»Divertissant beim Essen – hernach einsperren!«, sagte Langustier.

Sie lachten gemeinsam, weil sie wussten, dass auch der tote Pöllnitz mitlachen würde.
»Über die Tafel fragte er ihn gerne aus Scherz, sodass alle es hören konnten: Sagen Sie, wie hieß doch der Mann, dem Sie in Paris beim Pharo mit falschem Gold aushalfen?«
Pfeiffer wurde fahl wie ungeputztes Silber.
»O ja, er konnte derlei nicht nur in der Fama. Er hatte keine Skrupel, wenn es ums Spielen ging. Jeden riss er mit, der so leichtsinnig war, ihm etwas zu borgen.«
»Wieviel schuldete er Ihnen?«, fragte Langustier.
»Fünftausend Friedrichsdor waren es. Er hatte sie an einem Abend verspielt. Doch ich erhielt das Geld nach seinem Tod wie von Zauberhand zurück. Der König hat seinerzeit die Hälfte der Pöllnitz'schen Schulden beglichen, damit ihm dieser nicht als Geist erschiene, wie er es wohl in seiner unberechenbaren Art einmal im Zorne angedroht. Seine Majestät bedachte mich noch zweimal auf andere Weise mit höchst willkommenen Gunstbezeugungen: mit dem Schwarzen Adlerorden und damit, dass er Brühl bei mir kaufte. Den schönsten Schimmel, den ich je in meiner Zucht hervorgebracht habe! Mit all meinem Geld bin ich nach Paris zum Spielen gefahren, im September 1780. Ich hegte die Hoffnung, es zu vervielfachen. Doch der damals grassierende Systemwahn war mein Tod. Ich starb sozusagen beim Pharo im Casino der Madame Frelon ... Ohne Flüssigkeit stirbt man, nicht war? Seitdem war ich notorisch illiquid.«
Pfeiffers Blick verschleierte sich, nachdem ihn die Erinnerung für einen Augenblick glücklich gemacht zu haben schien. Dennoch schien er nicht so ohne Hoffnung, wie Langustier zunächst angenommen hatte. Möglicherweise wäre dieser ›Tote‹ wiederzubeleben.
»Warum tragen Sie Ihren Adlerorden nicht?«, fragte Langustier. »Sie sind ein junger Mann, verglichen mit mir, Sie sollten nicht aufgeben! Fangen Sie wieder von vorn an, fahren Sie

nach Amerika – mit Pferden umgehen können Sie doch besser als alle!«

In Pfeiffers Augen blitzte es, nachdem er eben noch furchtsam geschaut hatte. Neben Spott und Hohn war auch wilde Hoffnung in seinem Blick, so kam es Langustier vor. Der vom Schicksal übel Gebeutelte lächelte wieder. Wenngleich er ein Verlierer war, so hatte er doch Anspruch darauf, seinem Alter entsprechend geachtet zu werden! Und er sollte sich aus dieser Mausefalle von Schulzenhaus und Kolonie hinterm Mond davonmachen …

»Der Gedanke ist mir bereits gekommen«, sagte Pfeiffer. »Er gefällt mir von Stunde zu Stunde besser. Vielleicht ist es sogar bald möglich.«

»Ach Gott, phantasier nur nicht!«, sagte der ältere Decker, der sich ihnen unmerklich wieder genähert und diese Worte gehört hatte. Jetzt trat er jovial-herablassend hinzu, als wolle er schon im Vorfeld jeden Fluchtversuch seines notgedrungen willfährigen Bediensteten vereiteln.

Pfeiffer verstummte, ein höhnisches Lächeln auf den Lippen. Dann wendete er sich ab. Langustier blickte den Schulzen, der fünf oder gar zehn Jahre jünger sein mochte als Pfeiffer, kritisch an. Alle Menschen wurden wertvoller mit den Jahren, und es gab in Langustiers Augen nichts Verächtlicheres als einen Jungen, der einen Alten maßregelte oder ihm sonstwie den Respekt verweigerte. Decker schien am Vorabend Zechbruder des Polizeichefs gewesen zu sein, kombinierte Langustier, als er die Schmerzen hinter der Hirnschale erahnte, die aus seinen schwergängigen Worten sprachen.

»Womit haben Sie eigentlich das viele Geld verdient, mit dem Sie sich hier einkaufen konnten?«, fragte er Decker, und kramte im Geist nach den deckerspezifischen Auskünften, die ihm der Polizeichef gegeben hatte.

»Mit ehrlicher Arbeit, mein Herr!«, antwortete Heinrich Decker.

Allein der Wanst des Mannes sprach dieser Behauptung Hohn, dachte Langustier. Nur bei Köchen oder Bäckern durfte man trotz ehrlicher, harter Arbeit Dicke voraussetzen, da sie laufend probierten und zu viel aßen. Alle anderen Dicken ließen arbeiten.

»Das heißt, sie waren schlank, als Sie hierherkamen?«

»Stimmt, ich habe zugelegt! Woher wollen Sie das wissen?«

»Dazu braucht es nicht viel. Hatte diese einstige ehrliche Arbeit auch eine Bezeichnung?«

»Ich war Jäger beim Herzog von Mecklenburg-Strelitz.«

»Und warum sind Sie es nicht geblieben? Und schlank dazu?«

»Es gab Differenzen …«

Langustier vergewisserte sich, dass Pfeiffer sie nicht hören konnte. Doch der stand jetzt bei Walker, weit entfernt.

»Eine üble Sache, Philippi deutete es an. Sie sind aber offenbar vom Glück verfolgt. Versündigen Sie sich darum nicht an Pfeiffer, dem das Glück abhold ist. Geben Sie ihm seine Eigenständigkeit zurück.«

»Ich weiß nicht, was Sie wollen? Er würde ja bloß wieder anfangen zu spielen! Hier ist er doch sicher? Kann es einen besseren Ort für ihn geben?«, fragte Decker, und er schien es wirklich ernst zu meinen. »Hier hat er seinen Frieden.«

»Hier ist er zum Tode verurteilt!«, sagte Langustier. »Der Mann muss wieder auf eigene Füße kommen! Amerika wäre das Richtige für ihn!«

Decker winkte verkatert ab.

»Vergessen Sie's. Drüben haben sie Pferdezüchter genug. Viel zu viele, denke ich. Aber ich wäre der Letzte, der es Pfeiffer missgönnte. Das können Sie mir glauben.«

Langustier glaubte ihm kein Wort und rief auf Französisch in Richtung der ihnen am Nächsten Stehenden:

»Nicht wahr, Mister Polk, Mister Pentland? Pferdezüchter werden drüben sicher gebraucht!«

Decker trat schulterzuckend beiseite und überließ dem bäurischen Polk und dem bebrillten Pentland das Feld.

»Jeder ist willkommen, Pferdezüchter ganz besonders!«, erwiderte Polk in nahezu akzentfreiem Deutsch. »Unser Land ist groß, da sind gute Pferde überlebenswichtig. Wer dort ohne vierbeinigen Untersatz ist und nicht vom Fleck kommt, ist bald erledigt. In manchen Regionen vertrocknen Menschen ohne Pferd einfach auf der Stelle!«

Langustier lächelte.

»Mister Polk: Würden Sie Monsieur Pfeiffer mit in die Vereinigten Staaten nehmen?«

»Wenn er ein guter Christ ist und sein Handwerk versteht – jederzeit! Er braucht einen Geburtsbrief und vielleicht ein Zeugnis. Uns ist jeder willkommen, der fest zupacken und seinen Mann stehen kann.«

»Ob er ein guter Christ ist, wird er selbst bezeugen müssen; dass er ein fähiger Pferdezüchter ist, das glaube ich ihm gerne, da der König bei ihm eines seiner liebsten Pferde gekauft hat. So ist das in einer Monarchie: Wenn der König etwas von einem Mann kauft, dann adelt er ihn förmlich. Ihr Onkel und Clyber waren miteinander gut bekannt?«

»Oh, weit mehr als das. Die beiden wollten gar, dass ihre Familien auf ewig aneinandergekettet würden.«

»Wie das?«, fragte Langustier interessiert.

»Durch eine Heirat!«

Polk berichtete von der engen Freundschaft zwischen seinem Onkel und Clyber und von dem seltsamen Ansinnen der beiden Alten, Lizzy Clyber und ihn betreffend.

»Und … besteht Aussicht?«, fragte Langustier.

Polk lachte, wurde aber sofort wieder ernst.

»Ach, Lizzy … Das schöne Kind ist ja schon längst verlobt und daher auch gar nicht weiter an mir interessiert. Und ich … mag keine Brünetten. Auch käme mir nie in den Sinn, etwas auseinanderzureißen, was Gott zusammengeführt hat!«

Langustier schmunzelte.
»Wollen Sie in North Carolina bleiben?«
»Natürlich! Es ist das fortschrittlichste und gottesfürchtigste Land der Welt! Wir waren es schließlich, die in den Staaten die Verfassung vorbereiteten!«
»Ihr Onkel, Clyber und die übrigen aufständischen Neu-Mecklenburger, meinen Sie?«
Polk nickte. Pentland – dem der Offizier noch immer ins Gesicht geschrieben stand –, mischte sich ein:
»Yes, Sir – die übrigen 25 Unterzeichner der Mecklenburg Declaration of Independence ... ein Pentland war auch dabei: Thomas Pentland, mein Vater! Wir waren die Ersten bei der Demokratisierung des Landes!«
»Allerdings!«, sagte Polk. »Es ist ein erhebendes Gefühl, zu wissen, dass die Väter bei einer so wichtigen Sache Wegbereiter für ganz Amerika waren.«
»Was würden Sie sagen, wenn es in Nordamerika einen König gäbe?«
Polk schoss die Röte ins Gesicht.
»Nun, ich ... ich glaube kaum ... ich kann mir nicht denken ... Ich weiß nicht, worauf Sie hinauswollen?«
»Wenn die Generalität etwas beschlösse, würden Sie diesen Beschluss mittragen? Ich meine: Würden Sie jeden Befehl befolgen?«, wollte Langustier wissen.
Polk druckste herum, bis Pentland ihm beisprang.
»Natürlich würde er das! Er ist ein guter Soldat und kein Meuterer!«
Polk nickte dankbar.
»Selbstredend!«, sagte er, froh darüber, dass der andere ihn rausgehauen hatte.
Die Barkers, Gant und Sterling trafen ein, von den Signalen herbeigerufen.
»Selbstredend würde ich jeden Befehl meines obersten Oberbefehlshabers ausführen!«, hörte Langustier Polk noch sagen,

und konnte sich nicht verkneifen, leise für sich zu bemerken: »Das würde ein inskünftiger König von Nordamerika sicher gerne hören! Und der Prinz wäre sicher der beste Oberbefehlshaber …«
Laut wandte er sich an alle:
»Messieurs, bitte trinken Sie am Obelisken einen Schluck auf das Wohl des Königs«, forderte Langustier jetzt die Versammelten auf. »Dann tun Sie bitte, was Sie auch vorgestern taten: Schwärmen Sie auf die gleiche Weise aus, Lalande zu suchen! Dieser wird mich derweil in den Himmel entführen, von wo ich entspannt und aufmerksam auf Ihr Handeln und Wandeln herabzublicken gedenke.«

Die hohen alten Eichen mit ihrem jungen Blattschmuck wisperten im Wind. Der Aerostat neigte sich zur Seite, sodass Lalande und seine jugendlichen Helfer alle Hände voll zu tun hatten, ihn auf der Stelle zu halten. Der Aufstieg sollte am Tau erfolgen. Man würde die Beobachter vorsichtig über die Schlucht schleppen. Dazu war das Tau am Omnibus befestigt, auf dem zusätzlich etliche Stückfässer Salz für die nötige Erdenschwere sorgten. Die Plane war abgenommen worden, wonach das Gefährt nun wie ein ordinärer großer Lastwagen aussah. Statt der scheuen Gäule waren Ochsen vorgespannt, die Pferde hätten den Ballon über ihren Köpfen nicht ertragen. Den sturen Hornviechern war er egal. Die spinnen, die … alle! Auf die Amerikaner konnte der Kutscher sein Verdikt nicht mehr beschränken. Alle waren verrückt.
Seit er den dicken Alten und seine behoste Urenkelin gesehen hatte, den Schulzenknecht mit seiner Römertröte und diesen aufgeblasenen Prinzen vom anderen Ufer, hatte er sich ganz dem Bier ergeben, das er in einem kleinen Fass unterm Kutschbock mitführte. Kein Mensch begriff mehr, was vor sich ging.

»Die Brise fühlt sich bedrohlich an. Wir sollten warten, bis es wieder windstill geworden ist«, sagte Gerardine, obwohl alles in ihr auf den sofortigen Aufstieg drängte. Der echte Ballonfahrer musste auch an die Sicherheit der Fahrgäste denken.
»Ihre Vorsicht ehrt Sie, Mademoiselle!«, sagte Lalande. »Aber wenn es nicht schlimmer wird, können wir es wagen. Der leichte Wind ist sogar von Vorteil, denn er wird das Seine dazutun, dass wir konstant über der Schlucht bleiben! Ich habe die Länge des Taues berechnet. Der Wagen bleibt noch weit vorm Waldrand, sodass wir keine Gefahr laufen, dass sich die Halteleine in den Kronen verfängt. Trotzdem werden wir in ausreichender Höhe sein, um alles zu sehen. Was immer da zu sehen sein wird.«
»Also los, sagen Sie mir, wie ich hineinkomme!«, forderte Langustier, der eben unten anlangte und interessiert zu den beiden bereits in der Gondel befindlichen Aeronauten aufblickte.
Das war wirklich nicht ganz einfach. Dass der 84-Jährige an der Strickleiter hineinkletterte, konnte man nicht verlangen. Unter Aufbietung aller verfügbaren Kräfte und einer dazu vorgesehenen Kurbel wurde der Ballon herabgezogen, sodass Langustier über eine Holzleiter die zwei Lachter in das Himmelsgefährt hinaufsteigen und sich mit einem Seufzer der Erleichterung zu Lalande und Gerardine in diesen Bootsnachen an Stricken werfen konnte. Die Gondel ächzte in der Verspannung, und der Ballon verlor etwas Höhe ... gerade so viel, um ein Erstaunen in Langustiers Miene hervorzurufen:
»Beim Jupiter! Wie viel heiße Luft ist nötig, um uns alle zu tragen?«
Auch der Polizeipräsident, schwankend ob seines noch immer bedrohlichen Zustandes, aber in der Sache unbeirrbar, schaffte es, sich zu ihnen in den Nachen emporzuarbeiten.
Langustier machte die Geste des Trinkens zur wortlosen Erläuterung, und Lalande verzog befremdet das Gesicht.

Dann sagte er zu Gerardine:
»Ich habe etwa hunderttausend Quadratzoll an Taft vernäht! Mademoiselle? Was schätzen Sie! Wie viel Luft passt in die Kugel?«
Sie lächelte schwach, und ihr Blick war kurz des Vorwurfs voll, bevor sie sich der gestellten Aufgabe widmete:
»Die Kugeloberfläche entspricht viermal der Kreiszahl *pi* mal dem Quadrat des Radius, welcher somit die Wurzel aus 100 000 geteilt durch vier mal *pi* beträgt ... Wurzel aus 20 000 geteilt durch dreikommaeinsvier ... ist etwa die Wurzel aus 6 370 ... Das macht also grob übern Daumen einen Radius von 25,25 Zoll, also heißt das für das Volumen: vier Drittel mal pi mal 25,25 hoch drei ... mit anderen Worten: 16 098 mal vierkommazwo ... Das sind insgesamt somit etwas über 67 600 Kubikzoll!«
Für einen Moment hörte man nur das Pfeifen des Windes in der Takelage.
Lalande war platt. »Das ist ... Sie sind ... Mademoiselle! Umwerfend! Das ... das hätte ich nie geschafft ohne Papier und Bleistift!«
Sie lachte und erwiderte:
»Ach nein? Das ist schwach ... Geben Sie es nur zu: Sie wollten eine selbst ernannte Ballonexpertin testen. Vielleicht um die mathematische Unfähigkeit des weiblichen Geschlechtes wieder einmal belegt zu sehen?«
Er musste es zähneknirschend eingestehen, sagte aber sogleich:
»Ich werde dies von nun an öffentlich als Vorurteil brandmarken!«
Langustier dagegen kannte die Rechenkünste seiner Urenkelin zu gut, um auch nur mit der Wimper zu zucken.
»Es ist ein Gefühl, als ob man aus dem Wasser in ein Boot steigt, aber dieses Boot fährt ohne Gischt, ohne Wellen«, sagte er.

Das Gefühl, unter einer so gewaltigen Blase heißer Luft zu hängen, hatte etwas buchstäblich Erhebendes. Jetzt ging es wirklich langsam in die Höhe.
»Leinen nicht los, aber tüchtig abrollen!«, rief Lalande nach unten.
Die Ochsen brüllten. Der Ballon zog so stark nach vorn, dass ihnen das Geschirr ungewohnt leicht wurde, sie gar von hinten drückte. Sie wurden erst ruhiger, als sie loslaufen durften.
Gerardine lächelte ihren Urgroßvater selig an.
»Ist das nicht unbeschreiblich? Wir fahren! Wir fahren durch die Luft!«
Der Ballon erreichte eine bedrohliche Schieflage.
»Mehr Seil! Gebt mehr Seil!«, schrie Lalande nach unten.
Er warf etwas Stroh auf die Kohlenwanne.
»Der Auftrieb ist nicht so enorm wie der Vortrieb«, sagte Gerardine. «Wie können Sie nur so ruhig bleiben? Oh, wie ich Sie um Ihr gefahrvolles Leben beneide! Um Ihre Gelassenheit! Ihren Mut!«
Egal, was ihr Urgroßvater sagen mochte: Sie vergötterte den Aeronauten in seiner malerischen Verwegenheit … Wie er sich jetzt in die Takelage vorbeugte, um sein Luftschiff zu kontrollieren … Unversehens blickte er sie an, lächelte das schönste sphärische Lächeln und sagte:
»Lob befriedigt mich nur dann wirklich, wenn es vom schönen Geschlecht kommt! Doch das Lob von Ihnen, Verehrteste, die Sie rechnen können wie Hera selbst und schöner sind als Aphrodite, schlägt alles!«
Woher wollte er wissen, dass Hera so gut rechnen konnte wie sie? Zum Glück erfasste just in diesem Augenblick jählings eine Bö die Luftkugel und drückte sie gefährlich nahe in Richtung Baumkronen, sodass die anbrandende Röte in Gerardines Gesicht unbemerkt blieb. Lalande, der in ihren Augen aussah wie eine zweite Ausgabe von Lunardi – des ersten englischen Charlièristen –, hatte indessen alle Kraft der

Lungen aufzubieten, um sich den Helfern am Boden verständlich zu machen:
»Wickelt das Seil gänzlich ab! Aber lasst das Ende angebunden! Und … haltet die Ochsen an! Keinen Zoll mehr vorwärts! Sonst wickeln wir uns um die Eichen! Oder um die Birken … die Föhren …«
Sie stiegen wieder, und die Bedrohung war abgewendet. Lalande sagte:
»Es ist keine Zauberei … alles nur Physik. 64 Grad Reaumur in der Hülle genügen und wir steigen! Aber dieser vermaledeite Wind … ist bei der Fesselung nicht eben so günstig, wie ich dachte! Er ist zu stark. Selbst bei voller Seillänge reicht es nicht. Könnte sein, dass Sie nicht genug sehen werden, Monsieur. Wir sind zu flach, und der Wind drückt uns runter, weil wir angebunden sind.«
Langustier wagte es, sich aufzurichten. Es war unglaublich! Er dachte an seine einzige Schiffspassage über den Ärmelkanal. Aber hier war kein Schlingern, kein abruptes Auf und Ab. Nur das Gefühl, von einer mächtigen Kraft in der Schwebe gehalten zu werden. Er sah über die Schlucht hinweg … ins Nichts! Erst als er sich über die Reling beugte, tauchten weit unter ihnen die Tornowseen auf. Das Ochsengespann stand noch auf offenem Feld. Ein Artist auf dem Hochseil hätte den gleichen Blick. Langustier äugte am Seil hinunter. Es lief in einem Parabelbogen vom Fußpunkt am Gespann zur Unterseite der Gondel. Aber es berührte schon leicht die Wipfel der Eichen am Waldrand. Lalande warf ein Büschel Stroh auf die Glutschale. Die Halme verbrannten zischend und knispelnd unter dem rasch wieder abgesenkten feinen Drahtnetz, welches ein gefährliches Funkenstieben nach oben verhinderte. Eine Abschirmung hielt den Seitenwind ab. So hoben sie sich erneut, dem Wind zum Trotz, und das Tau verließ die Äste wieder. Langustier äugte angestrengt über die Reling und bat Philippi und Gerardine, ein Gleiches zu tun.

»Jetzt heißt es, aufgepasst: Was machen unsere Männer da unten? Schwer zu sehen … Ah, da oben … äh … unten sind sie. Am Obelisk. Und warten auf unser Signal!«
Er zog sein blütenweißes Schnupftuch und schwenkte es. Lalande reichte ihm ein Perspektiv. Ebenso den beiden anderen Fahrgästen. Auch er selbst hatte eins.
»Wie viele davon besitzen Sie denn?«, fragte Gerardine erstaunt, während sie sich ihres umhängte.
»Acht. So viele, wie dieser Aerostat Personen tragen kann. Was wäre ein Ballonfahrer ohne Perspektiv?«
Langustier frohlockte:
»Ha! Der Nebel ist heute fast verschwunden. Wir haben Glück! Der Prinz winkt zurück … Sie trinken auf unser Wohl … Schlumperker adé! Jetzt geht's los!«
Er ließ das Perspektiv kurz am Halsriemen baumeln, um sich vergnügt die kleinen Hände mit den etwas zu dicken Fingern zu reiben und dabei zu prognostizieren:
»Irgendwie werden sich alle so weit wie irgend möglich vom Balkon entfernt halten, nehme ich an. Keiner wird die dünnen Saumpfade benutzen wollen, die hinführen! Prinz Heinrich und Walker sind über jeden Zweifel erhaben, sie ziehen geradewegs hinunter, wandeln eher, als dass sie marschieren. Die Barkers sowie Pentland und Polk scheinen sich nicht ganz klar darüber zu sein, wie sie's gehalten haben. Wollen wohl alle vier nicht die Ersten sein … oder die Letzten?«
Ein Ruck ließ sie alle kurz schwanken. Der Wind nahm weiter zu. Lalande legte Stroh nach, und sie stiegen leicht, aber das Tau löste sich diesmal nicht aus dem Wipfel am Waldessaum, wie er und Gerardine besorgt beobachteten. Langustier und Philippi behielten derweil unbeirrt das Verhalten der Amerikaner und der Amerikanischen Brüder in der Schlucht im Blick.
»Polk und Pentland ziehen ab … Sie kommen an die entscheidende Stelle … Mist! Da ist ein Ast im Weg! Etwas höher bitte! Rasch!«

Lalande warf weiter Stroh, und sie stiegen ein Stück.
»Ach, interessant!«, bemerkte Langustier und versuchte, das Perspektiv besser vorm Auge zu platzieren. »Da hat doch einer von beiden verstohlen zur Seite geschielt ... Polk? Nein ... Pentland!«
»Da sehen Sie mal, wie gut die Optik meiner Perspektive ist!«, sagte Lalande, der die drohende Gefahr durch weiteres Befeuern partout nicht lösen konnte und gar nicht richtig zugehört hatte.
»Was ist die entscheidende Stelle?«, fragte der desorientierte Philippi, der kaum wusste, wohin er sein Perspektiv in der Eile als Nächstes richten sollte. Dem Armen stand der Schweiß auf der Stirn.
»Diese dort unten«, erläuterte Langustier: »Die erste Möglichkeit, vom Weg in die Schlucht rechts abzubiegen.«
»... und auf einem nur fußbreiten Pfad zum Balkon und der tiefer gelegenen Zapfstelle für das Eiswasser zu gelangen!«, ergänzte Gerardine, die diesen Pfad, welcher auf der anderen Seite vom Eisgrubenportal ins Nichts führte, selbst genommen hatte.
Sie hatte ein Blatt Papier in ein Klemmbrett gesteckt, das Lalande zur Aufzeichnung von Höhen und Temperaturen benutzte und das als eine Art baumelndes Logbuch an einem Tau festgebunden war. Sie vermerkte auf der durchgepausten Skizze des Geländes, die Langustier von Philippi erhalten und ihr weitergereicht hatte, an den entscheidenden Stellen mit kleinen Zahlen und Fußnoten die Reaktionen der unten Laufenden, so wie ihr Urgroßvater sie ihr mitteilte.
»Nun ja«, sagte Langustier, »den Nebel dürfen wir nicht vergessen, der fehlt jetzt. Wenn man weiß, wo's langgeht, kommt man schlechter auf Abwege ...«
»Da laufen ja schon die Nächsten ... sind das ... Karnickel? Nein, die Gebrüder Barker! Laufen wie die Wichtel durch die Kehle, ohne zur Seite zu blicken. Die hätten Sie, Monsieur,

auch nicht gefunden, wenn … Fersen und Mylenthal machen sich auf den Weg. Aha: Auch der Adjutant bemerkt den Abzweig! Aber jetzt gibt es Streit: Schulze Decker und Sohn Decker können sich mit Sterling und Pfeiffer nicht über die Abfolge einigen. Na, jetzt werden der Trompeter und der Fellhändler vorgeschoben.«

Ihre Lage wurde so schräg, dass Lalande leise zu fluchen begann.

»Verdam… merd… kreuz…«

»Was für Chancen haben wir, das Tau da hinten loszueisen?«, fragte Gerardine, das Perspektiv absetzend.

Langustier blickte ebenfalls kurz nach Norden, von wo der Wind kam.

»Gar keine, schätze ich. Ich fürchte, wir müssen uns auf einen harten Sturz aus einer Baumkrone vorbereiten.«

Lalande schüttelte den Kopf. Dazu durfte es nicht kommen! Er würde es sich nie verzeihen, wenn Gerardine etwas geschähe … Langustier drehte sich wieder um, um zumindest die letzten sachdienlichen Hinweise mit in die sich gefährlich nähernden Wipfel zu nehmen … Und was, wenn dieser verschlagene Aeronaut nun Polizei und Hilfspolizei absichtlich zum Absturz bringen wollte? Aber da war Langustier wieder ganz Auge:

»Nanu? Haben Sie das auch gesehen, Monsieur? Was Sterling da gemacht hat?«, fragte er den Polizeichef.

Philippi war mit dem Perspektiv woanders gewesen.

»Was? Wo? Wie?«, fragte er schwerfällig.

»Sah aus, als wollte er andeuten, dass sie quitt sind«, kommentierte Langustier das, was er zwischen Sterling und Pfeiffer beobachtet hatte. »Sterling nahm etwas entgegen. So sah es aus. Pfeiffer dagegen schüttelt den Kopf und winkt ab. Jetzt schleicht Sterling nicht den Pfad entlang, von dem Sie sprachen, sondern nähert sich der obersten Schräge aus Baumstämmen. Er schlittert den Steilhang hinunter zur nächsten,

das ist doch die, an deren unterem Ende der jugendliche Suchtrupp die Kugel fand?«
»Die eine amerikanische war, stimmt! Aber schauen Sie sich Pfeiffer an, der ihm folgen will ... Der stürzte sich eben fast zu Tode ... Jetzt klettert er wieder hinauf auf den Pfad.«
»Gant sitzt noch immer oben, als wolle er Wurzeln schlagen«, sagte Philippi.
»Und das wird uns auch gleich passieren!«, schrie Gerardine auf einmal.
Die dramatisch verstärkte Neigung der Gondel hatte zur Folge, dass sie sich an die Taue klammern musste, um nicht in die Baumkronen ausgeschüttet zu werden.
»Nein, wird es nicht!«, sagte Lalande verzweifelt und machte sich an der Stelle zu schaffen, wo das Haltetau angeknotet war. Er nestelte daran mit hastigen Griffen.
»Was machen Sie da?«, fragten Langustier und Philippi im Chor.
»Ich wende das einzige Mittel an, das uns jetzt noch gegeben ist! Das Klettern an kleinen Ästchen in zwanzig Lachtern Höhe liegt Ihnen vielleicht mehr – oder der freie Fall? Mir ist der freie Luftraum lieber! Und, bitte sehr um Vergebung: Mir obliegt es, Sie alle vor Schaden zu bewahren!«
»Was?«, schrie Gerardine, doch es war keineswegs ein Schrei des Entsetzens. »Das ist ja ... umwerfend! Ich werde die erste Berlinerin im Freiflug sein!«
»Weit mehr als das: die zweite Dame in ganz Europa nach Elisabeth Thible!«, sagte Lalande, dem es endlich gelang, das Tau durchzusäbeln. Der Aerostat richtete sich langsam auf. Aber einige Eichenzweige hatten sich in den Schnüren verfangen. Jetzt hielt nicht mehr das Tau sie fest – jetzt waren es die Bäume selbst! Lalande und Gerardine fluchten sehr einträchtig.
Da krachte ein Schuss! Ein Pfeifen ertönte, als die Kugel zwischen ihnen und allen Schnüren durchfuhr.
»O Gott!«, schrie Langustier.

Mit einem höllischen Knall traf eine zweite Kugel die Bodenplatte des Feuerkorbes, prallte ab und schlug durch eine Holzplanke, etwa einen Fuß neben Langustiers rechtem Bein. Das getroffene Brett krachte unter seinem Gewicht, sodass er durch den nachgebenden Boden trat und feststeckte. Der zylindrische Feuerbehälter, von der Kugel so vehement erschüttert, entsandte einen Funkenregen durch sein engmaschiges Gitter, der den Taft der Hülle an drei Stellen des untersten Ringes gleichzeitig entflammte.
»Nein!«, schrie Gerardine und schlug mit dem Mut der Verzweiflung gleich zwei der drei Flammen mit einem Strohbüschel aus. Lalande gelang es, mit der dritten Flamme ebenso zu verfahren.
»Wer hat da eben geschossen?«, fragte Langustier aufgeregt.
»Wir sinken! Wir fahren ganz in die Bäume!«, schrie Gerardine.
»Wir haben viel Heißluft durch die Schräglage verloren, aber die Hülle ist heil geblieben!«, sagte Lalande.
Ganz deutlich kam die aufgeregte Stimme des Prinzen von unten. Sehen konnten sie in ihrer verfahrenen Lage wenig; nur dass man sich nach diesen beiden Schüssen sammelte.
»Lalaaande! Langustieeer! Ist wer getroffen da oben?«
»Nein!«, riefen alle Aeronauten im Chor, während sie mit Messern und bloßen Händen den teuflischen Eichenzweigen zu Leibe rückten.
Nun schrie Walker:
»Wer war das? Pentland? Was fällt Ihnen ein?«
»Nein, Sir!«, antwortete der Gefragte betont soldatisch. »Ich war es nicht!«
»Polk?«
»Nein, Sir!«
Der Wind drückte die Kugel wieder zur Seite. Endlich kam der erlösende Ruck. Sie waren frei! Unten wurde weiter nach dem Schuldigen gefahndet, doch das das hörten die Ent-

schwindenden schon nicht mehr. Lalande hatte so viel Stroh auf die Glut geworfen, dass sie geradezu nach oben schnellten.
»Ich kann nichts mehr sehen, so schnell rauschen wir davon«, sagte Philippi, der nach unten durch das Loch spähte, bevor er sich, grün im Gesicht wie die sich rapide entfernenden Bäume der Silberkehle und der umliegenden Waldtäler und -hänge, neben dem Durchgebrochenen auf den verbliebenen Boden der Ballongondel hockte.
»Ich glaube, das wird der erste beobachtete Fall von Luftkrankheit!«, diagnostizierte Gerardine.
Lalande sagte beruhigend zum Polizeichef:
»Bleiben Sie ruhig sitzen, versuchen Sie sich nicht zu bewegen! Dann ist es gleich vorbei! Es tut mir leid, aber wir müssen weg von diesen fürchterlichen Bäumen.«
Langustier gelang es, den Fuß aus dem Spalt zu ziehen.
»Gütiger im Himmel!«, fauchte er, als er durch die Öffnung nach unten blickte: Selbst im Perspektiv wurden die Wipfel schnell kleiner.
Lalande warf zur Bestimmung der Fahrtrichtung etwas Stroh über den Rand ihres Nachens, und es entschwand schneller, als man zusehen konnte. Die gewaltige Kugel über dem Luftboot folgte gemessener.
»Wir fliegen nach Süden!«, diagnostizierte Lalande. »Höhe? Bereits dreitausend Fuß!«
»Und wir steigen weiter!«, bemerkte Gerardine freudestrahlend.
»Allerdings«, bestätigte Lalande, als sie die erste Wolke durchstießen, auf die Skala des Barometers blickend, das am Rand des Nachens befestigt war.
Adieu, alter Planet, dachte Langustier, während er fasziniert auf das sonnenbeschienene Wolkenmeer blickte, aus dem sie aufgetaucht waren und über das sie nun in weitem Bogen hinfuhren.

Die Wolken standen dick und weiß vor einem azurblauen Himmel. Ein frischer Wind blies, aber es war warm. Der König von Preußen saß noch um elf Uhr des Morgens in Decken gewickelt in einem beräderten Krankenstuhl auf der Terrasse seines geliebten Lustschlösschens Sanssouci. Er wedelte mit einem schmalen Buch und sagte zu seinem jugendlichen Besucher, dem Grafen von Mirabeau:

»*Der gehobene Vorhang oder Laurens Ausbildung* … Es heißt, Sie hätten das verfasst, lieber Comte?«

Es bereitete ihm Vergnügen, einmal wieder Französisch mit einem echten Franzosen zu parlieren. Komisch, dachte er, dass Erotica von hässlichen Männern geschrieben wurden … Mirabeau, ein kleiner, dicker Mann, schüttelte den kugeligen Käferkopf. *Der gehobene Vorhang* war anonym herausgekommen, und stammte – in diesem Fall – in der Tat nicht von ihm. Leider! Denn er hätte ihn gerne geschrieben.

Das schöne Schmutzwerk passte Mirabeau schlecht in den Kram, es lenkte von aufregenderen Themen ab: Politik – darauf musste er den König bringen! Er brauchte eine Stellung in Preußen, um endlich nicht mehr von solchen noblen Pariser Schaben wie Calonne oder Vergennes abhängig zu sein. Außerdem, schwor sich Mirabeau, würde er diese Terrasse nicht verlassen, bevor er eine Ahnung davon hätte, was hinter Preußens Pakt mit den Vereinigten Staaten steckte. Worüber sollte er sonst schreiben in seiner geplanten und bereits vorab honorierten *Geheimen Geschichte des Berliner Hofes*?

Mirabeau blickte kalt auf das mit fleckiger Haut überspannte Gerippe des Königs: Das war die Parade-Aaskrähe von Europa! Obwohl selbst adelig, hasste Mirabeau den Adel. Ein weltweites Aufbegehren gegen diese Kaste mit ihren selbst verbrieften Privilegien schien ihm ganz unausweichlich. Mit einer kräftig-lodernden Stimme, die jeden Saal in Flammen zu setzen fähig war und ihm den Beinamen *die Fackel* eingebracht hatte, sagte Mirabeau:

»Sire, es ist ein übles Gerücht, das derlei Anzüglichkeit von mir stammte!«
»Auszüglichkeit, mein lieber Comte, Auszüglichkeit ist das treffendere Wort!«, sagte der Monarch und lachte schmetternd, während Mirabeau schwach lächelte.
Beim letzten Besuch hatte es so ausgesehen, als würde es dieser »alte Fritz« nicht mehr lange machen. Jetzt hatte sich der Zustand des Kranken wieder verbessert.
»Wer ist diese kleine Laura?«, setzte der König nach, vollends von Mirabeaus Verfasserschaft überzeugt. »Weiß Madame de Nehra von ihr?«
Mirabeaus Ehefrau, uneheliche Tochter eines holländischen Staatsministers, hatte seine tatsächlichen Ausschweifungen bisher kommentarlos hingenommen. Was ließ sich schon noch verderben? Mirabeaus Ruf war kaum schlimmer als die Wirklichkeit. Söhnchen Coco, der in seinem Tross mitreiste, stammte von einer Liaison mit der Tochter des Bildhauers Lukas de Montigny.
Der Kranke wechselte, da sein Gast beredt schwieg, abrupt das Thema, indem er auf zwei majestätische graue Vögel mit langen Beinen deutete, die sich am Fuße des Weinbergs schreitend bewegten und mit ihren kurzen Schnäbeln Insekten fingen oder Sämereien aufpickten.
»Sehen Sie nur, zwei Kraniche! Ich mag diese Tiere sehr! Sie sind von echtem Adel! Scheu und welterfahren: wissen immer, von wem sie etwas zu befürchten haben und von wem nicht!«
Dieser Comte ist ungehobelt, unbeherrscht, aber ungefährlich, dachte er und amüsierte sich über die Situation. Der junge Mann musste noch viel lernen, wenn er als Spitzel arbeiten wollte, was zweifellos sein Ansinnen war. Der französische Finanzminister Calonne und der Außenminister Vergennes hatten ihn auf diesen verlorenen Posten gestellt, aus Furcht, Mirabeau könnte ihnen zu Hause gefährlich werden. Sie woll-

ten wissen, wann sie auf des Preußenkönigs Tod anstoßen könnten …

Er trank etwas Pomeranzensaft, mit Pyrmonter Brunnen gemischt, und atmete rasselnd. Sicher würde ihn dieser dickliche Mann noch während dieses kurzen Krankenbesuchs um einen Posten bitten!

Am leeren Becken der großen Fontäne stolzierte das Kranichpaar vorüber. Der König dachte an seinen einstigen Kammerherrn La Mettrie, den eigenwilligen Philosophen, nach dessen Haupttheorie der menschliche Körper eine Maschine war. Die Fontänen, 1766 kurz aktiviert, funktionierten nicht mehr, und auch seine eigene Leibs-Maschine versagte den Dienst. Das Wasser, das seinen Fontänen fehlte – er hatte es überreichlich in den Beinen. Die Gicht umklammerte sein sehniges Gerippe … Schmerzen, Unbeweglichkeit, Fieber machten aus jedem seiner verbleibenden Erdentage einen Vorgeschmack auf die finale Dunkelheit. Und dennoch hungerte ihn noch immer nach dem Leben, nach fettem, scharfem Essen, nach der Musik, nach dem Wort, und seine Stimme war klar, wiewohl im Timbre leicht blechern.

»Comte, Sie sind der geborene Diplomat, wie mir scheint. Aber sie brauchen diese kleinen erotischen Romane nicht abzuleugnen, denn sie gefallen mir, ich ließ mir daraus vorlesen. Mich deucht, es sind die besten und phantastischsten Descriptionen des *coït* darin, die ich je gehört! Sagen Sie bloß, Sie hätten selbst all die Kombinationen durchgespielt, die Sie darin beschreiben?«

Der Comte wurde rot. Kurz nur, ganz kurz, fast unmerklich. Die Röte überflog nur sein Gesicht, wie man sagt. Der König lachte sardonisch und fiel vor Freude ins Deutsche.

»Da seindt Sie mich aber gehörig auf den Leim getappt! Ich bin nicht blind für diese Farbwechsel in einem Gesicht! Mich kann man nicht so leicht hinters Licht führen! Und denken Sie nicht, mich wären solche Vergnügungen gänzlich ohnbekannt!

Zwar seindt seit meinen jugendfrischen Tagen unendliche Zeiten verstrichen, doch die Freuden, die das Geschlecht uns bereiten kann, habe auch ich erfahren: mit Frauen und mit Männern! Wie schön es sein kann, der Liebe körperliches Spiel … Doch von was Sie auf Pagina 187 in der Fußnote berichten: Jene ätzende Lösung von Quecksilbersublimat, die einen von der Franzosenkrankheit bedrohten oder bereits gezeichneten Priap kurieren mag, wurde mich früh schon appliziert. Das Mittel schlug übel an … Seither kenne ich nur noch die sublimeren Vergnügen … Musik, Philosophie, Literatur, Malerei, Skulptur …«

Konnte er jetzt nicht endlich Ruhe geben? Mirabeau hielt es fast nicht mehr aus. Des Königs Blick streifte die einschlägigen Zeichnungen auf den Frontispizen der beiden kleinen, anonym erschienenen Duodez-Bändchen, dann legte er sie auf das Tischchen zurück. Und wurde wieder höfisch-französisch:

»Als Sie das letzte Mal bei mir waren, mein lieber Comte, haben Sie sich für die deutsche Literatur stark gemacht und mich gefragt, warum ich nicht ihr Augustus gewesen sei … Ich weiß nicht einmal, wie die deutschen Schreiber alle heißen. Ja, ich könnte nur Maurice und diese Karschin nennen. Was hätte ich für diese armseligen eingeborenen Schriftsteller mehr tun können, als sie gnädig zu ignorieren? Diese Erotica hier wiegen tausendmal mehr als alles, was deutsche Schriftsteller je hervorbringen werden. Mein Kompliment, Monsieur!«

»Sire, ich bin anderer Ansicht, wie Sie wissen, und fern davon, den Lorbeerkranz entgegenzunehmen für ein Werk, dessen Autor zu sein ich ehrlicherweise strikt von mir zu weisen habe, und das ich tief unter die Schriften eines Wieland, Gottsched, Moritz oder Lessing zu stellen genötigt wäre. Sie hätten einen dieser Herrn zu Ihrem literarischen Akademiepräsidenten machen können.«

»Und was hätten wir dann? Eine Pfaffenschwätzer-Akademie! Deliberationen über die Religion. Gott, das Schöne, das

Wahre, das Gute – mit einem Wort: Kokolores! Unsern Deutschen ist zudem das Übel eigen, welches man Wortdurchfall nennt!«

Der Alte war nicht ohne Witz, dachte Mirabeau. Aber jetzt würde er das Thema Dienste aufs Tapet bringen. Eine gute Stimmung musste man beim Schopf packen! Doch der König kam ihm zuvor:

»Was anderes, Comte! Ich weiß, dass Sie Vergennes und Calonnes Korrespondent sind. Von etwas muss jeder leben, wenn die Schriftstellerei schon nichts einbringt. Es könnte sich für Sie rentieren, mein Kammerherr zu werden! Davon müssten die Herren in Frankreich nichts wissen. Sie schreiben ihnen weiter, was Sie wollen. Und darüber hinaus bloß, dass ich von guter Kondition bin und immer gesünder werde! Schreiben Sie, dass ich wohl hundert würde! Das ist nicht einmal gelogen, ich fühle mich kurz vor der Wiederherstellung! Dafür kriegen Sie eine monatliche Gratifikation von tausend Friedrichsdor, solange ich lebe. Besuchen Sie mich, sooft Sie wollen, und wenn ich andere Dispositionen für Sie habe, lassen ich oder Gott es Sie wissen.«

Mirabeau war wie vor den Kopf geschlagen. Ein höllisches Grinsen stahl sich auf sein Gesicht. Der Monarch erwiderte es, hochadelig gemildert.

»Es ist also abgemacht, dass wir die Herren etwas erschrecken? Das ist mir eine Wohltat, es geht mir sofort besser! Und jetzt reden wir für diesmal nicht länger von unseren Geschäften, wenn ich Sie bitten dürfte? Rohans Schiffbruch interessiert mich viel mehr. Erzählen Sie mir von Cagliostro und den Diamanten. Wie hat der Schurke es angestellt? Denn dass er dahintersteckt, ist doch sonnenklar! Ist die Königin auch wirklich ganz ruiniert?«

Mirabeau schwor sich, alles zu tun, um das letzte Lebensfeuer gehörig in diesem noch so lebendigen Todkranken anzufachen, denn jeder Monat, den er länger lebte, wäre ab sofort ein

Segensmonat für die Mirabeau'sche Haushaltskasse. Er hoffte nur, dass den Versprechungen auch Taten folgten. Die Zahlungsmoral war nachgerade das Übelste am Adel. Die größte Fähigkeit der Großen bestand im Allgemeinen darin, hochheilig gegebene Versprechen allerschnödest zu vergessen.

Sie zitterten im eisigen Wind, gegen den die Wolldecken, die zur gewöhnlichen Ballonausrüstung gehörten – wenn denn irgendetwas in diesem Zusammenhang »gewöhnlich« heißen durfte –, nur einen gewissen ideellen Schutz boten. Gerardine und Lalande vermochten die Blicke lange nicht vom Barometer zu lösen: Der Luftdruck entsprach jetzt einer Höhe von zirka zwanzigtausend Fuß. Und dem Thermometer zufolge, das Lalande an einer Leine nach unten herabgelassen hatte, um es jetzt wieder einzuholen und abzulesen, herrschte im nötigen Abstand von Feuerung und warmem Ballon eine Temperatur von minus drei Grad Reaumur! Die Windströmung in der Höhe war eine andere. Sie fuhren jetzt geradewegs nach Westen.
»Das ist neuer Höhenrekord!«, rief Gerardine aus. »Wir sind fast dreimal so hoch wie Charles auf seinem Jungfernflug! Der Wind hier oben ist so stark und konstant, dass ich mir nicht ausmalen kann, wie weit wir schon abgetrieben sind …«
»Wir sind nur ein Spielball des luftigen Elements«, sagte Lalande. »Ich wäre der Glücklichste, mit Ihnen Ballongeschichte schreiben zu dürfen, Mademoiselle! Ich hoffe, Sie halten mich nicht für einen Mörder, wie Ihr Urgroßvater es offenbar nach wie vor tut? Auch wenn auf mich geschossen wurde … pardon, auf uns alle … Ich würde sofort landen, wenn Sie es wünschten! Wenn ich es könnte …«
Sie schüttelte den Kopf.
»Bitte feuern Sie kräftig! Wir landen noch früh genug. Es ist so unbeschreiblich schön! Ich möchte es nicht gleich wieder missen! Vielleicht kommt diese Gelegenheit nie wieder … Ein Ballonfahrer als Mörder? Unmöglich!«

Lalande lächelte und warf etwas Stroh auf die Brandschale.
Während Philippi vor Erschöpfung und Kälte in einen ohnmachtsartigen Schlaf gesunken war, spähte Langustier unentwegt mit dem Perspektiv durch die Bodenlücke. Er bemühte sich, beflügelt von der eisigen Temperatur, die sich auf das Denkvermögen immer förderlich auswirkt, in seinem Kopf etwas Ordnung zu schaffen.
Die Todeskugel für Saint-Sauliac alias »Sir« Cunningham stammte aus einem dieser revolutionären neuen Gewehre. 666 war etwas, das dem erstochenen Joyard selbst als kleine Teufelei vorgekommen war, da er die Nachricht zu den Diablotins gesteckt hatte.
Doch das war es zunächst auch schon. Die Wolkendecke in seinem Kopf war ebenso undurchdringlich wie die aufgeraute weiße Fläche, die tief unter ihnen schwebte. Wer hatte auf sie geschossen? Hatte bloß einer das Zeichen zum Sammeln geben wollen, wie am Montag, und nicht auf den Ballon geachtet, der vielleicht versteckt war hinter einer schütteren Baumkrone und durch die helle Farbe nicht eben besonders auffiel? Sehr glaubwürdig klangen selbst ihm diese Erklärungsversuche nicht. Also, wer hatte auf sie geschossen? Derselbe, dem auch Saint-Sauliac und Joyard auf dem Gewissen lasteten? Oder nicht lasteten ... Welcher Umstand verband die beiden Mordopfer? Und war es dieser Umstand, der die Morde auch erklärte? Warum war der Mörder mit Saint-Sauliac draußen auf dem Balkon gewesen, während Joyard drinnen bewusstlos lag?
Langustier starrte, vor Kälte zitternd, durch das geschliffene Doppel von Kristallgläsern. Konnte man Morde überhaupt erklären? Sollte er nicht einfach offen eingestehen, dass er für all diese blutrünstigen Geschichten zu alt war? Diese Versuchung war süß! Sie hielt sich für einige Sekunden und schuf eine imaginäre Wärme in seinem Kopf. Dann traf ihn ohrfeigengleich die Kälte draußen: niemals! Er war nicht zu alt, sondern auf

dem Gipfelpunkt. In seiner jetzigen Höhe ohnehin ... Und er würde nicht aufgeben, noch nicht! Dieser Ausblick war viel zu schön, um vorzeitig die Segel zu streichen. Er sah auf die geschlossene, schneegleiche Wolkendecke über buschbestandener Ebene, diese Sahne über kleinen Erdbeeren – fast von einem Horizont zum anderen reichte der Teppich und zerfranste nur da, wo sie hergekommen waren, und dort, wo sie hinfuhren. Das alles lag so weit unter ihnen, dass es, wenn er das Perspektiv absetzte und mit bloßem Auge daraufschaute, wie gekalkter Rauputz wirkte ...

Gerardine beobachtete den Ballonschatten, der auf den Wolken hastete. Rapide fuhr dieser Schatten dahin, das war deutlich zu sehen, und entweder die Geschwindigkeit der Luftkugel oder die der Wolken musste enorm sein!

»Bisher ist nichts zu erkennen«, sagte sie. »Vielleicht da vorne ... wenn wir erst näher ans Ende dieser weißen Flockenebene kommen?«

»Faszinierend!«, konnte Langustier bereits wenige Momente später vermelden. »Die Türme und Wasserläufe kenne ich doch! Das ist Potsdam!«

Gerardine spähte durch ihr Perspektiv.

»Du hast recht! Oh, das ist Zauberei! Wir sind noch keine zwei Stunden unterwegs! Für diese Strecke bräuchten wir mit der Kutsche sechs oder acht!«

Sie erläuterte Lalande, was man sah:

»Der fette Kasten ist das Stadtschloss, und die Kirche – ist die Garnisonkirche, wo der alte Soldatenkönig begraben liegt. Und das da – o Uropa, sieh nur! – das ist der Jungfernsee, und das kleine Tümpelchen daneben, das ist der Heiligensee, an dem die Villa Langustier steht!«

Sie sprang vor Freude auf und ab, was den Himmel zu ärgern schien, denn er warf plötzlich Brocken durchscheinender, harter, glasiger Materie auf sie herab. Eines der Stücke streifte Lalande, ein zweites traf und weckte den armen Philippi, der aufschrie, als steckte er am Spieß. Ein drittes knallte Langustier auf den Kopf und zerbrach in tausend Splitter. Er fühlte etwas Feuchtes, bevor ihm ein diffuser Schmerz eilig über die Hirnschale kroch. Es wäre schade, Rahel in diesem punktgroßen Haus da unten nicht noch einmal zu treffen. Das irritierende Gefühl von Feuchte ließ ihn sofort an Blut denken. Doch die Probe mit der Hand ergab:

»Wasser!«

War das alles real? Oder war er schon im Himmel? Irgendwie beides …

Lalande inspizierte die Hülle des Aerostaten mit kritischem Blick.

»Beim Durchfliegen der Wolken muss sich der Taft mit Feuchtigkeit vollgesogen haben, die jetzt auf der sonnenabgewandten Seite gefriert! Unserem Höhenflug sind damit Grenzen gesetzt. Wir sinken. Das Gewicht der nassen, vereisten Hülle ist zu groß. Ich könnte höchstens Stroh abwerfen – oder selbst springen.«

»Unterstehen Sie sich!«, entfuhr es ihr. »Feuern Sie lieber!«

Es war so bestimmt herausgekommen, dass sie selbst errötete.

»Zu Befehl!«, entgegnete er lächelnd.

Er tat, wie ihm geheißen, aber sie sanken dennoch rapide. Die Stadt unter ihnen wurde lebendig. Sie sahen Menschen zusammenlaufen und mit den Armen fuchteln. Soldaten, eben noch in Formation beim Exerzieren, kamen aus dem Tritt, auf dem Markt ließ ein Mann offenen Mundes einen Sack Tartuffeln fallen. Ein Pferd scheute und warf einen – sicher verhassten – Feldwebel ab, andere gingen mit Fuhren von Bier, Salz, und Personen durch.

»Wenn ich einen Wunsch äußern dürfte«, meldete sich Langustier zu Wort, »werfen Sie alles noch verfügbare Stroh auf Ihren Ballonofen und sehen Sie zu, dass wir in diesem Park runterkommen! Da vorne!«

Er zeigte auf ein cremegelbes, längliches Haus, das sich auf der obersten Etage eines terrassierten Hügels befand.
»Mit etwas Glück könnte es klappen!«, sagte Lalande und verfeuerte die letzten brennbaren Halme.
Philippi, der sich erfolgreich bemüht hatte, wieder ganz zu Bewusstsein zu kommen und zu begreifen, wo er sich befand, erschrak zutiefst.
»Mein Gott, ist das –«, wisperte Gerardine, jene zusammengesunkene Gestalt weit unten fixierend, die jetzt einen Arm hob und anwinkelte, um die Augen zu beschatten und sie besser sehen zu können.
»Ja, das ist er!«, sagte Langustier. »Schön zu sehen, dass es Seiner Majestät besser geht! Er wirkt recht lebendig!«
»Und wer ist der hagere Doppelgänger Thedens neben ihm? Der Lulatsch, der ziemlich arrgogant aus der Wäsche guckt?«, fragte Gerardine.
»Das dürfte Doktor Zimmermann aus Hannover sein«, warf Philippi ein, der über alle Zu- und Abgänge am Hof informiert war. »Ja, der gefurchten Stirn nach zu urteilen, die man selbst aus dieser Höhe erkennt, ist er es. Der König vermisst bei seinem Leibarzt Selle die nötige Erfahrung. Aber so ganz glücklich sind sie nicht miteinander – der König und Zimmermann. Nebendran stehen der Kammerherr Lucchesini, Kabinettsekretär Mencken und Adjutant von Görtz.«
»So hatte ich mir das Wiedersehen beileibe nicht erträumt«, stöhnte Langustier. »Am unangenehmsten ist es mir, dass ich ohne Schnecken auftauche.«
»Von Auftauchen würde ich nicht sprechen«, sagte Lalande. »Aufschlagen wäre wohl das bessere Wort!«
Mit einem eleganten Schwung überflogen sie den Obelisken und das nach ihm benannte Portal, rauschten über die Neptungrotte dahin und nahmen unterhalb der Bildergalerie noch einmal Fahrt auf, um dann urplötzlich fast reglos über dem Bassin der großen Fontäne zu schweben.

Die Winde schienen hier völlig zum Erliegen gekommen. Der riesige gelbe Ballon erhob sich als luftige Tulpe über der gemauerten leeren Schale. Sie waren auf Augenhöhe mit den Herren oben vor dem Schloss. Jetzt hörte man ihre aufgeregten Stimmchen wie Grillengezirp, begleitet vom Gekeife und Gejaule der Hunde, die nicht wussten, was sie von der Himmelserscheinung halten sollten.

»Das sind nicht die Augen, Monsieur Zimmermann, n'est-ce pas?«, sagte der König auf gut Französisch.

»Nein, Sire, ich denke, wir sehen es alle. Das muss eine Montgolfière sein!«, bestätigte der blutleere, hochgeratene Arzt.

»So kann es nur der Äronaute seindt! Lalande aus der Amerika-Menagerie! Aber wer noch? Eine Attacke?«, fragte der Monarch erregt auf Deutsch.

Lucchesini kniff die Augen zusammen:

»Dann müsste selbst Ihre Polizei, Sire, sich gegen Sie stellen: Sieht mir aus wie der Berliner Polizeichef. Oh … und da ist der Sonder-Kommissär Eurer Majestät nebst – seiner zauberhaften Urenkelin!«

Der König zog sein geblümtes Schnupftuch und winkte. Lucchesini und Görtz wurden angewiesen, die Aeronauten im Namen aller Irdischen zu begrüßen. Sie liefen über die Mitteltreppe zwischen den Weinbergterrassen herab. Lucchesini rief lachend:

»Kommt herunter, ihr Luftfahrer, im Namen der Erdenschwere! Seine Majestät wünscht die Bekanntschaft von Euch Himmlischen zu machen.«

Die Hunde hatten begriffen, dass der große Kugelvogel gutartig war, und sprangen fröhlich bläffend zu ihren Seiten.

»Leichter gesagt als getan, Messieurs!«, rief Lalande. »Mit einem Tau wäre es kein Problem, das unsrige mussten wir kappen!«

Doch von der Mühe, den Hofgärtner Sello zu rufen und ihm einen dicken Strick abzutrotzen, entband der Himmel sie gnädig. Eine finale Windströmung drückte sie seitlich abwärts, sodass sie sanft neben der leeren Fontänenschale aufsetzten. Langsam und unerbittlich senkte sich die schwere Hülle des Ballons auf sie und das verdutzte Begrüßungskommando. Über den rings stehenden Skulpturen bildete sich eine Art Zelt, dem sie ohne größere Mühe entschlüpfen konnten. Nur Philippi kauerte einige bange Momente reglos unter einer Doppellage von feuchtem Taft, bevor Lalande und die anderen diese zu seiner Rettung aufrollten.

Der Monarch wurde ihnen auf einem großen Lehnstuhl mit Rollen entgegengeschoben, als sie endlich auf der obersten Sanssouci-Terrasse anlangten. Er hatte einen alten, großen, schlichten, abgetragenen Hut mit einer jämmerlich geknickten weißen Kranichfeder auf dem Kopf und war in einen Casaquin aus hellblauem Atlas mit gelben und braunen Tabakflecken gekleidet. Eins der gestiefelten Beine hing herunter, das andere lag auf einem horizontal ausgeklappten und arretierten Beinbrett. Jetzt richtete er das Wort an Gerardine, französisch, versteht sich:

»Mademoiselle, Sie schwebten als Engel hier herein! Was für ein Feenreich haben Sie erwartet, hier anzutreffen? Jetzt finden Sie bloß mich alten lädierten Affen in meinem hölzernen Sitzkarren. Bitte sehen Sie mir meine Unhöflichkeit nach! Ich muss für den Moment leider so bleiben, denn eins meiner Beine ist mir heute sehr lästig. Ich danke Ihnen für dieses Vergnügen, dass Sie mir bereiten, denn ich sehe nicht oft mehr die weibliche Schönheit – noch dazu vom Himmel fallen! In der Literatur und Kunst ist es ein blasses Abgebilde. Ich muss gestehen, Mademoiselle, wenn ich Sie betrachte, gesellt sich zu meinen Gebrechen noch die Blendung!«

Gerardine zitterte, sie konnte es nicht fassen, es ging schier über ihre Nervenkraft. Den König hatte sie nur einmal aus der Nähe gesehen, fünf Jahre war es her, bei der Parade in Berlin. Doch Sehen und Gesehenwerden waren zwei grundverschiedene Dinge … und miteinander Sprechen erst … Gerardine lächelte und verneigte sich, so tief sie konnte. Zu ihrer eigenen Verwunderung blieb ihr das Erröten erspart. Der König sah interessiert auf ihre Hosen. Sie überlegte kurz, auf die Knie zu fallen und dem König den Morgenrock zu küssen, doch in Anbetracht des üblen Zustandes dieses Fetzens ließ sie es bleiben. Er schien es auch nicht erwartet zu haben, sagte:

»Wissen Sie, dass ich mir immer gewünscht habe, dies einmal zu sehen? Es erscheint mir höchst praktisch und dünkt mich dem schönen Geschlecht viel angemessener als all dieser unnötige Tand von Röcken und Roben. Sagen Sie mir: Fühlen Sie sich in diesen Beinkleidern mehr wie ein Mann? Oder wie eine Frau?«

»Eher … wie ein Mensch, Sire! Im angestammten Kostüm der Frau dagegen mehr wie eine Puppe.«

Diese Antwort gefiel dem König über die Maßen. Er lächelte warmherzig, nahm von einer seitlichen Ablage am Stuhl eine kleine Schale Kaffeebohnen mit Chocoladenüberzug und hielt ihr diese hin, damit sie sich daraus bediene.

»Sie haben ein gleiches Gemüt, wie ich es an den Töchtern Poloniens so bewundere, die gleiche Charakterstärke. Das sind mir wirkliche Männer!«

Gerardine fühlte die Röte jetzt doch anbranden, aber der König bemerkte es und lenkte sie ab, indem er mit dem chocoladenbraun verfärbten Wildlederhandschuh geziert ihre weiße Hand nahm und sagte:

»Im Übrigen liebe ich nichts weniger als blasse Gesichter!«

Das war beinahe zu viel. Sie sah das Feuer seiner Augen bei aller Sanftheit des Blickes, das liebenswürdige Lächeln. Nichts Müdes, nichts Krankes, nichts Erschlafftes war darin zu spüren, wie alle sagten. Im Gegenteil: Die Stimme klang so frisch und klar … Nie würde sie diese Momente vergessen, niemals! Auch nicht den Chocoladenhandschuh …

»Sie haben mir da ein unerhörtes Kunststück in der Luft vorgeführt. Monsieur Lucchesini behauptet zu recht, dass ich nichts von Astronomie und Schifffahrt verstünde – ich verstehe auch nichts von Mathematik und Chemie und am wenigsten von Physik: Wenn Sie mir sagten, Sie wären mit der Kraft des Rauches und des Sonnenstaubes gereist, ich würde es Ihnen abnehmen. Dafür kenne ich mich ein wenig in der Musik, in der Malerei, in der Literatur und in der Kriegskunst aus! Und ich liebe die Genüsse, die mir dieser werte Herr dort neben Ihnen, Mademoiselle, viele Jahre bereitet hat.«
Langustier ergriff die Gelegenheit, sein Vergehen sogleich einzugestehen:
»Ich bin untröstlich, Sire, vor Ihnen vom Himmel zu fallen, ohne Zutaten für ein Schneckenmahl im Gepäck! Aber ich wusste ja nicht, dass die Luftfahrt begänne, bis wir das Tau kappen mussten.«
»Mon dieu! Kappen? Was veranlasste Sie zu diesem Manœvre?«
»Zwei Schüsse und ein schrecklicher Wind.«
»Das erklären Sie mir bitte nachher … an einem Ort, wo unser Tête-à-Tête ungestört bleibt.«
Als Langustier ihm den Rock küssen wollte, unterband er es sofort.
»Sie sollten froh sein, noch fest auf Ihren Beinen stehen zu können! Doch ich fühle schon, dass mit Ihrem Einschweben noch einmal die goldene Zeit anbricht. Und sei es nur für ein paar Tage!« Der König lächelte breit und glücklich. Er nahm nun Lalande ins Visier und sagte: »Das war eine schöne Überraschung, Monsieur Lalande! Ich rechnete mit Ihrer Vorführung erst in ein paar Tagen. Welch ein Genuss ist doch das unvermittelte Vergnügen, das uns offen, in völligem Staunen vorfindet! Wie kommt es, dass Sie diese Menschen so einfach in die Luft entführten? War es die Schönheit der Demoiselle, die Sie zu dieser Tat verleitete? – Sie waren meinem Joyard nicht

eben grün, da Sie ihn verklagten. Um hier Klarheit zu schaffen: Haben Sie ihn umgebracht?«
Lalande nahm Haltung an, legte die rechte Hand aufs Herz und antwortete fest:
»Bei meinem Restchen Ehre, das ich mir im Großen Krieg erwarb: Nein, Sire! Ich habe Émile Joyard nicht umgebracht! Und auch nicht den Hochstapler neben ihm.«
Der König nickte lächelnd.
»Dann dürfen Sie sich zu mir setzen. Die Einladung gilt natürlich auch für Sie, meine Herren, und, oh – pardonnez moi, Mademoiselle! – vor allem für Sie!«
Er wurde laut und deutsch:
»Neumann? Wo bleiben Tisch und Stühle? Schöning, bringen Sie mich Chockolade und chockiertes Katzengezüng! Kirschen, Feigen, Melons!«
Der besorgte Arzt war so schockiert wie *langues des chates en chocolade*.
»Chocolade dünkt mich nicht unbedingt die beste Wahl für Sie, Sire ... Desgleichen warne ich vor zu viel Obst«, sagte der schlanke, verbittert aussehende Mann, der sich bislang im Hintergrund gehalten hatte.
»Ah, mein lieber Herr Doktor, gestatten Sie, unter uns gesagt: Es ist nun einmal eine Freude, wenn einem die Gäste vom Himmel fallen. Da wollen Sie doch bitte nicht so streng sein, s'il vous plaît ...«
Der Leibarzt Georgs III., eigentlich ein potentieller Attentäter, wie Langustier dachte – der britisch-preußischen Feindschaft eingedenk –, war nicht so leicht abzuwimmeln.
»Auch die rohen Kaffeebohnen sind nicht gut, Sire! Man wird nur durch das gestärkt, was man verdaut. Das erhitzt Sie nur, ohne zu kräftigen. Desgleichen tun die heißen Gewürze ...«
Der König bekam fürchterliche Augen, sagte aber mit betonter Freundlichkeit, auf die Kräuterkuren des Hannoveraners anspielend:

»Mein lieber Zimmermann, glauben Sie nicht, dass ich Ihrem armen Löwen den Zahn ziehen will, er ist mir viel wert und macht mich guten Appetit, aber ich benötige Ihren Beistand heute nicht mehr! Guten Tag, mein Herr!«
Zimmermann war rosé geworden und empfahl sich, rückwärts schreitend und sich verneigend, während der König alle Übrigen mit einer schwungvollen Handbewegung zum Sitzen einlud, ohne dass noch Gelegenheit dazu vorhanden war. Dabei verstreute er den Inhalt der Schale auf dem Kies, seufzte tief und rief durch die geöffneten Fenstertüren dem längst enteilten Kammerhusaren nach:
»Und bring er mich neue übergezogene Bohns, Schöning!«
Er machte umständliche Anstalten, sich zu erheben. Langustier und Lucchesini halfen ihm, und er ging, unsicheren Schrittes zwar, sodass der Krückstockknauf oszillierte, indessen mit tapfer erhobenem Haupt und sichtlicher Genugtuung über seine Leistung im Duktus der Haltung einige Schritte mit ihnen auf dem Kies. Wortlos. Bis die Tafel aufgestellt und eingedeckt war. Und dann saßen sie mit dem Großen König bei Obst, Trink-Chocolade, Katzenzungen mit Chocoladenmantel und Chocoladencoffeebohnen und Vin de sec …
Gerardine hörte die Wildlederhandschuhe des Regenten beim Anheben und Vorstrecken der frisch gefüllten Bohnen-Schale leicht knistern. Ein feines Runzelnetz zeigte sich beim Lächeln auf dem weiß bemehlten und mit etwas Rouge aufgehübschten königlichen Gesicht. Sie hatte gleich drei Bohnen ergriffen. Der König schaute gar nicht weiter hin und zog die Schale nach kurzem Warten wieder zu sich. Er nahm stets eine Handvoll und zermalmte alles knirschend. Sie sprachen über Ballonerie: Der König ließ sich haarklein berichten. Gerardine glühte vor Begeisterung. Lalande und Langustier malten ihre Eindrücke überaus beredt. Philippi warf kleine, kühle Erinnerungssplitter ein. Die Chocolade rührte er kaum an. Der Kammerherr Lucchesini lächelte still, Gerardine und Lalande

beobachtend. Irgendwann erwog Adjutant von Görtz, ein listiger, spritziger Mann, den militärischen Nutzen der Aerostate abzuschätzen.
Der König konnte sich einiger Bemerkungen über Zimmermann nicht enthalten:
»Der gute Doktor! Als ich ihn 1771 zuerst examinierte, sagte er, er habe kein System, nur ein Vorbild in dem großen Arzt Simon-Auguste Tissot, der jetzt an der Universitätsklinik von Pavia tätig ist. Wir waren uns sehr nahe im Denken über die Krankheiten. Ich gebe zu, ich hatte immer selbst die Schwäche, ein wenig den Arzt zu spielen, dazu hielt mich mein Herr Vater an. Herr Zimmermann meint es nicht böse, wenn er mir jetzt diese Dinge untersagen will, wo er doch klar sieht, dass die Krankheiten mit mir nicht mehr viel Mitleiden haben werden. Doch wenn es genug ist, will ich gehen, das ist kein großer Schaden. Wenn der Tod in seinem Beisein käme, so würde ich zu ihm sagen: Gute Nacht, Herr Zimmermann! Und sagen Sie Ihrem König, ich warte droben auf ihn!«
Sie konnten nicht umhin zu lachen, was ihm sehr gut gefiel, wie es Gerardine vorkam. Sie war verzaubert von diesem Mann, von dem man sich die wildesten Unarten erzählte. Alles üble Nachrede, dachte sie.
»Gern und ohne Bedauern gebe ich meinen Lebensodem der wohltätigen Natur zurück, die ihn mir gütig geliehen hat, und meinen Leib den Elementen, aus denen er besteht. Ich habe als Philosoph gelebt und will als solcher begraben werden, ohne Trauergepränge und Leichenpomp. Ich will weder seziert noch einbalsamiert werden. Man wird mich da drüben in einer Gruft neben meinen Lieblingen auf den Feigenhügel betten. Prinz Moritz von Nassau liegt auch in einem Wäldchen. Aber noch ist es nicht aller Tage Abend, meine Freunde!«
Der König goss sich – zum bassen Erstaunen Gerardines – urplötzlich den Rest Coffee in seinen Vin de sec und drückte

sein Bedauern aus, ihre kleine Runde auflösen zu müssen. Er trank das Glas mit goldbrauner Flüssigkeit hastig aus, empfahl sich bei Gerardine und stand ganz allein auf. Der Kammerhusar Schöning, der ihn eben, wie üblich, hatte hochheben wollen, hielt verdutzt inne und reichte ihm den Hut.
»Meine Verehrung, Mademoiselle! Das macht nicht die Chocolade, das macht nicht der Coffee im Vin de sec, das macht das Vergnügen, das Sie mir bereitet haben!«
Er bat sie alle, noch kurz seitwärts zu warten, während er sich – auf Strützky gestützt – vom Polizeichef den groben Stand der »Schweizer Dinge« angeben ließ. Seit dem ersten schriftlichen Bericht war nicht viel Neues hinzugekommen.
»Die Aussagen liegen jetzt alle vor, aber sie sind nur wenig erhellend«, begann Philippi. »Die Berichte kommen auf dem … äh … Landweg! Der Ballonfahrer hat kein Alibi. Aber da man auf uns, das heißt auch auf ihn, schoss, glaube ich nicht, dass er es war. Wir konnten nicht sehen, wer geschossen hat. Die Schüsse, denke ich, galten Langustier und mir …«
»Was hat mein Bruder da eigentlich aufgeführt in dieser Silberschlucht? Wieso waren Sie mit diesem Gefährt über dem Wald?«, fragte der König gereizt.
»Das war Monsieur Langustiers Idee.«
Philippi riss sich zusammen, denn der Kopf tat höllisch weh. Er fuhr fort:
»Es sollten die Verhältnisse am Tag des Verbrechens nachgestellt werden, damit man die möglichen Wege aller Anwesenden beobachten könnte. Doch ich glaube nicht, dass uns das weitergebracht hat.«
»Sollten aber die Schüsse auf den Ärostat ein bloßes Versehen gewesen seindt?«, forschte der König nach.
»Kaum, denn jeder wusste, dass wir in der Luft waren. Jeder brave Mann hätte vor einem Schuss instinktiv nach oben geschaut. Vielleicht hat Euer Majestät Bruder etwas herausgefunden.«

»Ach, der … Wenn ich die Berichts recte begreife, seindt Theden und Sie der Ansicht, dass dieser Saint-Sauliac zuerst ins Laub gebissen hätte?«

Philippi nickte und präzisierte:

»Ein Scharlatan, der in Wahrheit sonstwie hieß! Er nannte sich in England ›Sir‹ Cunningham.«

»Dass dieser Sonstwie als Erster dran war, deucht mir völlig krude! Der Mörder legte erst Joyard bewusstlos auf Eis, dann ging er mit Sonstwie nach draußen, schoss ihn die Brust durch, kehrte in die Mördergrube zurück, stach Joyard achtzehn Stichs ins Herz, um dann im Nebel seitwärts zu fliehen? Mumpitz, n'est-ce pas?«

»D'accord, Majestät! Das kann ich auch nicht glauben. Vor allem nicht, weil Monsieur Langustier herausfand, mit Hilfe einiger Dorfkinder und der Analyse seiner Urenkelin, dass die Kugel, die diesen polynymen Franzosen traf, aus einem amerikanischen Kurzgewehr stammte!«

»Parbleu! Das wirft auf die Sache ein fatales Licht! Seindt also doch Politik im Spiele! Aber … wie geht mich das ensemble? Die vierläufige Barker-Rifle seindt doch süffisant zu zwei Schüssen für jeden?«

Herrgott, flehte Philippi. Lass es enden, sonst sterbe ich hier noch vor ihm …

»In der Tat, Majestät! Theden meint zwar, Joyard müsse bewusstlos gewesen sein, während der Schuss auf den anderen fiel, weil er den Schützen sonst an seinem Tun gehindert hätte. Selbst wenn man dies aber zugesteht – obwohl auch ganz anderes denkbar wäre –, bleibt die Frage: Warum schoss der Mörder nicht drinnen, in der Grube? Dort wäre der Schuss ja nicht zu hören gewesen.«

»Et l'autre meurtre? Die zweite Tötung?«, wollte der König wissen, doch der Polizeichef erschien ihm plötzlich kränker als er selbst. »Sie sehen mitgenommen aus, Sie sollten sich hinlegen.«

Der Polizeichef stöhnte ergebenst. Der König ließ sich wieder zu den Wartenden bringen und sank leicht erschöpft auf einen Tragstuhl.

»Ist der Aerostat unversehrt?«, fragte er Lalande, der sich zu ihm herabbeugen musste, so leise sprach er. »Kann man ihn auch mit Spanholz fliegen statt mit Stroh? Wie dick müssen die Stricke sein, ihn zu halten?«

Dann flüsterte er ihm etwas zu, woraufhin Lalande seltsam erblasste.

Langustier bat derweil den leidend wirkenden Berliner Polizeichef, bei der Kutschfahrt Richtung Berlin seine Urenkelin sicher in der Villa Langustier am Heiligensee abzuliefern.

»Sie sollten bei mir zu Hause ausruhen und erst morgen nach Berlin fahren!« Gerardine, so durfte er annehmen, würde Rahel beruhigen und auf seine abendliche Heimkehr vorbereiten. Er gab Philippi ein Bleistift-Billet an seine Tochter Marie mit, auf dem er mit wenigen Worten einen kleinen Auftrag für Sie formuliert hatte.

Der König entließ Gerardine und Philippi gnädig, während er sich neben Lalande zum Ballon hinabtragen ließ. Offensichtlich wollte der Regent das Aufrichten des Ballons vorgeführt bekommen, um zu sehen, wie schnell man es bewerkstelligen konnte, überlegte Gerardine und warf Lalande Abschiedsblicke hinterher. Von der Fontänenschale dröhnte Gehämmer herauf. Zu dumm, dachte sie: Warum müssen wir jetzt aufbrechen? Aber dem Wort eines Königs konnte nicht widersprochen werden. Sie durchmaß neben Philippi die heiligsten Schlossräume, die kaum je zuvor eine Frau gesehen hatte.

Was für ein Tag! Im Ehrenhof wartete eine Kutsche auf den Polizeichef und sie. Gerardine sank erschöpft zur Seite und blieb in den Polstern liegen, bis sie das rettende Ufer des Heiligensees erreichten. Auch der grüne Philippi war darüber mehr als glücklich. Weiter hätte er es lebend nicht mehr geschafft …

Strützky setzte seinen Herrn in den Nachen. Dann gaben die Helfer Seil. Des Königs Augen glänzten. Er kniff sie leicht zusammen, um besser zu sehen, und fiel ins Deutsche vor Erregung. Auch straffte er sich, schien verjüngt:
»Sapperlot! Langustier! Das seindt ja exorbitante ätherisch! Als führe man über einer Landkarte auf!«
»Ich könnte zu viel Holzspäne auflegen und die Herren da unten mit uns in den Himmel ziehen …«
Sie sahen belustigt hinab, wo in etwa dreihundert Fuß Tiefe Lalande, Lucchesini, Görtz und Strützky bei den tief eingeschlagenen Erdhaken und den daran festgebundenen Schnüren Wache hielten und mit an Wahnsinn grenzender Besorgnis hinaufstarrten.
»Wenn alle Stricke reißen, Langustier, fahren wir bis nach Amerika!«, sagte der König, besah sein Schloss und ließ genüsslich den Blick übers Neue Palais hinaus in die Brache schweifen, als begänne Amerika bereits dort. »Ihre zauberhafte Urenkelin wird das Gelobte Land zu Gesicht bekommen, Monsieur, glauben Sie mir! Die Blickpfeile zwischen dem Ballonier und ihr flogen ja wie Amors Projektile. Und wenn er auch ein Apollo ist, so ist sie keine tumbe Daphne, die vor lauter Glück zu Lorbeer wird.«
Er lächelte, und Langustier, stolzgebläht, entgegnete:
»Vielleicht – Majestät haben einen Blick für verborgene und zukünftige Dinge. Ich selbst würde das Gelobte Land auch gerne sehen: Es muss unermesslich groß sein!«
»Lalande seindt damit wirklich aus dem Schneider? Ich habe ihm visieret, und mich schien die Wahrheit, was er mich gesagt! Auch die Schüsse auf den Ärostat dünken mir entladend …«
»Ja, er hasste zwar alle Köche, wegen dieser alten Geschichte zwischen Joyard und seinem Vater, doch er ließe im Zuge eines Mordplanes sicher nicht auf sich und seinen Ballon schießen! Sein vermeintlicher Komplize hätte jeden von uns treffen können – auch ihn.«

Der König lagerte wie ein alter Leguan am Boden der kahnförmigen Gondel. Er hatte die Stulpenstiefel weit von sich gestreckt. Die Lücke in den Bodenbrettern war notdürftig mit einem aufgenagelten Flicken überbrückt. Langustier äugte zum Mond, der als fast halbierter Friedrichsdor im abendlichen Blau schwebte. Ein schwarzer Vogel flog vorbei und krähte dohlenhaft. Der Monarch verfolgte ihn mit überwachem Blick und simelierte:

»Warum einen erschießen und den zweiten erstechen? Mit achtzehn Stichs? Das seindt doch ein stümperisches Gemördere! Gar die Mörderei eines Unsinnigen? Können Sie Ihnen schon ein Bild machen? Haben Sie schon irgendeine Vermutung?«

»Verschiedentliche, Majestät«, log Langustier, »doch alle noch zu abenteuerlich.«

Mit wachem Blick verfolgte er die Mauersegler, die mit schrillen Schreien und viel Flügelgesichel im Orbit des safrangelben Aerostaten herumfuhren.

»Gebt mich nur eine Möglichkeit, und ich kann vielleicht einschlafen! Und werde Ihre Schnecken besser genießen können!«

Langustier saß – wiewohl hoch in der Luft über Sanssouci – so tief in der Bredouille wie noch nie. Er hatte nicht die leiseste Idee, nicht den faden Abglanz des müden Schimmers einer trübseligen Ahnung – außer der einzigen, die er tunlichst nicht erwähnen wollte, um Prinz Heinrich nicht ohne Grund dem brüderlichen Hass auszuliefern. Bevor er seine Theorie, der zufolge die Morde aus der Sorge um die Geheimhaltung des brisanten Planes geschehen waren, den Prinzen zum US-Monarchen zu machen, gegen den König von Preußen äußerte, musste er schon ein bisschen mehr in den Händen haben als die verräterischen Seitenblicke einiger Amerikaner oder Amerikanischen Brüder an der Stelle, wo der Mörder wohl zur Eisgrube hin abgebogen war. Die Aussicht, nach diesem anstrengenden Tag auch noch kochen zu müssen, verdunkelte den Horizont. Gegenfragen waren immer gut, um Zeit und Ausflüchte zu gewinnen.

»Bevor ich allzu ungebührlich extemporiere: Was eigentlich, Sire, gab vor Jahren Anlass, Joyard im dringenden Verdacht zu sehen, Euer Majestät Leben beenden zu wollen? Hielten Sie Joyard etwa für einen englischen oder österreichischen Agenten?«

Der König sagte mit einer Stimme, die am Wetzstein des Ärgers geschärft war:

»Wissen Sie, was mich Zimmermann sehr richtig gesagt: Die einzigen gefährlichen Feinde Eurer Majestät sind Ihre Köche! Er hat's nicht so gemeint, aber es war damals recte: Man fing ein ohnbenamtes Schreiben an Joyard mit einer singulär-obskuren Zahl ab, das er damals partout nicht anders als mit verrätereskem Gestammele erklärete. Darin stand nur …«

Langustier war plötzlich sehr hellhörig geworden. Einer Eingebung folgend, die wohl der unermesslichen Freiheit des Luftraums geschuldet war, sagte er:

»Lassen Sie mich raten, Sire: Darin stand nur *666*?«

Der König war so verblüfft, dass er für ein paar schlimme Momente den trockenen Husten bekam. Seine Augen traten gefährlich hervor und schienen Funken zu versprühen.

»Woher wissen Sie das?«, krächzte er. »Was wissen Sie darüber? Seindt Sie etwa auch mit von der Partie gegen mir?«

Langustier spitzte die Lippen und dozierte, weil ihm nichts besser dünkte als kühnstes Vorpreschen:

»Aristoteles erwähnt den apagogischen oder abduktiven Schluss. *Abduktion* heißt nach ihm eine Hypothese aus dem Bauch heraus, die vom Einzelnen ausgehend eine Regel postuliert. Nennen Sie es ruhig eine Intuition. Es ist auch wenig geheimnisvoll, wie ich darauf kam, als ich von einer einzigen Zahl als Nachricht hörte. Denn eine anonyme Nachricht selbigen Inhaltes wurde erst vor wenigen Tagen an Joyard adres-

siert! *666*. Dass dies bereits früher geschah, ist erstaunlich. Bedenken Sie, dass es einen mathematischen Zusammenhang zwischen der dreimaligen Sechs und den achtzehn Stichen gibt: Die Quersumme von *666* ist achtzehn!«
Der König hustete stark. Daher deckte Langustier die Feuerschale ab und rief dem Bodenpersonal zu, dass man sie wieder auf den Parkboden hinabziehen solle.
»Monsieur«, keuchte der Regent, Farbe annehmend: »Das seindt – sehr mysterisch. War *666* am Ende ein Geheimcode, der im Abstand von Jahren wiederholt übermittelt wurde – doch wohl kein Mordbefehl? War der Mord an Joyard am Ende einer zu meinem Schutze?«
»Das wäre wohl denkbar«, sagte Langustier, dieser an sich absurden Theorie innerlich nicht viel Gewicht beimessend – doch jede Theorie wäre gut, wenn sie ihn aus der Klemme befreite, an höchster Stelle seine Ratlosigkeit eingestehen zu müssen. Er umflocht den Gedankenspan mit einigen Arabesken:
»So würde sich auch die Divergenz der Mordmittel erklären: Der eine war symbolisch, durch den anderen sollte nur ein missliebiger Zeuge beseitigt werden. Auch ein Mord zum Schutze Eurer Majestät bleibt vor den Augen der preußischen Polizei schließlich ein Mord. Und es ist nicht gesagt, ob ein Mord aus Attentats-Prävention vor Euren Augen Gnade finden könnte, Sire.«
Der König hustete nicht mehr, sondern sagte deutlich, in geziertem Französisch:
»Ich weiß wohl, welche Männer meinen Tod am ehesten herbeiwünschen und selbst ein paar Wochen Forcierung durch einen Mord-Auftrag nicht verächtlich fänden: der französische Außen- und Finanzminister! Man hofft auf die Tumbheit meines Neffen, ihren Bitten um Kredite eher zu willfahren als ich. Nie würde ich die Tochter der Königin von Ungarn bezuschussen! Mirabeau, dieses Schlitzohr, ist im Auftrage von

Calonnes und Vergennes hier, um die Geschwindigkeit meines Ablebens zu erkunden. Zum Mord haben sie ihn nicht gedungen, und ich habe ihn jetzt auch ein wenig – umgedreht! Er hat mich über die jüngsten brillanten Händel der Königin von Frankreich unterrichtet. Mit meinem Geld wird sie sich jedenfalls keine Kette kaufen! Mirabeau kauft dagegen vielleicht bald eine seiner hübschen Frau.«

Er lachte und fiel ins Deutsch zurück: »So braucht er keine schmutzigen Romans mehr verzapfen.«

Der König atmete tief ein, während man sie langsam wieder auf den Boden der Tatsachen holte. Sie waren beinahe unten und hörten bereits die hastigen Anweisungen Lalandes, der das Landungskommando befehligte.

»Geben Sie mich nur möglichst bald nähere Aufklärung, Monsieur, wenn Sie einen guten Grund sähen, dass ein Amerikaner den betrügerischen Franzosen hätte sollen umbringen. Und ob Joyard vielleicht bloß der unbeteiligte Dumme oder unbequeme Zeuge bei der Sache gewesen seindt. Es hat mir erfreut, mit Ihnen so rapid zu philosophieren, mein Lieber, und einmal durch den Äther zu fahren, doch jetzt lassen Sie uns ein wenig im Schneckentempo weiterdenken und – am besten – mit den Schlüssen warten, bis die Schnecken uns neue Kraft gegeben! Ich muss mir vor dem Essen ausruhen. Ich merke, dass mich schon bei dem Gedanken ans Essen das Wasser in den Beinen zusammenläuft. Was schlagen Sie mich sonst noch vor?«

Langustier wusste nicht, was der König meinte.

»S'il vous plaît! Bei die Schnecks!«

Die Kammerhusaren halfen den beiden, der Luftgondel zu entsteigen, was der König schließlich mühselig und mit unverhohlenen Schmerzenslauten bewerkstelligte. Noch in dem Nachen hatte Langustier die Brille aufgesetzt und mit schlecht gespitztem Bleistift auf ein roh herausgerissenes Blatt seines Notizbüchleins geschmiert:

Pot-au-feu brandenbourgeois

Blanquette von Weinbergschnecken mit Diablotins

Kalbsnuss mit Pfirsichmousse
Pommes frites à la Rousseau
Mirettesalat

Crème caramel

»D'accord, Monsieur!«, sagte der Monarch, und seine Miene hellte sich vollends auf. Den sichtlich erleichterten Lalande am Arm fassend, sagte er:

»Hätten wir so ein fliegendes Krähennest 1760 bei Weidenhain gehabt, wäre uns der fatale Irrweg nach Elsnig erspart geblieben! Wir wären schneller in Neiden gewest! Und 1761 an der Ohle hätte ich Österreicher und Russen in meinem Rücken sofort bemerkt, statt angestrengt Ausschau nach Norden und Osten zu halten! Und erst August 1778! Zwei Stunden besah ich mich die besetzten Bergkuppen im Eulengebirge ... aber vom Wachuraberg aus die österreichischen Stellungen anzugreifen, kam mich nicht in den Sinn! Mit Luftkugel wären mich so fatale Fehler nicht untergelaufen! Ich hätte hunderttausend Mann mehr zur tatkräftigen Peuplierung gehabt – die wären nämlich so nicht gesterbt! Leider konnte ich nicht darüber hinweggehen wie der Prinz von Condé nach der Schlacht bei Senef, der sagte: ›Eine Nacht in Paris macht das alles wett!‹«

André Noël aus Périgueux, ein wahrhaft großer Mann, bekannt für seine Storchenbeine, seinen kugeligen Leib und sein vierschrötig-hässliches Gesicht, war die Sonne selbst, wenn er lachte. Als er Langustier sah, zerging der Fünfzigjährige wie Butter vor Freude.

»Gott hat meine Gebete erhört! ER hat uns schon wissen lassen, dass Sie demnächst regelmäßig vorbeischauen!«

»Regelmäßig?«, sagte Langustier mit unterdrücktem Entsetzen. »Davon weiß ich nichts. Im Moment geht es nur um Pot au feu, Schnecken, Diablotins, Kalbsnuss und Pommes frites. Und Caramelcrème.«

Er reichte dem Jüngeren die Küchenordre. Für einen Augenblick verschwamm ihm das Innere der kleinen Kombüse neben dem Pferdestall vor den Augen – dieser rauchige Ort vieler guter und schlechter Erinnerungen. Er war in Rente, und daran sollte sich tunlichst nichts ändern. Er sah schon mit Grauen die Vorbereitungen des familiären Maifestes auf sich zukommen. Aber er freute sich, den jungen Kollegen so wohl vorzufinden, trotz der vergleichsweise geringen Arbeitslast. Überlastung ist stets besser, um fähige Menschen in Saft und Kraft zu halten. Während Noël noch nach einem passenden Spruch für die Ehre suchte, sich mit einer sicher senilen lebenden Legende den noch immer viel zu knappen Küchenraum zu teilen, steuerte Langustier bereits zielsicher auf die drei Töpfe zu, in denen er vermutete, was er dann auch vorfand: jede Menge dampfende, bereits gehörig abgebrühte, Haus tragende, rötlich-weißgraue Schnecken! Langustiers müde gewordene Augen wurden bei der Aussicht auf die kommenden Stunden wieder wach, und er fragte:

»Was tut Ihm dieser Zimmermann an?«

Noëls tiefer Seufzer sagte alles. Er seufzte noch einmal und rang die Hände.

»Als ich hörte, dass Sie Ihr Schneckenragout kochen sollen, sprang mir das Herz im Leib. Das wird der König vielleicht schwer verdauen, aber zuvor jedenfalls genießen! Man sollte Seiner Majestät wirklich jeden Genuss bereiten, solange er noch unter den Irdischen weilt, und das wird – Sie haben ihn

ja heut gesehen! – nicht mehr lange sein. Er weiß es, aber er kann nur im Scherz davon reden. Der Hannoveraner hat ihm gedünsteten Huflattich sowie Suppe von Knöterich und Absud von Löwenzahn verordnet! Außerdem muss er unterm Handtuch Essigdämpfe einatmen!«
Langustier traute seinen Ohren nicht.
»Unkrautsuppe für einen Todgeweihten? Das ist, als zeigte man ihm schon mal das Gras von unten.« Er schüttelte sich.
»Lassen Sie uns Seiner Majestät ein paar letzte Freuden bereiten!«, sagte Langustier. Der Gedanke, ihn zu überleben, kam ihm ganz ungehörig und unglaublich vor. Ein Küchenjunge betrat die Küche mit einer der letzten Flaschen Herrewyn Crystal, dem besten Vin de sec, der noch in der Eisgrube hinterm Wüsteberg zu finden gewesen war. Noël schenkte ein.
»Den hab ich für ganz besondere Anlässe reserviert! Das hier ist so einer!«
Langustier konnte sein Glück kaum fassen. Nach einem Tag wie diesem war das der Himmel auf Erden. Alles Leben, schon halb entfleucht, kam zurück. Jeder Schluck dieses kühlen Goldes war perlende Labsal für seinen fast erstickten Geist.
»Ah, das tut gut!«, entfuhr es ihm. »Sagen Sie mal, mein lieber Kollege – was halten Sie davon, wenn wir uns duzen?«
»Ich bin André – lieber Honoré!«, erwiderte Noël lächelnd, worauf sie Brüderschaft tranken.
Die Schnecken waren inzwischen zum Pulen vorbereitet. Noël hatte sie bereits in Salzwasser abzukochen begonnen, als Langustier noch mit dem König in der Luft gewesen war. Dreimal hatte er das Wasser gewechselt und beim letzten leichter gesalzenen Kochgang reichlich Suppengrün dazugegeben, da die Brühe noch – als Schneckenfond – Verwendung finden würde. Jetzt schöpfte Langustier die Weinbergschnecken aus der kochenden Gemüsebrühe.
»Du kommst aus dem Périgord«, sagte Langustier. »Das ist ein begnadeter Landstrich.«

»Fürwahr!«, antwortete Noël genüsslich, nachdem er messerscharf geschlossen hatte, dass nicht die Schnecke, sondern er selbst gemeint war, und trank auf seine sonnige, fruchtbare Heimat.

»Bist du aber auch jemals in Rouen gewesen, woher nicht nur die berühmte Ente, sondern auch unser Joyard stammte?«, fragte Langustier.

»Ja, 1779! Aus sentimentalem Antrieb. Ein Jugendschwarm von mir lebte dort, Françoise Toussaint hieß die Kleine, und ich Narr machte mir Hoffnung, das frühere Feuer wieder zu entfachen. Natürlich hatte ich keinen Erfolg, denn meine Visage verändert sich mit den Jahren höchst unvorteilhaft; schon damals hätte man mich, nüchtern betrachtet, wohl kaum eine Schönheit nennen können.«

Er trank und lachte, bevor er fortfuhr:

»Aber die Schönheit der Gegend entschädigte mich für die Strapazen der Reise und ließ mich meine Enttäuschung vergessen. Auch ward ich Zeuge des Auszugs des Letzten der de Lalandes, einer der einst angesehensten Familien der Region mit einem hübschen Schloss!«

Langustier lächelte und trank.

»Eben der ist der Ballonfahrer, dessen Gefährt ich mein Leben nun schon zweimal überantwortete ...«

»Nein! Dann wäre dieser verzweifelt grimmig-entschlossene Amerika-Auswanderer, den ich damals sah, jetzt hier in Preußen?«

»So ist es. Und er hatte gegen Joyard einen Prozess angestrengt.«

»Hat er ihn getötet?«

»Ich bezweifle es. Aber es gibt da etwas, ich spüre es. Hätte ich ein Holzbein oder einen Arm aus Kautschuk – sie würden brennen, stechen, klopfen ...«

Sie hatten, ohne sich weiter darüber verständigen zu müssen, was zu tun war, damit begonnen, die kegelförmigen Schnecken-

leiber mit Stricknadeln aus den Häuschen zu holen. Die geringelten Teile wurden entfernt, ebenso ein dunkler Wulst hinter der Laufzunge. Noël war schweigsam geworden und setzte öfter das Messer ab, als suchte er sich an etwas zu erinnern.
»Ich wusste nicht, dass Joyard und der alte de Lalande … Der Duc d' Anas war doch sein erster Arbeitgeber? Es gab da allerdings ein Gerücht …«
Noël forcierte die Schneckenbearbeitung wieder.
»Was für ein Gerücht?«, fragte Langustier, während er die fertig beschnittenen Schneckentorsi mit wenigen, geübten Messerschwüngen klein hackte und zu den in Butter angeschwitzten, ganz belassenen Schalotten und den fein gewürfelten Gemüsen gab: Sellerie, Karotten, Lauch. Ein herrlicher Duft stieg auf.
»Man sagte nur, dass es eine Herzensangelegenheit gewesen sei, die den Vater jenes jungen, zornigen und zur Amerikafahrt wild entschlossenen Mannes, den ich damals seine Truppen werben und seine Pakete schnüren sah, hätte seinen Geist aufgeben lassen.«
Aus der Schneckenbrühe wurde mit etwas Rheinwein und der Gemüse-Schnecken-Schwitze ein Blankett, das Langustier und sein jüngerer Kollege zuletzt mit Eigelb und Sahne legierten.
»Verdammt, André!«, sagte Langustier, dem plötzlich ein Licht aufzugehen schien, als die eingeworfenen Safranfäden der Blankette eine sonnenblumige Farbe gaben. »Joyard war ein gut aussehender Mann damals, stimmt's?«
»Ein blendend aussehender 53-jähriger Mann muss er gewesen sein, wenn ich richtig rechne. Als ich hierher kam, sah er für sein Alter noch immer gut aus, aber da war er … warten Sie mal …«
Langustier hörte es nicht, denn er sah nun selbst den hageren Ersten Küchenmeister vor sich und erinnerte sich an das Jahr 1766, als die französische Regie in Preußen ans Ruder kam

und Joyard im Frühling Urlaub genommen und in der Heimat gewesen war, um seine alte Mutter zu besuchen und die neuen Rouen-Enten zu testen. Da beging er bei den de Lalandes seinen Diebstahl ... Joyard und die tödliche Herzensangelegenheit ... Langustier sträubte sich noch immer gegen diese Verknüpfung, doch er schien seinen Kollegen in dieser Hinsicht völlig unterschätzt zu haben ... Und war er nicht schon vorher, von 1754 an, oft auf Reisen gewesen, wo er auch Rouen besuchen konnte und eine ... Herzensangelegenheit sich zu entwickeln die Gelegenheit gehabt hätte?
»Interessant!«, sagte Langustier nach dem letzten Schluck Herrewyn, nahm Brille und Notizbuch, kritzelte.
»Herzstiche – Stichwort: Herzensangelegenheit! Du weißt gar nicht, mein lieber André, was an dir für ein Dichter verloren gegangen ist!«
Langustier nutzte die kurze Pause bis zur einsamen Abendtafel des Königs und seiner engsten Getreuen Lucchesini, Görtz und Hertzberg, um den Kabinettsekretär Mencken nach Küchenzetteln von 1765 zu fragen. Angeblich entsann er sich alter Gerichte, die dem König besonders gemundet hatten.

Dem König ging es nach der viel zu eiligen Schneckenpost an den Verdauungstrakt ganz und gar nicht gut, weshalb er sich an den überbackenen Käsenocken und den stäbchenförmigen, in siedendem Fett gegarten Tartuffeln nicht so erfreuen konnte, wie es das Gebot der Stunde war, und die Crème caramel ganz links liegen ließ ...
»Das Vomitiv seindt nicht die Schnecks«, betonte er, grün im Gesicht, gegen seine beiden Küchenchefs. »Zimmermanns Löwenzahn ist ein rechter Kuckuck, denn das Blattwerk will die wunderbaren Tierchen flugs wieder auswerfen, mit denen Sie mir beglücket, Messieurs! Doch nun verlassen Sie mir bitte, um nicht Zeuge von unschönen Dingen zu werden, mit denen Sie nichts zu schaffen haben! Ich bitte Sie, lieber Noël –

willfahren Sie nur weiter dem Hannoveraner. Aber Ihnen, lieber Langustier, hmmpff!!! Bitte Ihm sehr, mich morgen Mittag süßsauren Aal und morgen Abend überbackene Knoblauchpolenta zur Fasanenpastete zu kochen! Hchchch! Der Rest seindt Ihm ... üb... überlassen, er weiß ja, was mich dazu schmecket! Oh ...«

Sie sahen den Leidensgekrümmten hinter einem faltergleich hereinfliegenden Paravent verschwinden, von den Kammerhusaren in Windeseile über den Köpfen bewegt und aufgestellt. Kammerlakei Strützky, der dem König in der Statur so sehr glich, dass man in schlechtem Licht in einem der düsteren Schlossgänge leicht in Zweifel darüber geraten konnte, ob sich König oder Lakai näherten, schleppte eine emaillierte Schüssel hinter die spanische Wand. Der Zweck dieses Behältnisses bedurfte keines erläuternden Wortes, als der erste königliche Würgelaut vernehmlich wurde.

Freitag, 28. April 1786

Mons. Langustier, Potsdam
Splitgerber & Daum, Berlin, Breite Straße
27. Aprilis 1786

Geehrter Herr!

Für die späte Antwort ersuche ich sehr um Vergebung und Nachsicht!
Nachdem die verwittwete Gräfin Beeren am 20. huius mensis Ihre Anfrage übermittelte, sah ich mich in nicht geringer Verlegenheit, da es zu den vielfach erklärten Grundgepflogenheiten unseres Hauses gehört, in Bankgeschäften absolute Vertraulichkeit zu garantieren. Daher war es mir – Sie werden verstehen – erst nach Rücksprache mit der königlichen Policey möglich, Ihrem Antrage wohlwollend zu entsprechen. Sr. Majestät Policeypräfekt Philippi höchstselbst wies mich an, Ihnen in allem tunlichst zu willfahren, weshalb ich Ihnen daher mitteilen darf, dass unser Haus in der letzten Zeit keinen Wechsel von *Becker & Becker, Paris, Rue de Geoffrin* akzeptiert hat. Ihrem Ansinnen gemäß werde ich der Policeybehörde eine diesbezügliche Einlösung bei uns umgehend melden, mit einer Beschreibung der einlösenden Person und – gegebenenfalls – einer Liste derjenigen Personen, welche in eine frühere Indossierung eines derartigen Wechsels unterschriftlich eingewilligt haben. Ein diesbezüglicher nachdrücklicher Hinweis an unsere Caissiers ist ergangen.

Hochachtungsvoll und mit den besten Wünschen für Ihre Gesundheit und die Ihrer verehrtesten Frau Gemahlin verbleibe ich als Ihr höchst ergebener

Johann Jacob Schickler

Post scriptum:
Ich habe mir erlaubt, Ihrer werthen Frau Tochter anzuraten, die Anfrage nebst meiner Empfehlung und einer beglaubigten Kopie des Philippi'schen Schreibens auch Herrn Gottlieb Fetschow vorzulegen, dessen junge Wechselhandlung in der Klosterstraße einen sehr guten Ruf besitzt und von Reisenden in für Reisenden typischen Liquiditätsengpässen gerne aufgesucht wird. Einen Wechsel, der auf *Becker & Becker* lautet, würden auch wir selbstredend ohne längeres Nachsinnen akzeptieren, denn ein Bankhaus, das die Juweliere *Böhmer & Bassenge* zu Kunden hat, ist über jeden Zweifel erhaben. Zumindest war dies bisher so. *JJS*

Post post scriptum:
Für Ihre freundliche Einladung zum 30. h.m. danke ich sehr und werde sie – da ohnehin geschäftlich in Potsdam und Caputh bei Ihrem geehrten Herrn Schwiegersohn – mit dem größten Vergnügen annehmen! Mein Bruder David, den Sie die Freundlichkeit besaßen in Ihre generöse Einladung miteinzuschließen, weilt zur Zeit leider geschäftlich in London und darf sich daher bei Ihnen – vielmals bedauernd, wie ich in seinem Namen zweifelsfrei versichern kann – als von mir hinlänglich entschuldigt betrachten. *JJS*

Honoré Langustier saß auf der Veranda seines respektablen Potsdamer Landhauses am Heiligensee und flehte die Götter an, insonderheit die rosenfingrige Eos, ihm etwas Farbe ins

Gesicht zu zaubern. Doch die Sonne verschwand stets nach einem kurzen, heißen Aufflackern … wie die Klarheit ob des Falles, über dem er seit Tagen weiterbrütete. Rahel hatte ihm, mit einem Kuss, vier Briefe gebracht und mit den beiden Hausmädchen die Generalreinigung des großen Hauses in Angriff genommen. Noch zwei Tage, und die zweigeschossige Villa am Heiligensee würde zum Tollhaus werden …

Auch der gerade gelesene Brief des größten und ältesten Berliner Bank- und Handelshauses, das sich seit Splitgerbers Tod im Besitz der Brüder Schickler befand, trug vorderhand nicht viel zur Lösung des Falles bei. Er hob das Schreiben noch einmal vor seine dicke, schwarz gerandete Brille, las erneut das Postpostscriptum, und lachte auf. Dann murmelte er:

»Was man alles so nebenbei erfährt! Mein Herr Schwiegersohn nimmt einen neuen Kredit auf! Somit hat er die neue Seidenmaschine gekauft! Sehr löblich! Und klug vorausschauend, wo es nun bald von überall Heeres-Großaufträge für Ballonseide regnen dürfte.«

Der zweite Brief stammte von Tochter Marie, die ihn wissen ließ, dass sie auf Zuraten des überaus honorigen Pedanten Schickler bei Wechselhändler Fetschow erreicht habe, dass man auch von dort Nachricht geben würde in einem eventuellen Becker-&-Becker-Wechsel-Einlösungsfall. Sie schrieb des Weiteren, wie »feste« sie sich schon alle auf das bevorstehende Fest freuten, und dass Lalande und Gerardine das wunderschönste Paar abgäben … Nun ja, da brauchte er kaum weiterzulesen, tat es natürlich trotzdem. Verhindern zu wollen, was doch nicht zu steuern war, wäre absurd gewesen. Da glich die Liebe einem Ballonflug … nein: einer Ballon*fahrt*. Langustier lächelte und griff nach einem Band Diderot in seiner Balkonbibliothek, die in einem verglasten Rollschrank untergebracht war und ihrem Herrn und Gebieter je nach Witterung auf den Ansitz folgte. Was hatte dieser kluge Mann in *Über die Frauen* geschrieben: »Dennoch, was bedeutet dieses so leicht ausgesprochene, so leichtsinnig verstandene Wort ›Ich liebe dich‹ – es bedeutet in Wirklichkeit: ›Wenn du mir deine Unschuld und deine Sitten opfern, die Selbstachtung und die Achtung der andern verlieren, mit gesenktem Blick durch die Gesellschaft gehen willst, mindestens so lange, bis du durch die Gewöhnung an das leichtfertige Leben abgebrüht bist, jedem anständigen Stande entsagen, deine Eltern vor Kummer sterben lassen und mir einen Augenblick Vergnügen verschaffen willst‹, dann bin ich dir sehr verbunden.« Langustier gluckste, denn das war einfach unübertrefflich köstlich formuliert.

Lalande war nicht im Potsdamer Hotel *Stadt Mailand* geblieben, um auf seine Mitamerikaner zu warten, die dort tags darauf wieder eintrafen. Er war Gerardine nach Berlin gefolgt. Natürlich hatte er bei Großmutter Marie den besten Eindruck gemacht – gute Figur, auch in der Konversation! Marie hatte schon immer, wie ihre Enkelin, eine Vorliebe für die Schmalhänse. Aber hatte die verwitwete Gräfin Beeren Lalande deshalb gleich in den Hausstand aufnehmen müssen? Hatte er gegen Gerardine jenes »Ich liebe dich!« schon ausgesprochen? Nun, für einen Mörder hielt Langustier den Aeronauten nicht mehr, und unsympathisch war er ihm nach dem Luftabenteuer auch nicht – dennoch: Er war in diesen Fall verwickelt, und man sollte sich, wenn möglich, nie mit Beteiligten einlassen!

Im dritten Brief zeigte Verleger Engel seine pünktliche Ankunft zum Langustier'schen Maifest an. Mittags werde er da sein. Welch freudige Überraschung! Der Autor freute sich darauf, einmal den Mann zu treffen, dem er seine intimsten Geständnisse zur Drucklegung anvertraute … Nach der vergleichenden Schnecken-Einleitung und dem Kapitel über *Trappenbalz und andere amoureuse Beobachtungen*, in dem eher kindliche Einblicke in das Liebesleben von Mensch und Tier geschildert wurden, sollte nun seine Zeit als Küchenjunge am Hof des Sonnenkönigs folgen: *Jüngling im Irrgarten der Liebe*.

Ein milder Hauch blies vom See her, wo die Seerosen ihre Blattovale auf dem Wasserspiegel ausgerollt und die Teichrosen schon erste gelbe Blütenbälle hochgestreckt hatten. Nussig roch die Luft, und die Tiere arbeiteten munter an der Erhaltung ihrer Arten. Die Zwergtaucher etwa, in Größe und Gestalt schwarzen Okarinas ähnelnd, hatten zwei Junge! Lustig sah es aus, wie sie dahintrieben, urplötzlich abtauchten und nur noch Ringe hinterließen. Langustier konnte es mit dem Spektiv verfolgen, auch sah er den Sperber am gegenüberliegenden Ufer auf dem Weidenkrüppel aufblocken, von den schwarzen Schwänen angefaucht, die im breiten Schilfgürtel irgendwo ihr Nest hatten. Einer der überlaut quarrenden Laubfrösche, ein zappelnder Riesenbrocken, wurde linker Hand – wo hinterm Röhricht noch ein flacher Wasserstreif verlief – von einem Reiher geschnappt und verschluckt, dem nach stundenlangem Anstarren des Ziels endlich der Geduldsfaden gerissen war. Sofort waren alle Artgenossen still. Langustier beobachtete interessiert, wie der Frosch durch den winzigen Halsschlauch des schmucken grauen Vogels mit der feinen gelb-schwarzen Kannelierung rutschte, von kleinen Wassermengen angetrieben, die der glückliche Jäger wie nebenhin aufschnäbelte.
Er hatte das Kindheitskapitel der Memoiren in Morgen- und Abendstunden hingeworfen – doch in der Mordgeschichte kam er nicht weiter. Von diesem Tag an würde sich das vielleicht ändern, hoffte er, denn die amerikanische Delegation würde an Mittags- und Abendtafel in den Neuen Kammern zu bekochen sein. Und er könnte hellohrig danebenstehen. Der Regent hatte sich auserbeten, dass die Amerikaner ihre Abreise verschöben, bis in der Mordsache Aufklärung erfolgt sei. Um dem Aufenthalt der Herren den Charakter der Festungshaft zu nehmen, wurden sie kurzerhand in den Status von Dauergästen an der königlichen Mittagstafel erhoben. Abends aß der König so gut wie nichts mehr …

Den vierten Brief, zu dessen Lektüre Langustier sich nun endlich bequemte, während er einen letzten Schluck Morgenkaffee nahm, hatte Louise Clyber geschrieben, in ihrer veilchenblauen, leicht krakeligen Gutsherrinnenschrift.

Neu-Charlotte, 25. Apr.

Mein lieber Freund,

als wir von Ihrer glücklichen Landung erfuhren – überdies vom denkwürdigen Ort, an dem sie erfolgte! –, waren Lizzy und ich höchst beruhigt. Über den Schützen, der Sie zu dieser Luftflucht nötigte, hat Se. Königliche Hoheit trotz aller Bemühungen aus seinen Gästen nichts Genaueres herausbekommen. Das erzählten mir der junge Decker und der wie ausgetauschte Pfeiffer: Seit Ihrer Plauderei ist er von der Jugendidee besessen, nach Amerika zu reisen. Oh – ich lasse es stehen, obwohl Sie es als ungehörig empfinden könnten, Ihnen von Jugend zu schreiben. Wir wissen doch alle, dass Sie nicht mit den gewöhnlichen Maßstäben von Jung und Alt zu messen sind, mein Lieber! Das weiß sicher auch Ihre Gattin, die ich unbekannterweise innigst zu küssen und zu grüßen bitte! Lizzy bedeutet mir, Gerardine in diese Bitte aufzunehmen. (Hat sie ihren Ballonfahrer auch schön auf Abstand gehalten? Lassen Sie die beiden nicht allein auffahren!)
Wir freuen uns auf das Fest! Decker senior nimmt uns alle nebst Pfeiffer in seiner quietschenden Berline mit. Er hat sie aus dem ausrangierten Bestand der Regierenden Königin. Mir graut schon davor ... Ich glaube, einige der in den Polsterfalten nistenden Flohgeschlechter residieren darin seit Königin Mutters Zeiten.

Ihre Louise C.

Langustier lachte so laut, dass sich der Reiher erschrocken und schwerfällig in die Luft erhob und wegen seiner satten Schwere nochmals vor dem Schilf notwassern musste, wo ihm die Flut bis zum Hals reichte. Endlich schaffte er den Abflug – wie auch Langustier, nach vergleichbaren Schwierigkeiten, sich zu erheben. Flohfallen, dachte er, sich schüttelnd: Auf jedem Gastzimmer mussten welche sein, das war unbedingt sicherzustellen!

Am Eingang zum Park von Sanssouci stand nur ein einziger Posten. Man hatte den Eindruck, den Garten eines einfachen Obersten zu betreten. Nur zu Beginn der französischen Regie war der Regent einmal für Wochen stärker bewacht. Jetzt hätte ihn jeder überfallen können, was seinen Argwohn gegen mögliche Spitzel und Mordpläne der Bediensteten völlig lachhaft wirken ließ. Des Nachts etwa hielten nur drei Mann Wache ums Schloss herum. Einmal hatte man schon Bittsteller im königlichen Schlafgemach angetroffen.

Der Park selbst bot ein Bild des himmlischsten Friedens und wirkte kein bisschen verwahrlost, wiewohl nirgends ein Gärtner zu sehen war. Wenn man sich zu den Vogelstimmen noch das Springen und Plätschern der Fontänen hinzudachte, welche zweifelsohne des großen Königs allergrößte Fehlinvestition genannt zu werden verdienten, hätte man glauben können, in Versailles zu sein.

Langustier nahm die Abkürzung hinter der Bildergalerie, linste nur kurz um die Ecke, bevor er sich in Richtung Küche wendete. Auf der Gartenterrasse des Weinbergschlösschens saß der König, bewacht von seinem Kammerlakai Strützky und dick eingemummelt in groß rautierte, farblich unschöne Decken. Eben hatte er jemanden verabschiedet und sank, noch den gezogenen Hut in der Hand, in die Ermattung zurück.

Im Ehrenhof begegnete Langustier dem Abgehenden; es war Lucchesini, der wieder ganz in die Rolle des Vorlesers ge-

schlüpft zu sein schien, nachdem Charles Dantal – wie früher Henri de Catt wegen nächtlichen Frauenbesuchs im Schloss – in Ungnade gefallen war.
Der kleine, schlanke Lucchesini, sommersprossig wie ein Kiebitzei, war auf Empfehlung d'Alemberts 1780 nach Preußen gekommen. Langustier fiel bei seinem Anblick das Wort ›Eselsbrücke‹ ein ... Der Italiener sagte, froh, über seine noch frischen Erlebnisse gleich zu einem Verständigen sprechen zu können:
»Seine Majestät träumt wieder die wirren Philosophenträume! Laut Zimmermann kommt es von den schweren Gerichten, die er sich wünscht. Zimmermanns Löwenzahntrunk dagegen bewirke nur farblose Schemen, meint der König – und das ist fatal, wo ihm alles Farblose doch so verhasst ist! Eben etwa beschrieb er uns, was er in der Nacht infolge der Shao-Mai-Taschen nach Art des Kaisers von China, indessen gefüllt mit getrüffelter Gänseleber, die Sie ihm gestern Abend servierten, gesehen hat: ein warmes Zimmer mit kleinen Tüten rings an den Wänden – und auf jeder Tüte ein Schildchen: Soldaten, Beamte, Philosophen, Dichter ... eine Tüte mit Höflingen, eine Tüte mit Dirnen, eine Tüte mit Königen!«
»Köstlich!«, sagte Langustier. »Das nenne ich träumen! So sind die großen Männer!«
Er war erfreut darüber, dass seine chinesischen Teigtaschen derlei ausgelöst hatten, auch wenn freilich ein böswilliger Beobachter hätte bemerken können, dass sich des Monarchen Koliken und seine Fieberanfälle in den zurückliegenden Tagen in eklatanter Weise verschlimmert hatten. Langustier tröstete sich mit dem Gedanken, dass diese Entwicklung nicht mit seiner mittäglichen Zusatzverpflegung, sondern mit der Aufregung über die Ereignisse in Neu-Charlotte zusammenhing. Auch mochte es bloße Folge des allgemeinen Krankheitsverlaufes sein.
Lucchesini fuhr fort:

»Jetzt gerade war es die Literatur, die ihn über Gebühr affizierte. Ich las ihm aus Voltaires *Mikromegas* vor. Erzählen Sie es keinem, aber es war schon immer so: Voltaire lullt ihn ein, er schläft seit Monaten bei nichts besser. Nun, er fiel heute Morgen nur in eine Art Dämmer, murmelte etwas von Samen, Fleischfetzen, die in Wasser aufgeweicht würden, von einander folgenden Tierrassen, die er entstehen und vergehen sah. Mit der einen Hand ahmte er ein Mikroskoprohr nach, mit der anderen, wie mir schien, den Rand eines Glases. Er guckte durch das Rohr auf das Glas und sagte: ›Voltaire mag darüber spotten, so viel er will, aber l'Anguillard hat doch recht: Ich glaube meinen Augen! Ich sehe sie: Wie viele es sind! Wie sie kommen! Wie sie zappeln!‹ Er verglich das Glas, auf dem er so viel Augenblicksgenerationen erblickte, mit dem Universum: Er sah in einem Wassertropfen die Erdgeschichte. Diese Idee erschien ihm ungeheuer groß. Und das war sie auch!« Dann fügte er mit einem Seufzer hinzu: ›O Eitelkeit unseres Denkens! Armseliger Ruhm unserer Arbeiten! O Elend! Wie klein sind unsere Gesichtspunkte! Es gibt nichts Sicheres außer Trinken, Essen, Leben, Lieben und Schlafen.‹ Er schien in einem Krampf zu liegen, sein Mund war halb geöffnet, der Atem ging rasch – er stieß einen tiefen Seufzer aus, dann einen schwächeren, noch tieferen – drehte den Kopf auf dem Kissen zur Seite und schlief doch kurz ein. Eine Stunde habe ich bei dem Schlafenden gesessen und mich mit einer letzten Zeile verabschiedet, als er erwachte. Er sagte, die Zeit sei über Voltaire wie im Flug vergangen.«

Langustier sah Lucchesini an und fragte sich: Eselsbrücke? Jetzt hatte er es: Wie konnte er sich merken, dass Saint-Sauliac mit d'Alembert und Lucchesini gereist sein wollte? ›Eselsbrücke‹ – so hatte er es behalten.

»Monsieur, Sie sind zu beneiden, da Sie täglich Zeuge dieser geistigen königlichen Höhenfahrten sein dürfen. Dass ich für

Seine Majestät Geheim-Kommissär spiele in Sachen toter Franzose, wissen Sie natürlich.«
Die beste Überleitung war stets … keine.
»Wer wüsste das nicht«, antwortete Lucchesini und grinste schwach, ein Karnickel beobachtend, das über die Auffahrt hoppelte. »Es obliegt Ihnen herauszufinden, wie bei Buckow der Hase gelaufen ist.«
»Sie formulieren es trefflich. Der Franzose hat behauptet, dass er von Rom nach Paris gekommen sei – als Ihr Reisegefährte! Stimmt das?«
Lucchesini machte große Augen:
»Dieser Saint-Sauliac? Nie gehört. Wie sah er denn aus? Als ich vor etlichen Jahren von Rom herkam, hatte ich einen Reisegenossen namens Möller. Philippe Möller! In Straßburg trennten sich unsere Wege. Er ging nach seiner Heimatstadt Paris. Er war ein großes Kind, aber sehr reif für sein Alter – sehr durchtrieben! Sah aus wie achtzehn, war aber erst, warten Sie – dreizehn, glaube ich, oder vierzehn!«
Langustier merkte auf.
»Philippe! Möglicherweise ein namentlicher Wahrheitskern in einer Lügenperson. Saint-Sauliac nannte sich auch Philippe! Er zählte angeblich dreizehn Lenze, als er in Rom war. Er war groß, athlethisch, und er hatte feine Hände.«
Lucchesini nickte.
»Braune Haare hatte er und eine markante Besonderheit im Gesicht«, fügte Langustier hinzu.
Lucchesinis Stirn kräuselte sich.
»Sagen Sie bloß, er hatte eine unterbrochene linke Augenbraue?«
Langustier frohlockte.
»So war er es doch! Bis Straßburg also, sagen Sie? Und dann ging er nach Paris? Erzählen Sie mir alles, was Sie von ihm noch erinnern! Wissen Sie vielleicht auch etwas über seine vorangegangene Reise mit d'Alembert?«

Lucchesini folgte ihm in die Küche neben dem Pferdestall, wo Noël gerade pfeifend dabei war, eine Ente zu spicken. Die Beiköche schälten Tartuffeln, füllten Pastetchen mit Schneckenragout und rangen mit Paduaner Götterspeise sowie Diablotins. Küchenjungen waren mit Zuarbeiten und kleineren Gerichten befasst.

»Möller hat nur einige Andeutungen gemacht. D'Alemberts Augenmerk in Italien galt der Theorie des Hazards – abgesehen von den Damen … In Rom gab es damals einen berüchtigten Ort, in dem sich halb Europa um Kopf und Kragen spielte, bis die Obrigkeit dahinterkam und das Treiben beendete. An der Via Salaria, in unmittelbarer Nähe zum Park der Villa Ada, liegt eine griechische Kapelle mit einer wunderschönen *fractio panis* und einer alten Madonna mit Kind und Prophet. Von da gelangte man einst durch einen unterirdischen Gang in einen umgewidmeten Saal der Catacombe di Santa Priscilla. Dort kam der Pharo zu wahrer Blüte! D'Alembert spielte nicht selbst, er gab Philippe Spiel-Geld – also dem frühreifen Möller oder Saint-Sauliac – und beobachtete, was geschah. Die vorgeblich unfehlbaren Systeme für das Glücksspiel, die er damals entwickelte, waren für viele an der Spielerei Leidende eine Verheißung. Doch der Theoretiker ahnte bereits, was er später, kurz vor seinem Tod, in einer seiner letzten Abhandlungen *Vom Hazard* bekannte: dass es keine Methode gibt, das Glück zu zwingen, wenn ein Spiel ausgewogen ist. D'Alembert hat seine Systeme *Progression*, *Martingale*, *Montante Américaine* und wie sie alle hießen höchstselbst als für Pharo fehlerhaft und auf Trugschlüssen beruhend erkannt und sich von ihnen distanziert. Der ehrenwerte Gelehrte entschuldigte sich bei allen, die einst ihr Glück darauf bauten und damit fallierten, wobei er wohl noch den Prozess in Erinnerung hatte, den man einst gegen ihn angestrengt. Dieser unverschämte Bengel Philippe empfand noch Freude an der Dummheit der Spielwütigen. Er hat d'Alembert bewundert, das steht außer Frage. Auch weil sie ein ähnliches Kindheitsschicksal hatten. Philippe wuchs ohne Eltern auf, in einem Waisenhaus in Vernon. Mehr weiß ich nicht.«

»Vernon liegt zwischen Rouen und Paris«, warf Noël ein, während er gerupfte und ausgenommene Krammetsvögel kurz ins Feuer streckte, damit der letzte Flaum abgesengt wurde, um sie dann mit eingemachten Pflaumen zu füllen.

»Was wird es geben?«, fragte Lucchesini, interessiert schnuppernd. »Eigentlich, wenn es nicht so traurig wäre, müssen wir Joyard dankbar sein für sein Opfer. So kommen wir alle noch einmal in den Genuss Ihres Könnens.«

»Das will ich nicht gehört haben«, sagte Langustier und wies den Speiseplan vor.

Mittagstafel
pour les Américains
(28. April 1786, altes Pomeranzenhaus)

Ackertrapp-Consommé
Pastetchen mit Schneckenragoutfüllung

Poulardenbrüste à la Pompadour mit Sellerie
Gespickte Rouen-Ente auf geschmolzenen Pfirsichen
Damhirschröschen in saurer Sahne
Lammkoteletts und Kräuterbutter

Krammetsvögel im Gartenraukennest
Überbackene Knoblauchpolenta
Tulpen aus blanchiertem Wirsing
mit pommerschem Pflückhecht und Hummerfarce

Götterspeise Paduaner Art
Sahne-Meringuen
Coffee Greek

All das war nur noch wie eine späte Fingerübung – ein Abglanz früherer Strecken, wie Langustier selbstkritisch bei sich befinden musste. Ungemein erleichternd dennoch, dass der König sich sogleich bereit erklärt hatte, Langustiers Speisepläne, mittags nach der Mahlzeit abzuzeichnen. Auch dass er für die kleine Abendtafel nicht herangezogen würde, war sehr rücksichtsvoll. Der König hatte gestrahlt vor Freude über einige »alte Bekannte« unter den Speisen und keine Einwände geäußert. Langustier hatte das in seiner früheren Laufbahn höchst selten erlebt. Dass er den »Coffee« in »Coffee Greek«, sprich: kalten Kaffee verwandelte, war eher Spitzbüberei. Die Botschafter aus der Neuen Welt hätten keinen Grund, sich daheim über die Knauserigkeit ihres Gastgebers zu beschweren. Langustier fand, dass er mit dieser späten *tour de force* nicht eben wenig für die Politik leistete. Schlossküchenduft einsaugen und ein bisschen den Ton angeben zu dürfen, wäre zudem eine gute Einstimmung auf den kommenden familiären Festtag, bei dem es weit höher hergehen würde als an diesem stillen, verwunschenen Altenhof. Vom gelegentlichen Schnobern Brühls im Stall nebenan abgesehen, hörte man hier nur die Köche lärmen. Das Leuchten in Lucchesinis Augen freute Langustier, ohne Frage, daher sagte er rasch, als er sah, dass der königliche Kammerherr schon im Abschied begriffen war:

»Monsieur, bitte machen Sie meiner Gattin und mir die Freude, beim Maifest in der Berliner Vorstadt unser Gast zu sein! Es wird sehr heiter, ausgelassen und ausufernd, da bin ich sicher! Mit der Möglichkeit zu Tanz, Spiel, Boot- und Ballonpartie, so wie es aussieht! Um zwölf am Sonntag geht's los! Sie werden natürlich erst später kommen, wenn Sie hier speisen«, fügte er schelmisch hinzu; er selbst würde freihaben, freilich …

»Mit dem größten Vergnügen, Monsieur!«, sagte Lucchesini und dann, einer plötzlichen Eingebung folgend: »Apropos Ballonpartie!«

Umständlich nestelte er die vor Langeweile schon zum Fächer gefaltete letzte Ausgabe des *Journal de Berlin* vom Vortag aus dem Rock, entknitterte sie und drückte sie Langustier in die Hand.
»Lesen Sie mal unter ›Vermischtes‹!«, sagte er und entschwand pfeifend.

Am verwichenen Dienstag, dem 25. h.m., um 12 Uhr des Mittags, erfolgte auf dem Großen Felde von Tempelhof ein viel bejubelter und von einer sich rasch vergrößernden Menschenmenge mit allergrößtem Staunen verfolgter Aufstieg eines roten ohnbemannten Aerostaten, dem die vielbewunderten Erbauer, der Amerikaner Jérôme de Lalande und die Berlinerin Gerardine von Beeren – eine Urenkelin des gewesenen Zweiten Hofküchenmeisters Se. Königlichen Majestät –, den sprechenden Namen »Eternity« gaben. Der Ballon erreichte eine durch Triangulation bestimmte Höhe von 1800 Fuß und ging, auswärtigen Berichten zufolge, sanft in der Nähe von Biesenthal nieder, wo er angeblich von erschrockenen Bauern mit Mistgabeln zu Tode zerstochen und im Triumph über die Felder geschleift wurde. Da sich keine Spuren von ihm fanden, könnte es aber auch sein, dass man es auf die teure Seide abgesehen hatte und selbigen Stoff unter sich aufgeteilt hat.

Langustiers Gesicht war rot wie der Aerostat. »Gewesen« … Als ob er bereits tot wäre! Dann lachte er herzhaft. Jetzt wusste es also schon ganz Berlin: Gerardine und Lalande.

Der Mittag rückte mit Riesenschritten heran, und so war eine ganze Weile stupides Ackern vonnöten. Der Weg zum weit entfernten Speisesaal in den Neuen Kammern musste einberechnet werden. Spätestens um Viertel nach zwölf hatte die

Tafel zu beginnen. Langustier sehnte die Arbeit herbei, denn für die Fasern des Denkens war nichts anregender als geistlose Handgriffe und Verrichtungen! Während er das Garen dreier Hechte in einem Sud aus Suppengrün, frischem Dill, Petersilie und Estragon beaufsichtigte, Wirsingblätter in kochendes Salzwasser tauchte und das Fleisch von fünf Hummern durch den Wolf drehte, sondierte Langustier im Kopf das Terrain der Mordschlucht und ließ die Akteure wieder aufmarschieren: alle Träger amerikanischer Gewehre ... Gant, Pentland, Polk, Sterling, Walker und die Barker-Brüder. Doch die kleinen Waffenkonstrukteure kamen ebenso wenig in Frage wie der Abgeordnete, der neben dem Prinzen gelaufen war. Der Prinz konnte nicht gelogen haben, niemals, denn er war von königlichem Geblüt! Gant müsste schon sehr dreist gelogen haben, wenn er die Stätte des Doppelmordes nicht bloß als Erster gesehen hatte, sondern selbst das Verbrechen verübt. Er traute es dem phlegmatischen Dicken einfach nicht zu ... Lalande war nach den Schüssen auf den startenden Ballon außer Verdacht. Blieben Walkers Sekretär Pentland und sein schlichter Spießgeselle Polk sowie der noch nicht befragte Sterling. Verräterisch genug, wie Polk am Abzweig des Pfads gezögert hatte. Und es blieb auch Sterlings seltsame Handbewegung am Scheideweg.

Langustier löste mit einer ganz und gar nicht seltsamen, sondern lebenslang geübten Handbewegung das Hechtfleisch von den Gräten und zerpflückte es, damit der Pflückhecht seinem Namen gerecht würde. Aus Butter, Mehl und durchgesiebtem Fischfond entstand eine Schwitze, die er mit saurer Sahne, Zitronensaft, Kapern, fein gehackten Sardellen, einem zollbreiten Abrieb von der Muskatnuss, reichlich Pfeffer, Salz und Zucker abschmeckte. Der Pflückhecht kam hinein, und alles kehrte übers Feuer zurück. Im Geist listete der Koch noch einmal alle Varianten der Morderklärung auf, die ihm bisher eingefallen waren:

Lalande tötet verhassten Prozess-Gegner Joyard und beseitigt Saint-Sauliac/Cunningham/Möller als missliebigen Zeugen

Lalande tötet Joyard aus Rache für seinen tödlich verletzten Vater – Stichwort: *Herzensangelegenheit* – und beseitigt Saint-Sauliac/Cunningham/Möller als missliebigen Zeugen

Amerikaner X tötet Saint-Sauliac/Cunningham/Möller im Auftrag von Mylenthal – Eifersucht – und beseitigt Joyard als missliebigen Zeugen

Amerikaner X tötet aus Habgier (Diebstahl des eingenähten Objekts) und beseitigt Joyard als missliebigen Zeugen

Amerikaner X tötet beide, um durch diese blutige, unerklärliche Tat die preußisch-amerikanischen Verhandlungen zu stören

Amerikaner X tötet Joyard, um dessen wiederholt erhaltenen Mordauftrag – 666 – zu vereiteln; und tötet Saint-Sauliac/Cunningham/Möller, der ihn angreift
(aber womit ???)

Amerikaner X tötet beide, um durch diese blutige, unerklärliche Tat die Absichten der Cincinnati zu vereiteln, den Prinzen zum König von Amerika zu machen – interne Interessenkonflikte
???

Amerikaner X tötet beide aus begründeter Sorge um die Geheimhaltung des Königsprojektes – Joyard und Saint-Sauliac/Cunningham/Möller als Agenten Englands
???

Der Pflückhecht wurde in die zwischenzeitlich gefüllten Tulpen aus Wirsingblättern gelöffelt. In der obenaufgesetzten Hummerfarce sah Langustier ein kaltes Sinnbild der eigenen Theorien.

Sechzehn Gedecke waren aufgelegt, an einem langen Tisch in der alten Knobelsdorff'schen Orangerie. Da er in jedem Amerikaner einen potentiellen Mörder sah, hatte der König die Delegierten zum Speisen ins Kavalierhaus gebeten. So bliebe Sanssouci unbefleckt vom Verbrechen. Den Ballonier Lalande nahm er vom Generalverdacht aus. Der Luftikus schien sich um seine Rolle in der amerikanischen Besuchergruppe nicht länger zu kümmern. Der Regent lächelte, da ihm die männlich behoste schöne Urenkelin seines trefflichen Küchenmeisters vorm geistigen Auge stand. Wenn er dreißig Jahre jünger wäre, überdies Ballonfahrer, und Gerardine von Beeren begegnete ... hätte er sich auch beurlaubt, statt nach der Pfeife dieses Walkers zu tanzen! Schon seit der etwas verunglückten ersten Audienz war der Abgeordnete ihm zuwider. Jetzt, da er zum wiederholten Male sehen musste, dass sein gefühlsduseliger Bruder auf viel zu vertrautem Fuß mit diesem Herrn stand, kam er ihm doppelt suspekt vor.
»Darf ich Ihnen bitten, hier drinnen nicht zu schmoken!«, sagte er beim Eintreten mit scharfer Stimme und gestrengem Blick zu Gant, dem man den Raucher anroch. »Meine Lungs leiden das Geschmoke nicht! Messieurs, prière de ne pas fumer!«, fügte er leutseliger hinzu und bot dem Tabakhändler zur Entschädigung für die Maßregel joyal aus seiner brillantbesetzten Dose spanischen Schnupftabak an, was dieser freudig und ohne Scheu annahm.
Der König hatte, Koliken und Unpässlichkeiten zum Trotz, wieder etwas Kraft und Farbe gewonnen und den Weg von der Tür bis zu seinem Platz im Speisezimmer – an der Wand in der Mitte – ohne Tragstuhl bewältigt, eisern mit der Krücke

stakend. Als er Langustier bemerkte, der wie früher im reich betressten Rock hinter ihm Aufstellung beziehen wollte, ließ er einen Sessel für ihn holen und blieb kurz neben ihm stehen, bis zwei der blau-rot-seidenen Pagen und Läufer dies bewerkstelligt hatten. Noël hatte hinter Walker auf der anderen Seite der Tafel Position bezogen.

»Drei Stunden sollen reichen«, sagte der König leise zu Langustier, damit kein Amerikaner es verstünde. »Man will ja nicht ohnhöflich seindt!«, fügte er mit einem leichten Grieseln in der Stimme hinzu. »Gibt es etwas, was Sie mir zu beachten bitten wollen?«

Langustier entsann sich, dass er Sterling bei seiner Befragung bisher nicht berücksichtigt hatte, und sagte:

»Wenn Majestät Mister Sterling nach den indianischen Sitten und der Stellung im Staat befragen wollten? Man nennt ihn Schwarzer Adler, weil er angeblich bei den Indians aufwuchs. Man hört viel vom Wilden Westen. Ich fände es interessant zu hören, was das ist. Es könnte für das Geschehen im wilden Osten von Bedeutung sein. Außerdem könnten Majestät die kleinen Orden der Amerikaner als Anknüpfungspunkte benutzen, auf denen ebenfalls schwarze Adler zu sehen sind.«

Der König lächelte. Es ging doch nichts über einen fähigen Berater. Er zog den Hut zum Gruß und spulte die einzige Phrase ab, die er auf Englisch gelernt hatte:

»Schäntlmänn, eim wärrie glätt tu sieh juh!«

Dann gab er Hut und Krücke an Strützky und ließ sich ächzend dem Abgeordneten gegenüber in den Sessel fallen. Links neben Walker, der eines der hohen Orangeriefenster im Rücken hatte, saßen Prinz Heinrich, der Löwenzahndoktor Zimmermann und der Bauernsoldat Polk; rechts der Sekretär Pentland, der Rauchwarenhändler Sterling und der Schmoker Gant. Zur Linken des Königs hatten sein Kammerherr Lucchesini, der preußische Kriegsminister Ewald von Hertzberg sowie Prinz Heinrichs Adjutant Mylenthal Platz genommen – zur Rechten der frischgebackene Kammerherr Mirabeau, Fersen und Adjutant von Görtz. Die beiden Barkers hatte man getrennt und – auf extra unterbauten Stühlen – an die beiden Kopfenden der Tafel gesetzt, wo sie sich eingangs höchst spaßig mit angedeuteten Fernrohren beäugten und winkend grüßten. Den Amerikanern stockte der Atem ob all der sybaritischen Pracht: Sessel mit himmelblauer und rosa Seide bezogen und mit Silberfransen, Bediente in blauen und rosa Samtröcken, Kammerlakaien und Küchenmeister in großer Livree. Erst waren sie still und schauten, dann grinsten sie immer breiter. Die Höflinge und Hoferfahrenen dagegen ächzten leise, sie verabscheuten im Grunde nichts so sehr wie das Zeremoniell. Der König bat jedoch alle – in geziertestem Französisch, das er nun nicht mehr verlassen sollte –, ganz zwanglos zu essen, zu trinken und sich dabei zu unterhalten. Damit die Unterhaltung auch in Fluss käme, richtete er sogleich das Wort an Walker.

»Ich bitte Sie um Verzeihung für die Unannehmlichkeiten, die Ihrer Delegation durchs fatale Wirken des *meurtriers* erwachsen sind! Betrachten Sie die Mahlzeiten bei mir als kleine Entschädigung und nutzen Sie die unvermeidliche Reiseverzögerung als willkommene Gelegenheit, den Preußen näherzukommen.« Bei den letzten Worten blickte er den Abgeordneten süffisant an und sagte auf abscheulich freundliche Art zum Prinzen Heinrich:

»Ich gratuliere Ihnen, mein Bruder. Seien Sie nur glücklich! Glauben Sie mir: Ich habe auch ein Herz im Leibe, wie Sie. Aber wir Könige dürfen es uns nicht merken lassen. Sonst mengt sich das Weib in die Regierung, und das bringt für den Staat kein Glück.«

Er beugte sich rasch und überaus gelenkig zur Seite, wo unterm Tisch sein Lieblingshund Arsinoe saß, und Mirabeau hörte ganz deutlich die deutschen Worte:

»Das seindt mir vielleicht wieder Kaphengstiaden, was? Meine Süße!«
Befriedigt registrierten Langustier und Noël die Stille, die mit dem ersten Gang und seinen beiden Schüsseln einkehrte. Die Trappenbrühe und die Schnecken in den Teighülsen sorgten für Sanftmut. Nur Zimmermann starrte eisig schweigend auf die Dinge, die seine störrisch-vegetabilische Meinung von der richtigen Ernährung ihm zu essen verbot. Mirabeau und Fersen, der Cincinnatus-Bruder und der Cincinnati-Kritiker, die anfangs nur kühle Probesätze gewechselt hatten, fanden Gefallen aneinander, lächelten verschworen und sendeten gemeinschaftliche argwöhnische Seitenblicke in Richtung Zimmermann und Walker. Konnte es hier einen besseren englischen Spion oder gar giftmischenden Attentäter geben als den Leibarzt Georgs? Und Walker wollte doch – statt Handel – bloß eine Militär-Allianz mit Preußen … und den Prinzen! Als Fersen und Mirabeau in amouröse Gefilde schwenkten, erklang unweigerlich das ein oder andere leise Lachen, was Zimmermann noch erboster vor sich hinstarren ließ, da er glaubte, sie amüsierten sich über ihn. Auch Walker stockte bei jedem Lachen der Atem. Was amüsierte sich Mirabeau so, dieser kleine, missgestaltete Käfer? Der Chef-Kritiker des hierarchischen Prinzips entpuppte sich als rückhaltloser Opportunist. Hatte wohl das Geld sehr nötig, das ihm hier gezahlt wurde, dachte Walker. Und dass Fersen, der Cincinnatus-Bruder, sich mit diesem schäbigen Filou und Adelsnestbeschmutzer einließ, gefiel ihm am allerwenigsten. Hoffentlich hielt er dicht, was die Aktion Crystal betraf! Man hätte ihn den Antrag nicht mit anhören lassen dürfen. Ein fataler Fehler vielleicht …
Der König machte sich derweil über die Schüsseln her, als hätte er seit dem Hubertusburger Frieden nur noch gesalzene Dämpfkartoffeln zu Gesicht bekommen. Nach jedem dritten Happen bedachte er Walker, der sich in einem ernsten Lob-

preis der preußischen Staatsform erging, mit einem »Oh?« oder »Ah!« oder »So?« oder »Ja?«. Größere Aufmerksamkeit schenkte er den Windspielen, die jetzt alle zehn winselnd hinter seinem Sessel lauerten. Wie große Ratten, dachte Langustier angewidert, der für die Hunde noch nie viel übrig gehabt hatte.

Jetzt legte ihnen ihr Herrchen ein paar Streifen Poularde auf die Tischplatte, was sie in einen wahren Veitstanz verfallen ließ. Beim Versuch, etwas zu erhaschen, nahmen sie auf Kammerherren keine Rücksicht. Lucchesini war dies gewohnt und erschien bei Tafel nur im schäbigsten Rock. Als Mirabeau dagegen aus Angst um seine neue, teure Mundierung auf Abstand ging, sagte der König:

»Wenn ich mir eine Meinung erlauben darf? Sie sollten sich eher von meiner Arsinoe die Spitzenmanschetten zerreißen lassen, als von mir abzurücken!«

Mirabeau wurde leichenblass, doch der König lachte spitz zum Signal des Scherzes. Dennoch fand es Langustier erheiternd zu sehen, wie schnell der neue Kammerherr seinen Sessel todesmutig wieder zurückbewegte, sodass die Hundeschnauzen fortan saucentriefende Fleischstücke an seinem linken Ärmel entlangzogen und ihn auch einmal löcherten, indem sie sich verbissen, was einen höchst melodiösen Mirabeau'schen Quieklaut zur Folge hatte.

»Ich sehe«, sagte der Monarch, zur Frontlinie der Amerikaner hinblickend, »dass sie fast alle die Auszeichnung des Cincinnatus tragen. Also haben Sie den Krieg mitgemacht. Heute kommen schon Männer und beklagen sich bei mir, dass in ihrem Leben ein echter Krieg fehle … Ich kann nicht sagen, dass ich glücklich bin, so viele Schlachten geschlagen und so viele Männer gesehen zu haben, die für oder gegen mich in den Tod gingen. Keinem Feldherrn gereicht vermeidliches Blutvergießen zur Ehre. Und doch wird es nie aufhören, solange Menschen sind. Mister Sterling? Ich sehe, dass Sie den Adler nicht tragen, obwohl man Sie *Bläck Igel* nennt. Mit diesem Tier wird immer die Fähigkeit zur Wehr bezeichnet. Gibt es denn nicht Krieg auch bei Ihnen drüben?«

Walker warf ungefragt ein:

»Ihr schwarzer Adlerorden, Majestät, war sogar Vorbild für unser Abzeichen.«

»Ah!«, sagte der König, ohne Sterling aus dem Auge zu lassen.

Gant gab diesem einen Rippenstoß:

»Der King hat dich was gefragt.«

Der schwarzhaarige Sterling, alle um Haupteslänge auch im Sitzen überragend, bediente sich höchst vornehm der Serviette, bevor er noch am Bourgogner nippte und mit seiner tiefen Stimme auf Französisch sagte:

»Pardon, mon roi. Ich bin kein Catawba-Sioux, aber ich wuchs als Kind bei ihnen auf. *Catawba* heißt soviel wie Flussmenschen. Die Indianer haben eine große Fertigkeit im Bauen von Kanus und kennen den Fluss besser als alle anderen. Während des French-Indian-Wars waren viele von ihnen Scouts … für die Franzosen, versteht sich!«

Der König lächelte erleichtert.

»Mein Vater ist Rittmeister gewesen, aus Mirow im hiesigen Mecklenburg-County. Er ließ sich 1756 von Engländern anwerben und ging nach Amerika. Im Krieg kam er nach Charlotte-Town, wo er gestorben ist. Man hat ihn hingerichtet. Vorher hat er im Wald … noch mich gemakt.«

Der Regent schmunzelte und piekte kieksend mit der Gabel eine Karotte auf. Fersen und Mirabeau lachten einmütig.

»Er gab meiner Mutter als Andenken sein Soldbuch, denn er wollte desertieren. Dabei hat man ihn dann erschossen. Ich wollte nie Krieger sein, ich handle mit Fellen. Meine Mutter war keine Indianerin, wie viele sagen. Sie war eine Farmersfrau, zu ehrbar, um mich nicht im Wald auszusetzen, wo die Catawba waren, die sehr kinderlieb sind und das weiße Kind nicht töteten. Ich wurde also wie ein Indian in den Wäldern groß, bis eine Truppe Briten mich in eine Missionsschule der Benediktiner in Altamont vor den Great Smoky Mountains steckte.«

Der König, dem das Wort »desertieren« eine Flughitze ins Gesicht getrieben hatte, entspannte sich bei »Great Smoky Mountains« wieder und sah Gant ungehalten an, dessen strenger Odeur inzwischen den ganzen Saal okkupiert hatte.

»Es gab viele Kriege zwischen den Indianerstämmen, den Cherokee, Catawba und Tuscarora. Sie stehen immer in Verbindung mit den Ahnen, die ihnen vom Blutvergießen in ihrer Vergangenheit erzählen. Nichts davon geht verloren, denn Indianer glauben daran, dass ihre Vorfahren in ihnen weiterleben, und alles, was sie getan, immer wieder getan werden muss und getan wird. Das wünsche ich auch den Nachkommen Ihres Stammes, König!«

»König« dankte lächelnd.

»Nun, ich hoffe nicht, dass meine Nachfahren jene Kriege immer wieder führen müssen, die ich geführt, wiewohl Ihnen einige Philosophen zustimmen würden, weil sie die Unabänderlichkeit eines immergleichen Weltschicksals behaupten. Es scheint auch mir, dass sich die Menschenstämme für immer und ewig in den Haaren liegen werden wie die Mikroben. Und doch ist Hoffnung, dass ein friedliches Leben dauern könnte! Man mag es erzwingen, so deucht mich, indem nur die Kosten für neue Kriege dauerhaft unerträglich hochgetrieben würden! Sodass es einem Bankerott gleichkäme, wieder loszuschlagen. Doch etwas anderes: Was ist der Wilde Westen?«

»Ganz einfach, König«, erwiderte Sterling. »Man spricht vom Wilden Westen, weil dort die Wilden sind … die rothäutigen Stämme, die sich nicht mit uns Bleichgesichtern anfreunden können und immer weiter zurückweichen. Die Besiedlung des Indianerlandes wird erst an der Ostküste enden. In oft wiederkehrenden Traumgesichten sehe ich die Verfechter der hellhäutigen Freiheit in einem Krieg mit den Indianern liegen, der nicht enden wird, bevor es nur noch wenige von ihnen gibt, die in … Tiergärten leben.«

Die Herren waren mucksmäuschenstill und hielten selbst die Bissen an, die sie eben noch im Munde bewegt hatten. Zimmermann fiel platschend ein geschmolzener Pfirsich auf den Teller zurück.

»Nun«, sagte der König endlich, »das ist nicht schön. Lassen Sie uns hoffen, dass Ihre Albdrücke nicht wahr werden. Ihr Land ist so groß, dass es für alle reichen sollte. Wir hier auf dem alten Kontinent treten uns seit Jahrhunderten auf die Füße. Da sind Kriege etwas ganz Normales. Was haben denn die Indianer für Gewerbe, welchen Handel treiben sie?«

Walker hatte vergeblich den Versuch gemacht, etwas einzuwerfen. Prinz Heinrich legte ihm die Hand auf den Arm, denn er deutete gar mit dem Messer in Sterlings und des Königs Richtung.

»Die Indianer handeln mit Naturgütern, etwa Fellen oder Häuten, mit handgewebten Stoffen und einfachen Kunstgegenständen. Sie wissen mit Geld wenig anzufangen, ihr Handel ist der Tausch. Sie brauen kein Feuerwasser und können keine Feuerwaffen bauen, mit denen man einen anderen totschießen kann, oder viere, im Handumdrehen. Ich habe viel von ihnen gelernt, was das Feilschen betrifft. Man kommt oft viel besser ohne Geld zurecht, wenn man nur etwas zum Eintauschen hat – etwas, das der andere wirklich braucht.«

Die Barkers blickten betreten drein, weil Sterling ihre technische Großtat so offen zum Mordwerkzeug degradierte. Langustier hatte große Ohren bekommen: Tausch … im Handumdrehen …

Walkers Drang, etwas richtigzustellen, war gedämpft; der Prinz hatte ihm bedeutet, dass es zwecklos sei. Er sah, dass sein Bruder große Sympathie für den ansehnlichen Naturmenschen Sterling empfand.

Der König lud Sterling zur privaten Audienz am Nachmittag und wechselte dann das Thema. Mit einem Mal war er wieder so spritzig und leutselig wie zu seinen besten Zeiten, fand Langustier. Ein uraltes Gesetz an seinen Tafeln befolgend, ließ er keinen aus im Gespräch. Selbst Gant wurde mit Aufmerksamkeit bedacht, ebenso die Barkers, die für ihre Rifle endlich das gebührende Lob erhielten:
»Ihre Drehflinten sind vortrefflich! Das vierschüssige Kurzgewehr wäre ideal für die Kavallerie! Aber meine tumben Kerls würden das Dreh-Schießen schwer kapieren. Eine Elite-Truppe nach Art der Grenadiere wäre nötig, sagen wir dreißigtausend … *rifle-men.*«
Bei dieser Zahl wären die beiden Barkers beinahe von ihren erhöhten Sitzen gefallen, und der Kriegsminister Hertzberg, der einen königlichen Scherz in militärischen Dingen noch immer am Tonfall erkannte, bemerkte lächelnd:
»Barker-Husaren!«
»Parfait!«, sagte der König.
»Und Gebrüder Schickler, Potsdam, fertigen in Lizenz!«, fügte von Görtz hinzu.
Der König prostete den Barkers an den Kopfenden der Tafel zu, die alles für bare Münze nahmen und sich schon in Sturzbächen von Silber ertrinken sahen. Der König hakte im Geiste bereits ungerührt den letzten Punkt auf der Liste interessanter Fragen ab, die ihm eingefallen waren.
»Sie sind, Mister Polk, der Neffe des Stadtgründers von Charlotte-Town? Das ist auch in Nordkarolinien?«
Polk errötete und nickte, brachte kein Wort heraus, als hätte er einen Kloß im Hals.
»Weshalb kommt eigentlich die halbe Delegation aus diesem Land?«, wollte der König erfahren.
»Es ist eben der fortschrittlichste unter allen neuen Staaten, Majestät!«, erläuterte Polk mit der unverbrüchlichen Inbrunst und Einfalt des wahrhaft patriotischen Geistes.

»Wie das?«, wollte der König wissen.
»Es ist der Staat der Mec Dec!«, sagte Polk.
»Indianer?«, fragte der König vorsichtig, während er vom Pommer'schen Pflückhecht Abschied nahm und die Götterspeise Paduaner Art willkommen hieß.
»Nein, Majestät: Mecklenburg Declaration of Independence!«
Das Wort *Mecklenburg* brachte den königlichen Puls eklatant auf Trab. Die englische Königin, eine geborene Mecklenburgerin, Namenspatronin für Clybers Gut, hatte ihm einmal einen bösen Brief geschrieben. Sogar drucken lassen! In einer Gazette! Und der närrische Georg, der noch einmal im Irrenhaus enden würde, hatte sie daraufhin unbesehen geheiratet. Wie auf eine Annonce! Er hasste die Engländer! Zimmermann ausgenommen … Man könnte ihn eigentlich bestechen, dass er seinen Chef …
»Erste Unabhängigkeitsbekundung gegen das verhasste England!«, giftete Pentland dazwischen.
Der König freute sich sichtlich dieses Hasses. Pentland war ihm sympathisch.
»Nordkarolinien hat mein größtes Wohlwollen!«
»Aber es ist sozusagen … auch eine antimonarchistische Erklärung«, sagte Pentland lauernd. »Auch wenn es gegen Georg und Charlotte ging.«
»Das will ich hoffen!«, antwortete der König, dem plötzlich recht schwach und blümerant zumute ward. »Nun, es ist gut! Ich sehe mit Freuden, es hat Ihnen geschmeckt. Morgen geht es weiter. Guten Tag, meine Herren!«
Er wollte sich keine Blöße geben und den Raum aufrecht verlassen. Im Hinausgehen murmelt er auf Deutsch:
»Eine Stunde nur … es seindt eben nicht leicht mit einem zusammengewürfelten Haufen.«
Das harte, rasch wiederholte Aufstelzen der Krücke und das fordernde Schnippen mit dem wildlederummäntelten Zeige-

finger der rechten Königshand erinnerten Langustier an die Speisezettel-Prozedur. Er zückte den Planentwurf für den nächsten Tag.

Mittagstafel
pour les Américains
(29. April 1786, altes Pomeranzenhaus)

Suppe vom Orangerie-Kürbis mit frischer Kresse
Römische Pasteten

Nudelsalat nach Art der Königin Mutter
(mit Kapuzinerkresse und Griebenschmalz)
Gepfeffertes Rinderragout
Kalbsnuss mit Mole mexicaine

Fasanenbrustfiletmedaillons auf Artischockenböden
Kaltes Rebhuhn mit Macis-Sauce
Rehrücken auf glasierten Schwarzwurzeln
und Chilischoten
Aal à la Langustier
(mit gedoppelter Horst'scher Butter und Feuer-Sauce)
Rotbarsch im Salzmantel mit Diablotins

Crème violette nach Art der Königin Charlotte
Kandierte und flambierte Wermouth-Kirschen

Der König nickte und seufzte lächelnd, dann sagte er, mit der Krücke auf Zimmermann zeigend:
»Sie bringen mir noch um, falls dieser Herr dort nicht irrt. Aber das seindt ein Tod, den ich mit Freuden hinnähme … Wegen dem Feste? Wie abgemakt?«

Langustier nickte. Eins nach dem anderen, dachte er, um sich zu beruhigen. Immer schön eins nach dem anderen.

Die Berliner Luft war vollends zum Schneiden; das Tobak-Rauchen hatte so sehr überhand genommen, fand Gerardine, dass es wie Nebel um die Häuserwände zog. Der König hatte gegen die Schmock- und Schmauchlümmel gewettert, und man konnte nur stark hoffen, dass sein Neffe wahr machen würde, was er schon angekündigt: dass er als erste Amtshandlung das Rauchen auf öffentlichen Straßen und Plätzen verbieten würde! Wozu gab es schließlich Tabagien? Der neue König sollte auch ein Gesetz gegen das Lärmen erlassen, fand sie, die Geräusche des höllischen Verkehrs am Brandenburger Tor noch im Ohr. Das Schreien der Kutscher und Zöllner, das Klappern und Rattern und Stampfen der Lastkarren, das helle oder dunkle Sintern der Kutschräder und ihr Geklöpfel auf den Kopfsteinen hatte alles andere, sogar die laute und feste Stimme von Lalande überdeckt, und die Passanten hatten sich derart auf dem Trottoir gedrängelt, dass sie beinahe vor eine anfahrende Kutsche gestoßen worden wäre, hätte er sie nicht zurückgehalten.

Die Stellen, an denen er sie so beherzt und entschlossen gepackt hatte, brannten wie Feuer, und sie fühlte eine wohlige Schwäche in allen Gliedern, als hätte die Kutsche sie wirklich überrollt …

Sie waren – unter ihrer Führung – eine Weile noch an der Akzisemauer entlanggegangen, auf dem Weg, der zur Charité führte. Jetzt schwenkten sie vor der Meierei und dem Holzmarkt auf den umlaufenden Saumpfad des Exerzierplatzes ein.

»Hier hab ich meine ersten Versuche mit kleinen Ballons gemacht!«, sagte sie beklommen, denn irgendetwas sagen musste man.

Lalande war so schweigsam an diesem Morgen. So viel geredet hatten sie die letzten drei Tage: über Aeronautik, über Mathematik, über Physik … Lag es daran, dass sie ihn langweilte mit ihrer Besichtigungstour? Dass sie ihn in die letzten Winkel schleifte? Nach Friedrichsfelde hatte sie des Urgroßvaters inzwischen reparierte schnelle Kutsche gelenkt, nach Charlottenburg, Schönhausen, an den Weißen See und aufs beeindruckende Tempelhofer Feld, wo sie vor jubelndem Publikum einen mit vereinten Kräften aller zu Hause verfügbaren Näherinnen gefertigten stattlichen, roten Seidenballon hatten starten lassen.

Heute war der letzte gemeinsame Tag, den sie ganz für sich alleine hätten. Hoffentlich war das der Grund für sein Schweigen, dachte sie, während sie das Ende des Exerzierplatzes erreichten. Hier endete die von der Hauptallee des Tiergartens herführende Jungfernallee, nach der Jungfernheide benannt, die jenseits des Flusses begann und sich bis nach Spandau hin erstreckte. Laut schnödem Volksmund spazierten dort die Jungfern dem Ende ihrer Jungfernschaft entgegen … Gerardine führte ihn auf Abwege, um nicht ständig auf öffentlichen Alleen und Plätzen vom Volk angestarrt zu werden. Sie wollte ihm die Stelle zeigen, wo sie schwimmen gelernt hatte, und so betraten sie einen kaum erkennbaren Pfad zwischen Schilf und jungen Weiden.

»Ich kenne diesen Geruch und dieses Blinken der Spree, seit ich ein kleines Mädchen war. Da am krautigen Ufer habe ich gespielt«, sagte sie und tauchte kurz wirklich in die Erinnerung ab. Ihr Herz klopfte aber ganz und gar nicht kindlich. Was erzähle ich ihm da für einen Blödsinn, dachte sie.

Damals hattest du, Liebste, dachte er und lächelte im Stillen, sicher noch kein Auge für die Pärchen in ihren Verstecken! Er schaute verstohlen ins Waldesdunkel, und sie folgte seinem Blick. Raffiniert, ihn hier entlangzuführen, dachte er, wo sich der Volksmund auf ganz andere Weise aussprach! Die Liebenden im Gebüsch waren höchst real. Ihre Münder schienen sich gegenseitig verschlingen zu wollen.

War das nicht seltsam und eigentlich unmöglich, überlegte Gerardine? Lag darin das Geheimnis des Kusses? Die Frau hatte die Augen geschlossen und schien vor Seligkeit zu vergehen, während der Mann mitunter blinzelte. Das musste schön aussehen, das hübsche Gesicht von ihr in unmittelbarer Nähe. Der laue Luftstrom umschmeichelte ihr Haar, das sich auf ihrer Schulter ausbreitete wie ein Seidentuch. Gerardine senkte den Blick, nahm Lalandes Hand und zog ihn rasch weiter durch das Kraut. Waren alle Franzosen so zurückhaltend? So schwer aus der Reserve zu locken? Oder war nur er so verstockt? Das konnte doch nicht sein, verdammt!
Er lachte jedoch und fügte sich wie erlöst in die Bewegung. Den Dingen ihren Lauf lassen … dieser Schönheit ihren Lauf lassen … Aber jetzt nicht mehr! Er stoppte sie sanft. Sie drehte sich um und sah ihn an, ernst und voller Erwartung. Im Hintergrund fuhren große Holzkähne auf dem Fluss, der sich träge und unbeteiligt in einer weit ausladenden Kurve in der Frühlingssonne räkelte. Dann spürte sie die Wärme seiner Umarmung, die Kraft seiner Arme, mit denen er sie plötzlich gefangen hielt, seine Lippen, seine Wange, sein Haar und den warmen Hauch, mit dem seine Liebeserklärung in ihr Ohr drang. So zart klang es auf Französisch, dass sie es grob fand, es auf Deutsch zu erwidern.
»Es klingt so schön!«
»Das klingt in jeder Sprache schön!«, sagte er.
Eng umschlungen saßen sie auf einer vom Sturm gefällten Buche – und unterschieden sich in nichts mehr von den anderen Pärchen. Gerardine war die reine Glückseligkeit. Dies wäre nicht ihr letzter Tag, dies wäre ihr erster … Jérôme dachte dasselbe. Etwas hatte ein Ende gefunden, und alles nahm einen neuen Anfang.
Wie sie in der Folge den langen Weg zum Garten des Prinzen Ferdinand zurücklegten, hätten sie niemandem erklären können. Es war ihnen selbst kaum begreiflich. Aneinandergefes-

selt fiel das Gehen im Wildwuchs am Spreeufer so schön schwer, man hinderte sich gegenseitig, so lange es ging, am nächsten Schritt. Aber jetzt waren sie leider wieder im Blickfeld, und alles hatte so sauber und artig zu sein wie der graue, feine Splitt des Weges, der spritzte und knirschte bei jedem Stiefeltritt. Schön, wie ruhig es war! Nichts störte die Symphonien in ihren Köpfen, auch die Anstreicher hatten ein Einsehen und pinselten ohne Gesang.

Des Prinzen neues Lustschlösschen hieß »Bellevue«, doch was zählte diese Pracht gegen Gerardines herrlichen Anblick, dachte Jérôme. Sie war eine zweite Venus-Aphrodite, Hera, Pallas-Athene ... nein, sie war eine Spree-Amazone!, beschloss er schließlich, der Urwaldpfade eingedenk, auf denen sie ihn ins Glück gezogen hatte. Er liebte Berlin, er liebte die Spree, er liebte die Bäume, das Kraut, ja selbst die Myriaden von Insekten, die sich an ihrem Blut gütlich taten. Sie schlugen sie sich gegenseitig mit den Händen tot. Die unbegreifliche Gottheit, welche hinter den dunklen Sphären des Weltenraumes, weit hinter all den Sonnen und Planeten, auch die Geschicke der Menschen und der Stechmücken lenkte, hatte ihn wieder dazu gebracht, das Leben in seine Arme zu schließen.

Sie waren zu den Zelten gelangt, dem beliebten Café im Tiergarten, wo sie nun saßen, das Blaue vom Himmel herunterredeten, Chocolade tranken und lachten. Was er für einen Unfug schwatzen konnte! Wie schön sinnloses Zeug sie herausbrachte! Und die beiden störten sich nicht im Mindesten daran, dass ganz Berlin im Laufe dieses endlosen Nachmittags sich an den Tischen rundherum im erheiternden Zuhören abwechselte und lächelnd zu ihnen umdrehte. Ach, wäre er doch endlos gewesen, dieser Nachmittag! Bis in alle Ewigkeit einander ansehen und die schönen Bewegungen der Lippen des anderen verfolgen zu können! Was für ein Bild, wenn Worte über sie kamen! Wer scherte sich schon um den Sinn von Worten? Selbst der Kuckuck, der nicht aufhörte zu rufen, während sie dort saßen, hätte irgendwann innehalten und tot vom Baum fallen müssen. Kein Kuckuck lebt ewig …

Alles hatte sich verändert, dachte Gerardine.

»Alles ist neu!«, sagte Jérôme.

»Ja«, sagte sie.

Sonntag, 30. April 1786

Das Wetter spielte verrückt. Nachts war die Luft kalt. Morgens stand der Nebel über dem See. Mittags stach die Sonnenglut. Doch am Nachmittag war es angenehm warm für die Jahreszeit, und abends blieb es lange lau. An diesem Sonntag nun war es schwül, fast wie im Sommer.

Dabei war es erst elf Uhr am Vormittag. Langustier stand auf der Terrasse seiner Villa am Heiligensee und äugte argwöhnisch zum Himmel. Ein Schleier lag hoch droben über allem. Kleine Wolken, weiß bis grau, fast Schlieren nur, zogen relativ rasch darunter hin. Er ging in die Küche, leicht skeptisch angesichts der Wetterlage. Eine lange Tischreihe stand draußen auf der Terrasse vor der Fenstertürenfront zum See. Im großen Saal oder Speisezimmer waren drei lange Tafeln aufgebaut. Er hatte nicht gezählt, aber es mochten bereits zehn Dutzend Gäste da sein, die sich im Garten und am Seeufer sowie in Kähnen auf dem See vergnügten. Da waren Rahels Verwandte: die Schönermarks, die Sippschaft seines Schwiegersohns: die Quandts, jede Menge von Beerens und Simon zu Inn- und Knyphausens und natürlich sehr viele Braquemarts: Maries und Karl Alexanders Tochter Emilia hatte 1782 den Sohn und Erben des vermögenden Tuchfabrikanten geheiratet ... eine schier unerschöpfliche späte Quelle von Enkeln! Und dies, wo den anderen Familienzweigen bereits ein reiches Blattgefieder von Ur-, Urur- und sogar Urururenkeln entsprossen war. Natürlich waren die Amerikaner da und die Amerika-Brüder, inklusive Prinz Heinrich. Das lockte auch viele Nachbarn an, die sonst zu Hause geblieben und sich im Stillen über den Lärm aufgeregt hätten: die von Marschalls, die Lauths, die Vehsemayers, die Pfeffers, die Ketzows, die Brindoepkes. Den Letztgenannten war 1780 nach Blitzschlag ihr Schloss im ostpreußischen Lyck abgebrannt, und der König hatte den Juristen Karl August Ferdinand von Oelms zu Brindoepke kurzerhand zum Königlichen Brandinspektor erhoben, da er durch umsichtige Beobachtung einen der Brandstiftung verdächtigten Mann entlastete, indem er schlüssig nachwies, dass das Feuer durch einen schadhaften Ofen entstanden sein musste.

Rahel kam in die Küche, wo Marie, zehn Küchen- und Bedienhilfen sowie ihr Gatte am Werkeln waren. Jetzt müsste Langustier Farbe bekennen, denn sie führte mit fragendem Blick den Küchenmeister des Königs herein.

»Monsieur Noël tut sehr diskret. Er will mir einfach nicht sagen, was ihn hertreibt.«

Marie, seit Jahren die Haupthilfe in der Familienfestküche, war nicht minder erstaunt:

»Haben Sie heute Ihren freien Tag, Monsieur?«

Noël lächelte still, und Langustier räusperte sich.

»Wir müssen heute königlich gut sein!«, sagte er.

An der Art, wie ihr Vater das *königlich* betonte, erkannten alle, was die Stunde geschlagen hatte.

»O Gott! Honoré! Das …«, stammelte Rahel, » … das hättest du mir doch früher sagen müssen! Und wir haben nur schäbiges Meissner! Kaum genug Silberbestecke. Herrjemine! Die Kinder! Sie sind nicht gut genug angezogen! Sie haben keine Gedichte auswendig gelernt! Sie haben überhaupt keine Manieren! O Gott! Es ist nur ein so kleines Haus. Die meisten Gäste sind Bürgerliche!«

Sie war nahe daran, in Tränen auszubrechen. Marie und Langustier nahmen sie zwischen sich. Ihre schöne Heroine durfte ihnen jetzt nicht zusammenbrechen! Sie hatte wie üblich von strahlender Gelassenheit zu sein. Nur so wäre dieser Tag zu überstehen.

»Meine Liebe – sei ganz sans souci! Es ist unser Familienfest, und er erwartet nichts als ein bisschen ländliche Fröhlichkeit. Dass wir nur Meissner haben, ist seine Schuld: Soll er die KPM doch subventionieren, dass sich seine Untertanen Berliner Porzellan leisten können. Es wird ihm aber vollkommen egal sein, er wird den Teller nicht umdrehen. Er will gut essen und sich leutselig geben. Deshalb kommt er. Er freut sich auf ein bürgerliches Essen. Sei ganz ungezwungen, und denk dir, es sei eben der alte Oberst aus dem Schloss …«

Er hatte den Spitznamen verwendet, den sie ihm insgeheim gaben, und lachte jetzt, um sie aufzuheitern. Dass der König vor allem käme, um die versprochene Aufklärung zu erhalten, musste er ihr ja nicht auf die Nase binden. Das hätte Rahel nur noch mehr aufgeregt.

»Und apropos Gedichte: Das hat er schon immer gehasst! Überall wollen ihm die Leute zeitgenössische schlechte occasionelle Poesie vortragen. Es kommt doch sehr auf die Auswahl an. Warte mal, will sehen, ob ich es zusammenkriege …«

Er hatte die Brille aufgesetzt und schrieb ein paar Verse auf einen kleinen Abriss von Käsepapier.

»Nimm das und lass die Kinder knobeln, wer es nachher runterleiern darf. Verrat ihnen aber nicht, vor wem! Oder besser: Sag, es sei für den alten Onkel Fritz!«

Sie las lächelnd, küsste ihn im Hinausgehen auf die Wange. Das war großartig! So etwas aus dem Gedächtnis auszuwählen und aufzuschreiben … In Rachels aufgewühltes Gemüt kehrte wieder etwas Ruhe ein. Marie meinte lachend:

»Wird schon fallieren!«

Das hoffte die Küchenmannschaft fürs eigene Schaffen nicht. Vieles war bereits fertig – die Suppen, die Salate, die Pasteten, die Eierkuchen, die meisten Desserts –, anderes schmorte und

köchelte vor sich hin. Trotzdem war noch genügend übrig, was erst kurz vorm Auftragen zubereitet werden konnte.
»Ich habe ja schon viele Küchen gesehen«, sagte Noël, während er geschälte Auberginen in Scheiben schnitt, um sie mit Salz zu bestreuen, damit das Wasser aus den Zellen kam, bevor sie gebacken würden. »Aber die hat wahrhaft Raffinesse! Wunderbar abgezirkelt. Keine überflüssigen Wege. Wer hat diesen Herd gebaut?«
Langustier freute sich des Lobes, munter Apfelscheibchen in Teig tauchend und ins spritzende Öl werfend.
»Ein Bekannter meines Schwiegersohns, die Idee stammt von einem Amerika-Veteran der britischen Seite, von Benjamin Thompson, der in Bayern bei Kurfürst Karl Theodor arbeitet. Der Herd kommt mit der Hälfte des Brennmaterials aus und ermöglicht eine viel genauere Dosierung der Hitze!«
Unter den zweimal acht Schüsseln ihres Festmahls gab es etliche Reminiszenzen, Erinnerungen an Feste, die er erlebt. So viele waren es gewesen, die meisten bei Hofe. Wenn er die Zeit dazwischen abzog, hatte er bald eineinhalb volle Fest-Jahre gelebt: in Versailles, Straßburg, Berlin, Charlottenburg, Potsdam, Rheinsberg, Magdeburg, Dresden und anderswo.
Sie waren so in ihre Werke vertieft, dass die Jubelrufe vom See nur schwach in ihr Bewusstsein drangen. Als sie jetzt durch die Fensterscheiben blickten, welche mit Blasen und Schlieren im Glas alles ins Groteske verzerrten, sahen sie ein riesiges, safrangelbes Etwas über dem Wasser schweben, das ständig Größe und Gestalt änderte. Langustier öffnete die Flügel.
»Urgroßmama! Dürfen wir mitfahren? O bitte – ja? Wir passen aufeinander auf! Großtante Dine ist mit dabei! Bitte, sag ja!«
Langustier kicherte. Es waren Theobald, Jenny und Ottilie, die Kinder von Hermine und Albert. Hermine war die Enkelin des früheren Stadtkommandanten von Rahn. Und Albert … Langustier versuchte, sich zu erinnern … Ah! Albert war …

»Dine!«, ächzte Marie, während sie Hechtfrikadellen formte. »Warum kann die liebe Gerardine nicht einmal vernünftig sein? Ich weiß nicht … Was meinst du, Vater? Du bist schließlich schon mal mit dem Ding geflogen.«
»Gefahren, Marie: gefahren!«
»Gefahren! Ganz recht. Die Gefahren kann man doch gar nicht abschätzen! Sie werden in den See stürzen und jämmerlich ertrinken!«
»Könnt ihr schwimmen?«, fragte Langustier.
Die Ururenkel bejahten eifrig.
»Ist mir doch schnuppe«, sagte Marie. »Drei Esser weniger!«
Langustier lachte. Marie hatte seinen Humor geerbt. »Dine« auch. Er freute sich über ihr Glück. Gerardine de Lalande … der Name hätte was.
»Monsieur!«, kam es von der Tür her, und Langustier sah einen lebenslustig ergrauten Mann von schätzungsweise fünfzig Jahren und kulinarisch unterfütterter Figur auf sich zueilen, der zum Ausweis seiner Identität ein stoffüberzogenes Stück Pappe mit goldenem Aufdruck hochhielt.
Langustier setzte die Brille auf und las: *Honoré Langustier: Memoires intimes. Erinnerungen des Zweiten Hofküchenmeisters Friedrichs des Einzigen.* Er breitete die Arme aus und besah sich den Ankömmling mit Wohlwollen: etwas größer als er, nur nicht ganz so dick. Aber er war ja auch noch jünger.
»Mein Verleger!«
Georg Friedrich Engel lachte, als er sich von seinem neuen Autor umarmt sah.
»Holt uns Vin de sec! Damit wir mit dem Herrn anstoßen können, der meinen Nachruhm befördern wird! Nebenbei: in der Küche nur Vin de sec! Sonst fehlt es dem Essen an Esprit!«
Langustier besah sich die Probe des Umschlags und nickte zufrieden.

»Ich bin ein bisschen ins Stocken geraten mit dem Schreiben. Ich wünschte sehr, dies wäre schon das fertige Werk. Ich gedenke zur Auffrischung bestimmter Erinnerungen und zur Abklärung von dokumentarischen Einzelheiten im Frühling in meine Heimat zu fahren!«
Rasch stießen er, Engel, Marie und Noël mit perlendem *Katzengold* an – von seinem alten Freund Guillaume Katz in Seesen. Den würde er im Frühjahr auch besuchen und sich mit ihm durch die Kavernen seiner unerschöpflichen Weinberge trinken.
Selig prostete Engel ihm zu. Bücher, in denen es um die Liebe und ums Essen ging, brachten schöne Begleiterscheinungen mit sich.
»Ich höre, Sie haben wieder mit dieser schrecklich anregenden Kriminalmaterie zu tun? Die wird hoffentlich in Ihren Memoiren nicht zu kurz kommen? Ach, ich wäre zu gerne einmal Zeuge einer Ihrer Enthüllungen gewesen.«
»*À votre santé*, Monsieur Engel!«, sagte Langustier, um dann unhörbar für die anderen zu murmeln: »Da kommen Sie heute sehr zur Unzeit …«
Es wurde ihm ein wenig schwarz vor Augen, wenn er an seine Versprechungen dem König gegenüber dachte. Seine handgreiflichste Hoffnung hatte sich nicht erfüllt: Gerardine hatte über die »Herzensangelegenheit« in der Lalande'schen Familiengeschichte nichts herausgebracht, was er ihr irgendwie nicht verübeln konnte. Wer zerstörte schon gerne das eigene Liebesglück mit der bohrenden Frage nach Unglück im Leben des anderen? Er trat ans Fenster und spähte zur Festgesellschaft, die sich auf der quadratischen Wiese erging, eingerahmt von Tulpen und Narzissen … Amerikaner und Potsdamer gemischt, Höflinge und Bürger, die Amerikanischen Brüder samt Prinz, der prominenteste Berliner auch: Schickler, der Bankier. Heinrich Decker und sein Sohn Friedrich halfen Louise und Lizzy Clyber zu Lalande in den schwankenden

Nachen des Ballons. Gerardine musste die Kleinen vertrösten, die durchs frische Grün des Plans auf sie zugerast waren wie Geschosse, um sofort mitzufahren.
Engel sah erst jetzt mit Staunen die vielen Herren in amerikanischer und in preußischer Uniform und gewahrte Prinz Heinrich. Plötzlich hatte er es sehr eilig, hinauszukommen.
»Sie entschuldigen mich? Die Memoiren eines Prinzen würden sich gut ausmachen in einer Memoiren-Bibliothek. Nichts für ungut, Monsieur! Neben den Ihren, versteht sich, neben den Ihren!«
Und weg war er. Langustier lächelte. So waren sie eben, die Kaufleute! Immer neuen Geschäften hinterher, lohnenderen … Er hob sein Glas gegen Marie und Noël. Sein viertes Memoiren-Kapitel sollte *Der beinahe tödliche Gänsebraten – Adieu Versailles!* heißen – das berühmte Duell seines Vaters und des Bretonen Bresse würde darin geschildert. Er hatte es Engel eben genüsslich ankündigen wollen, aber … nun ja. Und so unglaublich interessant wäre das ja auch gar nicht, schließlich war keiner auf der Strecke geblieben. Darauf kam es wohl im Buchgeschäft an. Blut musste fließen. Ein Mord allein genügte schon bald nicht mehr, es mussten zweie sein. Er stutzte: War das der Vin de sec? Abscheuliche Vorstellung, es könnte Bücher geben, in denen es nur ums Morden ginge. Zum Glück hatte man von Goethes Plan eines Policey-Romans nie mehr etwas gehört. Zwei Morde … Verdammt, und das Essen war noch längst nicht fertig!
»Marie, wie weit bist du mit deinen Fischfrikadellen?«
»So weit wie du mit deinen Apfelplätzchen!«
Die Sardellenfilets im Florentiner Spinat waren ordnungsgemäß zerfallen, die Eier sprangen schalenlos ins siedende Wasser. Langustier fühlte mit ihnen: Pochiert kam er sich vor, wenn er daran dachte, dass er am Tag seines größten Triumphes, festgesellschaftlich gesehen, seiner größten Niederlage, aufklärerisch gesehen, entgegentrieb.

»Monsieur Langustier! Welche Düfte! Gräfin! Meine Verehrung! Monsieur Noël!«
Lucchesini war in die Küche gekommen, begleitet von Charlotte Tarach, einer jungen Blondine, sommersprossig wie er. Die beiden waren schon seit Jahren ein Paar, getrauten sich aber nicht zu heiraten, solange der König lebte. Seit den Tagen des Marquis d'Argens und seiner heimlichen Trauung trug man so seine Bedenken. Freunde, die heirateten, waren dem Regenten ein Ärgernis.
»Mademoiselle Tarach! Monsieur Lucchesini!«, sagte Rahel. »Welch eine Freude! Indes, wenn ich es richtig begriffen habe, sollten Sie sich nachher voneinander entfernt halten …«
Der Vertraute des Königs lächelte, zum Zeichen, dass er im Bilde war.
»Seien Sie unbesorgt, Gnädigste! Wir werden rechtzeitig auf Abstand gehen.« Er sah seine Liebste kurz und zärtlich an, zog dann die Taschenuhr und verkündete: »Mesdames, Messieurs: Er wird jetzt losfahren – eine halbe Stunde noch schätze ich, dann wird es so weit sein. Mirabeau fährt mit ihm.«
Er hatte dies ganz unverfänglich, im besten Plauderton von sich gegeben, ungeachtet des Umstands, dass Mirabeau sein Hassgegner par excellence war … Verheiratet ankommen und trotzdem Kammerherr werden! Sie hatten Mirabeaus Frau und den unehelichen Sohn bereits draußen im Garten gesehen. Es war ebenso skandalös wie lächerlich, daher erlaubte sich der feine, fein punktierte Lucchesini, der höflichste Höfling unter der Sonne, ein kurzes gehässiges Auflachen. Dann fügte er belustigt hinzu:
»Majestät hatten, nach den Worten Zimmermanns, die heftigsten Koliken und Krämpfe seit Menschengedenken. Er langte gestern aber auch zu! Nun, das hat er jetzt davon. Zimmermann nahm heute seinen Abschied. Er könne ihm ja doch nicht helfen. Dafür erhielt er zweitausend Taler an Lohn. Ist das nicht köstlich!«

Langustier schwitzte Blut und Wasser. Der König käme, höchstlebendig, zu Besuch! Das war Vin de sec für die alte Seele und würde diesen Ort heiligen in alle Ewigkeit. Doch angesichts der Tatsache, dass er ihn enttäuschen würde, glich diese Aussicht dem Glitzern der Sonne auf einem niedersausenden Richtschwert – für den, der auf dem Richtblock lag, wahrgenommen als Spiegelung in einer Regenpfütze. Eine halbe Stunde noch bis zum Eintreffen des Allerhöchsten ... und des allergrößten Debakels! So musste sich ein Spieler fühlen, wenn die Piksieben kam, wo all sein Hoffen auf dem Pikass lag. Er würde alles verlieren, was ihn der Nachwelt unvergesslich erscheinen ließe. Ein schlechtes Dessert vernichtete das beste Menü. Und Verleger Engel würde Zeuge dieser Katastrophe. Er würde die *Memoires* nicht mehr verlegen wollen ... Verdammt, dachte Langustier, das durfte nicht passieren! Das siedendheiße Gefühl der nahenden totalen Niederlage brandete am Hinterhaupt an und kroch ihm bis in die Fingerspitzen.

»Fetschow und Philippi sind da!«, sagte Rahel, als sie hereinstürzte, noch immer sichtlich in Aufruhr ob der von Grund auf veränderten Lage. »Ich soll dir nur ein Wort sagen zu deiner Aufmunterung!«

Er war ganz Ohr. Sie flüsterte:

»Touché! Das soll heißen: Fetschow ist da. Und er hat den Wechsel akzeptiert.«

Langustier erzitterte und war schneller am Fenster, als man *Fischfrikadelle* sagen konnte. Er schaute hinaus in den Garten, wo sich Philippi mit den Bankiers Fetschow und Schickler unterhielt. Die drei hatten den jungen Decker im Visier, der ahnungslos seiner Zukünftigen, Lizzy Clyber, im Ballon zuwinkte.

Langustier schüttelte ungläubig den Kopf: Das war doch nicht möglich! Die Decker-Variante war nun wahrlich die unwahrscheinlichste auf seiner Liste der möglichen Hergänge. Er sah

Pfeiffer, festlich herausgeputzt, der Gerardine lachend in der Besänftigung der ballonsüchtigen Kinder unterstützte, indem er auf seinem Römertubus tutete und die Kleinen aufforderte, es auch zu versuchen.
Langustier musste sofort hinaus, um Fetschow zu befragen. Doch er bewies Nervenstärke genug, erst noch die über Salzwasser gedämpften Erbsen in eine Schüssel umzufüllen und diese – nebst den abgeschmeckten Schminckbohnen – in eine der vielen Wärmekisten mit Stroh zu stellen. Im Hinausgehen testete er gar noch eine Blutwurst und sagte zu seinen Mitstreitern:
»Ich gehe kurz ins Ankleidezimmer und mische mich dann mal unter die Gäste. Gebt mir fein acht auf Joyards Gockel im Wein und auf die Lammkeulen: nicht austrocknen lassen! Und Marie, denk daran, die Krebsschwänze vor dem Garen in der Wagenschmiere zu wenden!«
»Er meint das Kürbiskernöl«, erklärte Marie Noël, während sie dem Vater belustigt hinterherschaute.
Durch das Fenster konnten sie beide wenig später den königlich-küchenmeisterlich livrierten Langustier über die Wiese eilen sehen. Der hellblaue Rock mit den goldenen Tressen zeigte allen, die mit der höfischen Etikette vertraut waren, dass sich Großes anbahnte.
Das signalisierten auch die Aeronauten, die alle mit parallel ausgerichteten Perspektiven in eine Richtung blickten. Einer, nein – eine: Louise Clyber, malte aufgeregt mit einem hellen Taschentuch immer wieder zwei große Buchstaben in die Luft: F-R-F-R-F…
Also war es gleich so weit! Langustier hatte gerade noch Zeit, Philippi, Fetschow und Schickler zu begrüßen und sich über den Sinn ihrer Mitteilung detaillierter unterrichten zu lassen. Am Ausdruck in seinem Gesicht, als er kurz wieder in die Küche kam, um letzte Hand an die Schüsseln des ersten Ganges zu legen, insbesondere auch an der lockeren Art, wie

er beidhändig und höchst unmelodisch pfeifend Speckcroutons und Havelzander briet, konnten Marie, Noël und alle Helfer erkennen, dass seine Laune gestiegen war. In der Ferne donnerte es, und ein kleines Gewitter war nicht mehr auszuschließen. Lalande befürchtete dies offenbar auch, da viele willige Helfer draußen förmlich in Windeseile den Ballon einholten. Langustier pfiff trotzdem. Die Nachricht von der bevorstehenden Ankunft des Königs verbreitete sich in Haus und Garten wie ein Lauffeuer.

Wie sind Dir Anmut noch und Feuer eigen,
Dein Abend überglänzt Dein Morgenrot.
Sonst heißt das Alter unsre Sinne schweigen;
Lust, Reize, Gaben raubt sein Machtgebot.
Doch Deine Stimme blieb so fest und gleich,
Zum Grimm der Toren, selbst im weisen Alter,
Und Friedrichs Geist, obwohl an Wintern reich,
Ist leicht beschwingt noch wie ein Maienfalter!

Was die kleine Jenny mit einer wunderbaren Leierstimme vortrug, war im Wesentlichen ein Gedicht des Königs für Voltaire, anonym zu dessen 77. Geburtstag im *Journal* abgedruckt. Langustier hatte nur ein paar klitzekleine Änderungen vorgenommen. Aus dem *Greisenalter* war ein *weises Alter*, aus *Voltaires* war *Friedrichs* Geist geworden, und die *Stimme* war nun von jener unwandelbaren Festigkeit, mit der sich der König bei der kleinen Vorleserin bedankte.

»Kinders, was vor ein Willkomm! Ich danke ihr, meine Gnädigste! Hier hat sie eine Münze!«

Jenny bekam einen Friedrichsdor. Sie hatte den ersten Preis im Vorleseknobeln gewonnen und begriff nicht, wer der alte Mann war, der da mit seiner Handstelze vor ihr zitterte. Jetzt kriegte sie es mit der Angst, als er den riesigen schwarzen Dreispitz zog, der wie ein Raubvogel mit langem, weißem

Federschweif auf sie herabzustoßen drohte, und lief mit schreckgeweiteten Augen zu ihrer Mutter.
»Majestät, ich bin geehrt, über die Maßen! Wir alle sind es!«, sagte Langustier und verneigte sich, so weit es ging. »Bitte akzeptieren Sie für den Weg zur Tafel die Portechaise!«
Der schwer Leidende hatte es sich nicht nehmen lassen, die hundert Fuß von der goldüberkrusteten, achtspännigen blauen Hofberline bis vor die Eingangstreppe der Langustier'schen Villa selbst vorzuschleichen. Zwei Wachleute des Bataillons Garde bezogen an der Hofeinfahrt Posten. Der Monarch hatte mit dem schmerzlichsten, wiewohl liebenswürdigsten Lächeln, mit wasserklaren, großen blauen Augen und einer Uniform, die so sauber und leuchtend blau war, dass sie nur neu sein konnte, den – ebenfalls fabrikneuen – Hut immer wieder gezogen und aufgesetzt, was er für sein Leben gern tat, und so nach beiden Seiten gegrüßt. Die gesamte Festgemeinde drängte sich auf dem Vorplatz, ihn in tiefem, untertänigem Diener oder in Kniebeuge bei geraffter Robe willkommen zu heißen. Sein Mitfahrer Mirabeau hatte ihm gleich nach dem Herausklettern den Arm zur Unterstützung angeboten, doch er litt es nicht. Ihm kniefallend den Rock zu küssen, wozu nun Rahel ansetzen wollte, gelang auch nicht.
»Verehrteste, ich bitte Ihnen! Schonen Sie Ihre jungen, zarten Knie, s'il vous plaît! Ich täte mir gerne tiefer vorneigen vor Ihrer Schönheit und Gastfreundschaft, doch das marode Gerüst will nicht! Es seindt freilich höchst *cruel* von Ihnen, einem alten Eremiten kurz vorm Grab noch vorzuführen, wie man *recte* lebt: *en grande famille* … Jetzt sagen Sie mich mal: Wie viele haben Sie denn?«
»Kein eigenes, Euer Majestät! Sind alles die meiner angeheirateten Tochter Marie!«
»Herrgott, ja! Verzeihen Sie mich, das seindt wahr! Ich hätte es wissen müssen! Aber, gelt – Sie vergeben's mich? Die alte Maschine hier oben …«

Er klopfte sich hart mit den faustischen Fingerknöcheln an den Kopf, und Marie, die Zurückhaltende, musste von Rahel herangewunken werden, um endlich seine Frage zu beantworten:
»Sechs, Majestät! Die jüngsten haben dieses Jahr geheiratet! Dreiundzwanzig Enkel, fünf Urenkel.«
Jetzt war er plötzlich wieder orientiert, hatte sogar ihren Stand – den vor der zweiten Heirat – im Kopf:
»Gräfin von Beeren! Meine Verehrung, Madame! Tausend Frauen von Ihrer Sorte, und ich hätte eine zweite Armee.«
Als sie pikiert schwieg, setzte er hinzu:
»Sie dürfen mir mein Wort nicht krummnehmen, nicht wahr? Wir sind alle froh, dass Friede ist! Ich auch. Ihr Sohn Honoré wird dennoch sein Regiment bekommen, dafür sorge ich noch. Auch wenn kein Krieg ist, ist es wichtig, eine Armee zu halten. Seine Tochter ist hier? Mit Monsieur de Lalande? Ist es so, wie man sagt?«
»Wie sagt man denn, Sire?«, fragte Marie unbefangen.
Der König lächelte vielsagend, ohne zu antworten, und setzte sich vorsichtig auf den zierlichen Tragstuhl, den Langustier noch am Vortag angeschafft hatte. Die Cousins Bertrand von Beeren und Egmont von Simon zu Inn- und Knyphausen hoben ihn vorsichtig hoch. Sie waren beide Fähnriche im Regiment Prinz Heinrich, in dem ihr Vater beziehungsweise Onkel Honoré von Beeren Kapitän war. Ihr Regimentskommandeur, Prinz Heinrich, begrüßte den Ankömmling, leicht oberflächlich, wie alle fanden, doch nicht ohne Gemütsbewegung. Der Prinz schien ergriffen von dem warmen Empfang, den man seinem Bruder bereitet hatte. Dann trugen die jungen Soldaten den König ins Haus. Er lobte gegen Langustier, der neben seinem Tragstuhl herging, die Schönheit und Erlesenheit der Architektur.
»Kein größer Vergnügen, als ein Haus zu bauen, aber sehr töricht von mich, Sie eins zu bauen, wo Sie das viel besser verstehen.«

Langustier lachte, denn das Haus, welches der König ihm »gebaut«, hatte er vermietet, weil es viel zu groß gewesen war.
»Zu viel der Ehre, Majestät! Wer könnte das Bauen besser verstehen als Sie? Ich habe es nur verkleinert. Hier ist jetzt nur das Nötigste: eine Halle mit Treppenhaus, ein großer Raum zum Essen mit Familie und Freunden, angrenzend eine Küche, ein Wohn- und Bibliothekszimmer mit einem Rollregal für Veranda und Küche sowie ein Schlafzimmer. Im Oberstock acht Gästekammern, darüber vier fürs Gesinde.«
Der König lächelte fein, während sie in den Hauptraum kamen, der sehr festlich geschmückt war. Die fünf Fenster zum Garten waren hoch und dienten zugleich als Türen, ganz wie in Sanssouci.
»Ihr habt mir kopieret, das ehrt mir sehr. Doch jetzt verraten Sie mich: Wird es später – unter uns gesagt – auch einen ganz gewissen *Nachtisch* geben?«
Langustier nickte vorsichtig.
»Es gibt wohl Neuigkeiten, noch etwas unverdaut …«
Der König schmunzelte und besah sich die säuberliche Kreideschrift auf der aufgestellten Schreibtafel. Das sah aus, dachte er, wie in einem dieser neumodischen Gasthöfe, wo man vorgefertigte Schüsseln *à la carte* ordern konnte! Man hatte ihm davon Übles erzählt. Vom Tragstuhl auf einen Sessel verfrachtet, wollte er die Gastgeber unmittelbar neben sich haben, einander vis-à-vis: rechts Rahel, links Langustier. Die überwachten jetzt, als alle hereinströmten, die Sitzordnung – Mirabeau nebst Gattin folgten auf Langustier, Prinz Heinrich saß neben Rahel, gefolgt von Walker. Weiter unten am Königstisch Pentland, Lucchesini gegenüber, Louise und Lizzy Clyber, die übrigen Amerikaner (zwei davon mit Kissen unterfüttert) und die Amerikanischen Brüder: Decker senior, Decker junior, Pfeiffer und Prinzenadjutant Mylenthal. Sich gegenüber am Fußende wünschte der König ausdrücklich Sterling zu sehen, den »adorabelsten von les Américains«, wie er Langustier zu-

flüsterte. An zwei weiteren Tafeln saßen die Berliner und die Potsdamer, Verwandte und Gäste gemischt: so der Polizeichef, der Verleger und die Bankiers. Gerardine und Jérôme krönten den Berliner Tisch, Marie und ihr zweiter Mann, Karl Alexander von Quandt, den Potsdamer. Draußen auf der Terrasse drängte sich der Rest: Nachbarn, entferntere Freunde, Kinder. Gebe der Herr oder wer auch immer, flehte Langustier inständig, dass sich die Schüsseln teilten und vermehrten! Mehr als Kostproben für alle waren nicht drin – es hätte dreimal so viel sein müssen, um diese Meute satt zu kriegen. Apropos Meute, dachte er erstaunt: Gnädigerweise waren ihnen die Hunde erspart geblieben.

»Der Löwenzahn macht mich noch heut einen Löwen-Appetit«, verkündete der König, »auch wenn ich ihn schon seit vorgestern nicht mehr nehme! Zimmermann, der mich nicht helfen konnte, hat etwas Richtiges gesagt: Es stärkt einen bloß, was man verdaut! Ich verdaue schlecht, was mir sehr schwächt. Daher werde ich bloß ein bisschen kosten. Lieber Maître, lassen Sie uns anfangen, die Rackers da draußen hungert's!«

Er sah die Kinder auf der Terrasse, die sich aus Langeweile die Nasen an den Scheiben platt drückten, um ihn anzustarren. Die Türen wurden jetzt geöffnet, damit die Speisen und Getränke ungehindert nach draußen gebracht werden konnten. Auf der Schiefertafel stand, für alle höchst verheißungsvoll lesbar:

Grüne Aalsuppe
Sauerampfersuppe mit Speck-Crôutons
Florentiner Spinat und pochierte Eier
Löwenzahnsalat en papillote in Zwiebel-Eierkuchen
Landgurkensalat à la chinoise (mit Koriander)
und Blutwurst
Tartuffeln-Salat mit frischen Heringen
und gedämpften Erbsen

Pastete von Türkentauben mit Knoblauch
und Bergkümmel
Gebratener Havelzander mit Horst'scher Butter

Chapon au vin à la Joyard
Kalbsbries über Schminckbohnen
Gespickte Ochsen-Keule mit Parasols
Blankette von sauren Kutteln im Schmorgurkenboot
Rehrücken Port Emden mit Totentrompeten
und Mayonnaise
Stettiner Krebsschwänze mit Pommes frites à la Rousseau
Farcierte Lammkarbonade auf Auberginenscheiben
Fricandeaux vom Bauernkarpfen mit Äpfel-Plätzchen

Käsekuchen
Johannisbeer-Sorbet
Quittengelee auf Franzbrötchen
Flambierte Branntwein-Birnen mit Zimt
Coffee mit chockierten Katzenzungen à la Petit
Äpfel-Charlotte mit Vanille-Sahne
Crème caramel
Pfeffer-Cacao

Der erste Gang von acht Schüsseln kam auf die Tische. Zuerst war es sehr still. Und auch der König sprach nur den beiden Suppen zu. Alle führten die Löffel mechanisch zum Mund und schielten so unaufällig wie möglich in seine Richtung.
»Was sind das für kleine Schüsseln vor ihm?«, fragte Gerardine am Berliner Tisch ihren Jérôme.
»Das ist das Schießpulver, wie dein Urgroßvater sagt: Macisblüte und Ingwerpuder, das hat er gestern auch munter über alles gelöffelt. Ich kann nur hoffen, dass es mit der Sache heute ein Ende nimmt. Noch so ein Essen am Königstisch ertrag ich

nicht. Wie gut, dass heute die Verdächtigen bei ihm sitzen.«
Gerardine lächelte. Gestern, als Jérôme und sie mit der urgroßväterlichen Sandspinne aus Berlin gekommen waren, den Ballon im Gepäck, hatten sie aus Zeitnot direkt zu den Neuen Kammern fahren müssen. Er kam gerade noch rechtzeitig zum Essen im alten Orangenhaus. Die Amerikaner hatten alle herumgestanden, während sie auf den König warteten. Walker wollte Jérôme wegen seines Fernbleibens in den letzten Tagen maßregeln, doch Jérôme hatte bloß gesagt …
»Sag mir noch mal, was du gesagt hast, zu dem blassen Kongressianer da drüben«, hauchte sie ihm zu, und er flüsterte in ihr Ohr:
»Walker! Gerade hab ich mich verlobt! Von jetzt werde ich meinen Titel wieder führen. Um mir somit eine Standpauke halten zu können, müssten Sie schon von meinem Stand sein! Gerade Sie, Sie alter Adelsfreund, werden das verstehen.«
Sie gluckste und hätte sich beinahe verschluckt. Jérôme war nachmittags von der Königstafel mit Langustier hier ins Haus gekommen – also mit jenem weißhaarigen Mann in reich betresster bleumouranter Livree, der jetzt dem lachenden König erklärte, wie grob er mit dem so überaus gefährlichen Zahn des Löwen verfahren sei.
»Sie haben ihm in die Krepps eingewickelt! Sehr gut, jetzt werden sich dem Zimmermann die Ohren kringeln!«
Rahel hatte sich auch direkt neben dem König wieder in der Gewalt. Allerdings war es ihr sehr peinlich, ihn trotz des hohen Kissenpolsters, auf das sie ihn gesetzt hatten, leicht zu überragen. Der koboldhafte Mann roch schwer nach Rosenwasser, und … ja der Rock musste neu sein … nach nichts sonst. Kein Krümel Schnupftabak, kein Fleck verunzierte den dunkelblauen Atlas. Der riesige aufgestickte Adlerstern aus Silberfäden glitzerte im Kerzenlicht des Kronleuchters, den sie hier drinnen angezündet hatten. Sie sah die fein gerippelte, bemehlte Mumienhaut der königlichen Wange, die mit einer rei-

chen Grundierung von Rouge noch leichenhafter wirkte. Als aber dieses so zerbrechlich und hinfällig wirkende Wesen nun zu sprechen begann, war sie wie verzaubert. Da glühte es plötzlich wieder, das Leben! Da spannten sich die zähen Fasern! Wie viele Menschen verdankten diesem kleinen, harten Mann ihr Schicksal ... verdankten ihm Leben, Siechtum und Tod? Er sprach mit einer bezaubernden Leichtigkeit, in angenehmem Tonfall, lebhaft und trefflich, jeder Satz hatte Verve und Volumen, alles war Feuer oder Hohn, Witzgesprudel, begleitet von anmutigen Gebärden der feinen Hände. Rahel wurde ganz anders beim Versuch, diese hell-dunkle Macht zu begreifen.

Die Suppen waren weg, der Spinat mit Sardellen und Ei war passé, Schluss war's mit den Salaten, die Türkentauben-Kriege waren geschlagen. Jetzt wurde dem Havelzander der Garaus gemacht, und der König hielt auf Französisch Fürstenrevue, hieb gewaltig ein – auf die Fürsten und auch sonst ... bis selbst die acht Schüsseln des zweiten Ganges den Gang alles Irdischen gegangen waren. Es war unglaublich, doch auch zum Ende hin hatte sich der König nicht gezügelt. Hatte von allem ein bisschen zu tüchtig gekostet. Jetzt lächelte er satt. Es gelüstete ihn nach den Desserts. Langustier dagegen gar nicht so sehr. Draußen wetterleuchtete es schon seit einiger Zeit. Jetzt war fernes Donnergrollen zu hören. Es dröhnte plötzlich auch in Langustiers Kopf. Denn der König sagte, kaum dass der Bauernkarpfen, zumindest auf seinem Teller, zu einer ausgestorbenen Art geworden war:

»Es betrübt mir sehr, zu hören, dass der Landgraf von Hohenfließ am Neujahrstag seine Frau verlor! Sie gebar ihm einen Sohn ... Sodass sein Haus damit gerettet wäre. Doch das nenne ich wahrhaft tragisch, wenn sich im Moment des höchsten Glückes das größte Unglück einstellt!«

Draußen rumpelte es erneut gewaltig von fern, doch Langustier registrierte es kaum. Auch was der König noch an seine

Betrachtung anschloss, entging ihm. Höchst zerstreut bejahte er die Königsfrage, ob man anjetzo zum Dessert kommen könne, und gab seine kaum nötigen Winke und Anweisungen. Die Küchentruppe war inzwischen eingespielt. Die Nachspeisen strömten herein und auf die Terrasse – auf Platten, in Schüsseln und Tassen diesmal, sehr bunt anzuschauen das Ganze –, und alle waren kurz abgelenkt, um sich aus dieser göttlichen Palette ein paar Farbkleckse, Kuchenkrümel oder eine Katzenzunge à la Petit zu ergattern oder ein Pfützchen Coffee. Doch plötzlich hielten alle inne, denn der König sagte laut und vernehmlich:

»Langustier!«

Und fragte weiter:

»Wie ist ihm?«

Langustier stand, scheinbar irre geworden und von allen guten Geistern verlassen, hinter Lalande, den leeren Blick zur Wand voller Bilder gerichtet. Direkt ihm gegenüber hingen seine Eltern, 1726 vom Straßburger Maler Sorg porträtiert. Aller Augen waren auf ihn gerichtet, und es wurde mucksmäuschenstill. Gerardine erbleichte, als sie versuchte, in seinem abwesenden Blick zu lesen, wo nichts zu erkennen war außer einer gewaltigen Anstrengung. Und diese schien noch zu wachsen. Er fasste sich mit beiden Händen an den Kopf. Rahel wollte aufspringen, um ihm beizustehen, doch Gerardine, die ja in seiner Nähe war, machte eine abwehrende Geste.

»Ich kenne diese Handbewegung!«, sagte der König zu Rahel. »Es seindt besser, die Ohren zuzuhalten, bevor der Geschützdonner zu laut wird ... Er war wohl bei Kesselsdorf einmal zu nahe an Rutowskis Batterien!«

Es dauerte einen schrecklich langen Moment, dann kehrte der schwergewichtige alte Mann, scheinbar schon ein Stück weit in den trüben, warmen Jordan hinausgeschwommen, wieder ans Ufer, ins Leben zurück. Es war zum Glück auch eher der eisige und belebende Delaware gewesen. Langustier lächelte und bat Lalande, ohne sich um die entsetzten Blicke der anderen zu kümmern, aufzustehen und statt seiner neben Rahel Platz zu nehmen. Er dagegen ging zur Schiefertafel, zog seine dicke schwarze Brille heraus, setzte sie auf und holte auch sein schwarzes, in Maulwurfsleder gebundenes Notizbuch aus der Jacke.

»Ich vergaß, Majestät, gewissermaßen *à l'ardoise*: auf der Schiefertafel, ein zusätzliches Dessert anzuzeigen!«

»Surprise«, hauchte der König nun sichtlich entzückt.

Langustier wischte mit einem bereitliegenden Tuch das herrliche Menü aus, das schon allseits *in statu conficiendi* war. Sodann schrieb er mit harter Kreide auf den glatten, dunkelgrauen Stein, was einen Laut hervorrief, der allen durch Mark und Bein ging: *666*.

»Die Spions- und Mörder-Ordre!«, entfuhr es dem König, nachdem er Lalande leicht irritiert an seiner Seite willkommen geheißen hatte.

»Halten zu Gnaden, Sire –«, sagte Langustier, »doch Sie hatten Joyard im falschen Verdacht!«

»Mein Verdacht seindt nie unrecht!«, erwiderte der König. »Dass die Suspendierung ohnrecte war, müssen Sie mich erst erweisen. Und auch alles andere dieser Rätsel lösen.«

Langustier seufzte.

»Ich wollte sehr, d'Alembert wäre hier, er hätte sicher seine Freude an diesem Fall, denn er würde eine Welt des geregelten Chaos' darin finden. Wenn ich alles zusammennehme, so könnte ich drei oder gar vier Schuldige benennen, die zusammen zwei kapitale Verbrechen – das heißt Morde – begingen, ein schweres – das heißt einen Raub –, zwei minder schwere, sprich: Diebstähle und Betrügereien, eine Verfehlung, die nur vor Gott und seinen Ehegesetzen eine Sünde ist, sowie ungezählte weitere, die hier nichts zur Sache tun … Und bei Licht besehen, haben wir drei Todesopfer zu beklagen.«

Der König fuhr leicht auf, setzte sich aber sofort wieder.

»In Rätseln sprechen Sie mir! Dreie tot, doch nur zwei Morde? Und drei oder vier Täter? Das aber nun lösen Sie mich gefälligst *en detail*!«
Viele lachten – der alte Langustier verstieg sich ja völlig ... Die Kinder prusteten hinter vorgehaltener Hand. Langustier seufzte wieder.
»Sehr wohl, Sire! Vergeben Sie mir, ich bin ein alter Mann, ich brauche dazu etwas Zeit und eine dicke Brille.«
Er hatte wieder das schwarze Monstrum auf der Nase und schaute angestrengt in sein Notizbuch. Zumindest tat er so. Dann wischte er die *666* auf der Tafel aus, schrieb: *6 66* und markierte die Unterbrechung mit einem Pfeil.
»Ich glaubte lange, es mit dem Teufel selbst zu tun zu haben, dessen Code die 666 ist. Aber der Teufel steckte in einer unscheinbaren Lücke. Wenn man die Nachricht, welche Joyard kurz vor dem Tod erhielt, richtig betrachtet, so steht da: 6 66. Eine Leerstelle, die alles bedeutet! Als Sie das bedauerliche Fatum jenes hohenfließischen Fürsten erwähnten, Majestät, haben Sie mir die Augen geöffnet. Wird ein Mensch geboren, so ist – nach alter Meinung, welche die Potentaten der Weltgeschichte Unsummen von Geld für Astrologen hat ausgeben lassen – sein Schicksal vorbestimmt. Dabei ist doch nur eines bestimmt: das Datum der Geburt.«
»Sehr richtig! Ich verlache alle diese Theorien!«
Langustier fuhr fort:
»Das Datum also, doch nur der 6. Monat und das 66. Jahr: Juni 1766 also. Es war das Jahr, in dem Sie die französischen Regisseure ins Land holten.«
»Windbeutel, üble Kujons, Schäkers – ich dachte, sie verstünden drüben das Ding besser.«
»Verschiedenes schon, vor allem das Kochen«, sagte Langustier.
»Das ist eine Tatsache!«, bestätigte der König, jetzt etwas entspannter. »Joyard stammte aus Rouen und hatte seine erste

Anstellung beim Duc d'Anas. Ich ließ ihn so oft wie möglich die Qualität der Enten dort prüfen.«
»Ganz recht! Seit 1754 also war Joyard hin und wieder in Rouen und kochte bei der Gelegenheit beim Marquis de Lalande, um in seinem Urlaub das Handwerk nicht zu verlernen, wie er immer betonte. Im Juni 1766 etwa war er bei den de Lalandes, wo er, der Beschuldigung durch den hier anwesenden Jérôme de Lalande zufolge, ein paar wertvolle Rezeptblätter eines berühmten Ahnherrn ... äh ... entwendet haben soll. Halten Sie diese Beschuldigung aufrecht, Marquis?«
»In der Tat, das tue ich!«, erklärte Lalande.
Gerardine am Nachbartisch fühlte, wie ihr eiskalt wurde. Der König hatte ihren Verlobten, der neben ihm saß, scharf ins Auge gefasst. Lalande sprach weiter:
»Joyard nutzte die Trauer um den Tod meiner seligen Mutter im besagten Juni; keiner kümmerte sich um ihn. Doch ich bin mir sicher, dass nur er den Diebstahl verübt haben kann. In seinem Kochbuch sind Rezepte und Passagen über die Eigenart der Rouen'schen Küche wiedergegeben, die mir sehr vertraut vorkommen, hatte mir meine selige Mutter doch mit der Familienchronik das Lesen beigebracht.«
Langustier nahm einige Papiere aus einer Schatulle, die ihm Marie auf einen Wink gebracht hatte. Er trat feierlich näher und reichte Lalande die Blätter. Ein Bogen lag als Hülle darum.
»Sie hatten recht, und ich bitte Sie, Marquis, auch im Namen von Madame Clyber, hiermit feierlich um Verzeihung für meinen früheren Kollegen. Dies sind die Seiten, die Émile Joyard 1766 mitnahm, in tiefer Verwirrung, wie ich hinzufügen muss.«
Ausrufe des Erstaunens ertönten im Raum. Lalande besah die Blätter und stieß einen halb unterdrückten Laut aus. Um auch etwas zu sehen, beugte sich der König seitlich zu ihm hin, ebenso Rahel.

»Würden Sie bitte einmal laut vorlesen, Marquis, was auf dem Mantelblatt steht, das um die Seiten liegt?«, bat Langustier.
»*Nova artificia docuit fames – per omnia saecula saeculorum.* Neue Künste bringt uns der Hunger bei – bis in alle Ewigkeit«, las und übersetzte Lalande.
»Ich weiß nicht, was das bedeuten soll. Meinte er die Rezepte?«, fragte der König, die misslungene Zeichnung eines Coc au vin betrachtend. »Die Dessins sehen aus wie Saucenflecken. Geistige Verwirrung könnte sein, wer stiehlt schon solche privaten Elaborate? Joyard hätte sich den Inhalt doch einfach abschreiben können!«
»Ganz recht«, sagte Langustier. »Joyards Verstörung ... Wo war er, sagen wir, von August bis Oktober 1765?« Er machte eine Kunstpause, um sich dann selbst die Antwort zu geben. »Auch in Rouen, ich habe mir die alten Küchenakten angesehen. Monsieur Noël brachte mich mit dem Stichwort *Herzensangelegenheit* auf eine zunächst abenteuerliche Idee, deren Brisanz mir aber inzwischen voll aufgeschienen ist. Marquis!«
Gerardine am Nebentisch zuckte zusammen. Sie sah furchtsam zu Jérôme hinüber, der kalkweiß geworden war.
»Was für Erinnerungen haben Sie an den Koch Émile Joyard?«
»Keine guten«, sagte Jérôme knapp mit belegter Zunge.
»Offenbar, denn Sie wollten noch nach zwanzig Jahren, dass ihm der Prozess gemacht würde. Es ging nur vordergründig um diese Ausrisse, um gestohlene Ideen – aber im Grunde ging es Ihnen um die Ehre Ihrer Familie!«
Langustiers Stimme war herausfordernd laut und hoch geworden. Gerardine stieß hervor:
»Jérôme!«
»Herrgott, ich hab ihn doch nicht umgebracht!«, antwortete er vom Königstisch.
Langustier sagte, ohne die Stimme zu senken:

»Ich will jetzt wissen, was genau er getan hat, dass Sie ihn noch heute so hassen! Heraus damit! Ehre hin, Ehre her – Sie wollen die Tochter des Sohnes meiner Tochter heiraten, also haben Sie allen Grund, reinen Tisch zu machen und mir die Wahrheit zu sagen! Die fraglichen Personen sind alle tot, und ich betone: *alle* – außer Ihnen!«

Er zog ein kleines Bildnis hervor und reichte es Lalande. Der begann bittere Tränen zu weinen und presste das Bild ans Herz. Es war das ovale Damenbildnis vom Schreibtisch Joyards.

»Émile Joyard war der Liebhaber meiner Mutter! Der Marquise Adele Suzanne de Lalande!«, rief Jérôme.

Ein allgemeiner Seufzer mischte sich ins jetzt ganz nahe Donnern. Aber das Wetter war keinem der Beachtung wert. Die Bombe schien geplatzt, auch wenn niemand wusste, was das alles mit den Morden zu tun haben sollte. Es kehrte rasch wieder Stille ein, und Langustier fuhr fort:

»Wer immer dort oben grollt – Ihre werte Mutter, Marquis, mag aus dem Himmel mit Genugtuung auf uns herabschauen. Sie wird Ihnen danken wegen dieser Offenbarung. Ein dunkles Geheimnis wirkt sich vergiftend aus auf das Leben im Sonnenlicht. Joyard hat die Papiere herausgerissen, weil er etwas brauchte, um sich in der Erinnerung daran zu erbauen. *Nova artificia docuit fames – per omnia saecula saeculorum.* Der *Hunger* war der Hunger der Liebenden aufeinander, der lehrte sie neue Künste der Liebe, und diese lebten in Joyards Erinnerung fort, bis ans Ende seiner Tage. Mag sein, dass die Geliebten einst gemeinsam die Chronik betrachteten, dass sie sich näher kennenlernten, als Ihre Mutter ihm diese Rezeptseiten zeigte. Seiner unstillbaren Liebe zu ihr ist er ein Leben lang treu geblieben. Ihre Mutter starb bei der Geburt eines Kindes, das dieser Liebe entsprungen war. Sie starb am Kind von ihm. Das war der Grund Ihres Hasses! Was geschah nun aber mit der unglückseligen Frucht dieser Liebe?«

Jérôme kämpfte schwer, bis es heraus war:
»Er hat es überlebt. Geboren zu werden von einer Sterbenden, meine ich …«
»Er?«
»Ein Sohn. Mein Vater wusste, dass es Joyards Sohn war. Mutter gestand es ihm im Kindbett, das zu ihrem Totenbett wurde. Sie brachte einen Bastard zur Welt und starb, vom Ehemann verachtet. Mein Vater ließ die Frucht dieser unsäglichen Liaison vor einem Waisenhaus in Vernon aussetzen.«
»Vernon«, wiederholte Langustier.
Lucchesini und Prinz Heinrich stöhnten auf.
»Haben Sie Ihren Halbbruder jemals gesehen, Marquis?«, fragte Langustier.
»Ja, einmal.«
»Wann war das?«
»Ich fühlte das Bedürfnis, ihn kennenzulernen, bevor ich 1779 nach Amerika ging. Ich eröffnete ihm, wer seine Eltern waren. Mit Gewalt wollte ich mich von meinem Hass befreien und etwas anderes in diesem Halbbruder sehen als die Ausgeburt des Bösen, wie zuvor stets. Ich hegte gar die Absicht, ihn mitzunehmen, wenn er ein besseres Gefühl in mir auslöste. Aber was ich vorfand, war ein frecher, hochnäsiger Bengel. Er wollte Geld von mir, aber ich gab ihm nichts … sondern schwor mir, ihn zu vergessen und alles, was mit ihm verknüpft war. Es ist mir bis heute nicht gelungen.«
»Nun«, sagte Langustier, »und jetzt muss auch ich Sie wieder an ihn erinnern. Ihr Halbbruder hatte eine zweigeteilte Augenbraue?«
Lalande nickte erstaunt.
»Er nannte sich zuletzt Philippe de Saint-Sauliac!«
Das grelle Licht eines Blitzes zeigte eine Sekunde lang einen Saal voller entsetzt blickender Menschen.
»Nein!«, schrien Lalande und Prinz Heinrich.
»Fassen Sie sich, denn es kommt noch schlimmer«, setzte Lan-

gustier nach: »Achtzehnmal stach er mit gezieltem Hass auf seinen Vater ein!«
Der gewaltige Donner, der diesem Ausruf folgte, verschluckte den Aufschrei im Saal und auf der Terrasse. Gerardine war aufgesprungen und zu Jérôme gelaufen. Jetzt kniete sie zwischen Rahel und ihm und nahm seine Hand.
Langustier sagte, vom Donner ungerührt:
»So hatte Joyard, den der Marquis gehasst, einen rechten Mordbuben gezeugt! Er ruinierte in blinder Liebesglut eine ehrbare Familie, doch seine Tat verschluckte am Ende auch ihn selbst. Philippe, der Verstoßene, wurde ein Betrüger. Sozusagen von Hause aus. Und ein Vatermörder!«
Louise Clyber, die bislang still geschluchzt hatte, schleuderte Langustier jetzt ein wütendes Gejammer entgegen.
»Ein Betrüger von Hause aus? Wie können Sie so etwas sagen? Wo er sie doch so geliebt hat! Wenn er in Rouen war, im Juni 1766, dann doch wohl, weil er um sein Kind wusste, um die bevorstehende Geburt, weil er bei ihr sein wollte, weil er sie beide sehen wollte! Wir reden so schnell von Betrug, doch ist es nicht auch Betrug, wenn andere an einer Liebe festhalten, die sich überholt hat?«
Langustier nickte.
»Madame, entschuldigen Sie die Formulierung! Ihr Bruder war mitnichten ein Betrüger, nicht mehr als wir alle … Es gibt eine Art von Betrug, den wir alle begehen, irgendwann, sei es an anderen, sei's an uns selbst. Doch er hat, indem er Jérômes Vater betrog, einen notorischen Betrüger in die Welt gesetzt. Nicht mehr wollte ich sagen.«
Er hatte kurz den Faden verloren. Louise Clyber setzte sich und schluchzte in Lizzys Armen weiter.
»Und die erste 6 66?«, fragte Gerardine laut.
Langustier war ihr für diesen Hinweis dankbar.
»Der ungeliebte und verstoßene Philippe, der 1779 von seinem Halbbruder den Namen seines wahren Vaters erfahren hatte,

fasste rasch einen Vorsatz – dem Manne zu schaden, der ihn so schmählich im Stich gelassen: Émile Joyard, dem Ersten Hofküchenmeister des Königs von Preußen. Nebenbei: Warum hatte Joyard sich nicht um ihn bemüht? Schließlich war er das Kind jener Liebe, der er so nachtrauerte. Fürchtete er um seinen Ruf? Hätte er den Sohn vor dem Waisenhaus bewahren können? Hat er vielleicht gar nicht mitbekommen, wie und wo man ihn aussetzte? Wahrscheinlich hätte der ehrbare Joyard es unternommen, seinem Kinde zu helfen, wenn es in seiner Macht gelegen hätte. Ich glaube es. Indes: Ignorabimus. Wir wissen es nicht, können und werden es nicht wissen. Aber wir wissen, dass sein Sohn Philippe schon zwei Jahre später, 1781, einen ersten Drohbrief schrieb. Nur das Datum seiner Geburt, soweit er es kannte: 6 66. Die ominöse Nachricht zeigt, dass er damals noch nicht den Mut zum konsequentem Handeln aufbrachte. Es war nur mehr ein Spiel. Dem Vater Angst einjagen, mehr wollte er nicht. Wie hätte er ahnen können, dass er ihn schon damit aus dem Amt katapultierte?«

Der König, offenbar unwillig, weil die Entlassung Joyards nun öffentlich als Fehlentscheidung dastand, klopfte leicht mit der Gabel ans Glas. Ein Blitzgewebe ließ das ganze Umland hell erscheinen. Der Verzögerung nach zu urteilen, mit welcher der rollende Donner laut anbrandete, war das Unwetter noch weit jenseits des Jungfernsees. Des Königs Stimme drang glasklar in die eingetretene Stille.

»Aber bis hierher haben Sie den Feind nur scharmutziert, nicht geschlagen. Wie wollen Sie ihm den Mord beweisen? Mit achtzehn Stichs ... Wo seindt der Beleg? Alles nur vage Indikationen ... aber keine hieb- und stichfesten Manifestationen!«

Langustier ließ sich nicht beirren und machte in der Luft die Bewegung des Stechens nach.

»Vater, der du mich nicht versorgt hast, Vater, der du nie nach mir gefragt hast, Feigling, der du warst ... und so weiter, in der

Art. Können wir uns das nicht vorstellen? Für jedes Jahr sollte Joyard bezahlen, im Nachhinein. Philippe hatte endlich den Mut, endlich einen Plan, den furchtbaren Erzeuger endlich da, wo er ihn haben wollte: schutzlos, wehrlos, in einer dunklen Höhle. Möglicherweise hatte er von Ihnen, Königliche Hoheit, einen Plan der Lokalität gezeigt bekommen? Dass Joyard bei den Amerikanischen Brüdern war und erhoben werden sollte, das wenigstens muss er gewusst haben.«

»Er wusste dies alles und kannte die Lokalität bereits von einem vorangegangenen Treffen der ... äh ... Bruderschaft ...«, näselte Prinz Heinrich.

»Und er selbst war es, der den Vorschlag machte, Joyard beim Tragen der Kiste zu helfen«, warf nun ein Mann ein, den man fast vergessen hatte, nämlich der Polizeichef. »So haben Sie es bezeugt, meine Herren!«, sagte er in Richtung der Amerikaner und Amerikanischen Brüder.

»Zwei Stichs zu wenig ...«, sinnierte der König laut. »Ich hab's: Er wurde gestört! Er musste aufhören, weil er erschossen wurde! Und der ihn erschoss, ist der Zeuge, den Sie haben für den Mord an Joyard!«, folgerte er messerscharf. »Ihre Art, Krieg zu führen, gefällt mir recht gut!«

Ein greller Katarakt dreier starker Blitzäste zeigte sich hinterm See. Die erstaunten Ausrufe über des Königs Schlussfolgerungen waren kaum verklungen, als der Donner knisternd und knatternd begann, um schließlich in mehreren lauten Schlägen zu kulminieren, die an ein kasachisches Feuerwerk gemahnten.

»Sie nehmen es vorweg, Sire! Er wurde gestört«, sagte Langustier, den Raum gemächlich durchmessend. »Ich hieß alle, die in der Schlucht waren, auf der Suche nach Jérôme de Lalande – der seinen verhassten Prozessgegner nicht in den Stand eines ›Ehrbaren Ruderers‹ hatte erheben wollen und daher abwartend im Heidekrug saß – sich zu verhalten wie am Tag der Vorfälle. Und ich konnte vom Ballon aus tatsächlich einiges

beobachten. Ich zerbrach mir lange den Kopf, wessen Zögern, von der hohen Warte des Aerostaten aus betrachtet, an welcher Stelle der sich verzweigenden Wege das entscheidende war. Denn mir war klar, dass der Täter alles andere als das tun würde, was er an jenem Mordtag getan hatte.«
Langustier machte eine Pause, und Gerardine suchte sich im Geist die Karte des Geländes wieder vor Augen zu führen und die Eintragungen, die er ihr diktiert hatte. Auch fixierte sie nacheinander die Amerikaner und Amerikanischen Brüder am Königstisch, allesamt bleich …
»Es führt ein bestimmter Pfad am Nebelhang entlang zur Eiskate. Der Mörder nahm ihn, das war klar. Mister Pentland? Mister Sterling? Mister Polk? Sie allein kamen in Frage, aufgrund ihrer verräterischen Gesten am Scheideweg … Wir, meine Urenkelin und ich, fanden heraus, dass es nur ein Amerikaner gewesen sein konnte: Die Kugel, die Joyards Mörder viel zu früh und ohne Prozess hinrichtete, stammte aus einer Barker-Four – wie sie nur die Amerikaner bei sich trugen.«
Viermal blitzte es kurz hintereinander, dann folgte ein einziger Donner, der so laut war, dass allen die Ohren klangen. Das *Katzengold* in den Gläsern warf kleine Kreise von der deutlich spürbaren Lufterschütterung.
»Ich muss leider noch etwas ausholen, denn nur so wird jene Neuigkeit in ihrer ganzen Tragweite verständlich, die mir heute Monsieur Philippi mitteilte.«
Philippi räusperte sich hörbar, um sich allen ins Gedächtnis zu rufen.
»Dazu möchte ich einen honorigen Mann in den Zeugenstand bitten«, sagte Langustier mit bester Richterstimme, »der Philippe Saint-Sauliac auf der Spur war, ohne ganz sicher zu wissen, ob er den Richtigen verfolgte. Eigentlich verfolgte er einen gewissen … Helfen Sie mir bitte, Monsieur!«
»Cunningham«, sagte Fersen. »Ich verlor seine Spur in London, wo er wahrscheinlich einen der größten Diamanten des

Colliers, welches zugleich Anlass und wundersam verschwundenes Phantom der Halsbandaffäre gewesen ist, zurückkaufen sollte.«
»Zurückkaufen?«, platzte Mirabeau heraus, nachdem es schon den Anschein gehabt hatte, als wolle er an seiner Chocoladenkatzenzunge ersticken.
»Ganz recht, Monsieur! Im Auftrag von Böhmer & Bassenge!«
»Hört, hört!«, riefen die Bankiers Schickler und Fetschow zeitlich gleichauf.
»Zur Erläuterung, Sire: Dies sind die Juweliere, die das fragliche Collier zusammenstellten.«
»Raffinierte Filous!«, sagte der König. »Dann seindt alles ein abgekartertes Spiel von den Juwelenhändlers gewest?«
»Danach sieht es für mich aus, Majestät«, bestätigte Fersen. »Aber den letzten Beweis dafür kann ich nicht erbringen. Der Betrüger starb zu früh. Vom Stein fehlt jede Spur.«
»Das seindt zu dumm!«, entrüstete sich der König und blickte erwartungsvoll zu Langustier, der nun an den offenen Fenstern entlangging und zum Himmel sah, der sich zu verdüstern anfing. Ein Blitz wie ein leuchtendes Diamantcollier stand über dem gegenüberliegenden Ufer. Dann kam ein endloses Donnergemurmel, als wolle sich das verteufelte Gewitter für den letzten Ansturm über den Heiligensee selbst Mut zusprechen.
Langustier ging zu der kleinen Jenny hinüber, die sich auf der Terrasse vor Angst in den Rock ihrer Mutter Hermine gewickelt hatte und jetzt wieder hervorschaute. Der lustige alte, kleine Mann, der so viel und schnell aß, war ja harmlos. Das Gewitter war aber wohl der Tod … Langustier flüsterte ihr lachend zu:
»Gleich ist's vorbei! Gewitter sind laut, aber nicht böse. Sondern im Prinzip gut! Wenn man zu Hause wartet, bis sie wieder weg sind.«

Darüber musste sie verschämt grinsen. Nass werden wollte sie ja wirklich nicht. Und auch nicht vom Blitz erschlagen. Der lustige dicke, alte Mann drehte sich wieder um und sagte:
»Der Stein wurde gar nicht gekauft. Der Betrüger – ich spreche von Joyards Sohn, der sich zur Zeit seines Englandaufenthaltes ›Sir‹ Cunningham nannte – behielt das ihm für den Kauf zugestellte Geld, löste den Wechsel nicht ein, sondern wechselte ein letztes Mal den Namen. Als Philippe de Saint-Sauliac kehrte er wieder nach Paris zurück, wo er Prinz Heinrich über den Weg lief, der ihn später als Gesellschafter in seine Dienste nahm. Die Aussicht, Joyard, den Amerika-Bruder, zu treffen, war es, die ihn dazu brachte, Ihr Angebot anzunehmen – nicht das karge Salär, das Sie ihm zahlen konnten, Hoheit …«
Der Prinz schnaubte indigniert, während der König gehässig lachte.
»Denn Geld hatte er genug, eingenäht in seine braune Samtjacke. Einen Wechsel! Jenen Wechsel, den ihm das Bankhaus ausgestellt hatte, bei dem Böhmer & Bassenge ihr Geld liegen haben. Bei dem Erschossenen fand man die Adresse der Bank.«
Er las mit seiner dicken Brille ab:
»*Becker & Becker, Paris, Rue Geoffrin*. Haben Sie heute einen Wechsel eingelöst, der auf dieses Bankhaus lautete, Herr Fetschow?«
Der Angesprochene war ein kleiner, untersetzter Mann. Nicht gewohnt, vor so vielen Menschen zu sprechen, war sein rundes Gesicht nun aufgeregt dunkelrot. Ein hübscher Komplementärkontrast zum hellen Blondhaar und zum mintgrünen Frack, dachte Langustier. Fetschow hüstelte und sagte:
»Ja, das habe ich – zumindest angenommen habe ich ihn, den Wechsel, auch wenn er etwas lädiert war. Aber die ausstellende Bank schien mir über jeden Zweifel erhaben. Ich musste den Einlöser auf übermorgen vertrösten, was die Auszahlung des

Betrages angeht. Die Summe ist sehr hoch, ich muss mir das Geld erst selbst beschaffen.«
»Ach, bei Ephraim & Co?«, fragte Schickler abseitig dazwischen, die Verwirrung des kleinen Kollegen ausnutzend.
Fetschow schwieg, was für den Fragenden *ja* bedeutete.
»Dürfte ich diesen Wechsel einmal sehen?«, bat Langustier.
»Hier ist er. Er lautet über 100 000 Livres.«
»Verdammt!«, sagte Schickler. »Das sind 25 000 Taler!«
Es war plötzlich so dunkel, das es aussah wie mitten in der Nacht. Die Arme des Kronleuchters warfen unheimliche Schatten über den gemalten Deckenspiegel, den Stuck und die blassgelbe Seidentapete.
»Abgerundet in etwa 5031 Friedrichsdor«, bestätigte Fetschow.
Der König atmete pfeifend, hustete und wurde mit einem Mal von multiplen Leib- und Rückenschmerzen heimgesucht. Ungeduldig befahl er:
»Lesen Sie mich die Indossanten vor, Herr Fetschow, den letzten reicht auch!«
»Fayence, Cunningham, De la Haye, Saint-Sauliac ...«, las Fetschow, bis Langustier ihn unterbrach.
»Pardon, doch den letzten Namen bitte ich Sie noch aufzusparen.«
Der hohe Gast krümmte sich auf seinem Polstersessel. Auch hustete er, wohl aufgrund der drückenden, dicken Luft. Das Licht draußen war so schweflig gelb geworden wie in ihrem Speisesaal. Der Himmel zeigte sich blauschwarz.
Ein Bataillon Blitze wanderte staksend den jenseitigen Uferhorizont entlang. Das Donnern rollte wie eine Kegelkugel auf unebenem Holzboden hinterher.
»Was sind auch schon Namen?«, fragte Langustier, als hielte er Vorlesung in der Königlichen Akademie. »Die bisher verlesenen waren falsche Namen des toten Philippe. Nun, was sollte sein richtiger Name wohl sein? Auf der Rückreise von Ita-

lien, die er in Begleitung von Monsieur Lucchesini unternahm, nannte er sich Möller. Herr Fetschow! Sehen Sie trotz der fahlen Bestrahlung den Mann hier im Raum, der den Wechsel eingelöst hat?«, fragte Langustier.
»Jawohl, Monsieur! Es war … es ist …«
»Halt!«, sagte Langustier rasch, sodass Fetschows Blick, fast schon aufs Ziel geschossen, wieder ins Unbestimmte ging. »Man muss den Feind, das weiß ein jeder königliche Offizier aus der Militärschule, wenn irgend möglich von mehreren Seiten angreifen.«
Der König nickte und sagte gequält:
»Ganz recte, aber wenn's geht, Galopp! Mich wird sonst noch bleumourant, hier mitten auf dem Fest-Tableau.«
Die Natur lechzte nach Entladung und Regen, doch das Gewitter schien jetzt direkt über dem See zu verharren. Kein Hauch, nicht die leiseste Brise. Kein Blitz, kein Donner. Nur sich ausbreitende Elfenbeinschwärze. Langustier wendete sich an Walker und Pentland, auf Französisch, damit ihn die Herren auch sicher verstünden:
»Hat sich ein Mitglied der Amerikanischen Brüder, jenes Freundschaftsordens, dem Cincinnatus huldigend, erboten, Ihnen eine größere Summe Geldes zu spenden, wenn Sie ihn in einem künftigen Königreich Amerika auf eine ihm gebührende Stelle setzten?«
Der König ruckte auf dem Sessel und schlug hart mit der Faust auf den Tisch. Er kämpfte mit großer Anstrengung das Unwohlsein nieder, zürnte dann:
»Königreich? In den Vereinigten Staaten soll es keinen König geben! Das wäre doch zu fatal. In einem so jungen Land haben Sie etwas Neues zu probieren. Wo sollte denn der König auch herkommen? Sie müssten ja doch den Adel importieren. Allenfalls einen Indianer-Häuptling könnten Sie aus eigener Kraft mit einigem Recht bemühen. *Chef de tribu*, so sagt man doch, Mister Sterling?«

Sterling, ihm weit entfernt gegenüber, nickte, schwach lächelnd, während Prinz Heinrich und Walker im Wachslicht vollends zu Gespenstern wurden. Es schien Nacht geworden zu sein, kurz nach eins ... Der Monarch hatte die Augen weit aufgerissen. Er hat es begriffen, dachte Langustier. Operation Crystal wird dem Prinzen ein paar harte brüderliche Worte einbringen, aber die werden nicht hier und heute fallen ...

»Ja, Monsieur«, bestätigte Pentland mit unnatürlich fester Stimme, die Ausgangsfrage aufgreifend. »Es gab einen solchen Antrag. Wir haben ihn natürlich von uns gewiesen. Über Amerikas Zukunft sollen weder Geld noch Könige allein entscheiden. Der Betreffende ist trotzdem herzlich eingeladen, mit uns zu kommen und uns zu unterstützten. Jeder Rechtschaffene findet bei uns seinen Platz.«

Das war diplomatisch formuliert. Man konnte es auf alles und nichts beziehen. Und nichts daraus schließen. Sollte es eine Monarchie geben? Wollten sie das Geld trotzdem nehmen? Aber es ging ja nur um den Namen.

»Sagen Sie mir ins Ohr, wer es ist? Es ist ja dann kein Staatsgeheimnis ...«, bat Langustier.

Selbst die Frösche hatten zu quarren aufgehört, es war totenstill am See. Man hörte nur das Zischen, mit dem ein hereingetaumelter Nachtfalter in einer Kerzenflamme starb. Aber auch Menschen verstiegen sich mitunter zu irrigen Ikarusflügen: Langustier war verblüfft, als Pentland ihm den Namen nannte. Doch er fasste sich rasch und blickte in die Aufzeichnungen. Die Gedanken, aufgekocht in Verzweiflung, stockten und wurden kühl wie Caramelcrème ... Er klappte die großen Brillenbügel ein. Eine Massage des Nasenrückens noch, dann sagte er:

»Mister Sterling! In meinen Notizen habe ich eine seltsame Hand- oder besser Armbewegung vermerkt, an der Stelle, wo Sie und ihr Begleiter anhielten. Es war, nebenbei bemerkt, die Stelle, wo es zur Eisgrube abging. Etwa so: – – –!«

Er hatte die Arme verschränkt wie ein Kosakentänzer, dann die Unterarme gehoben und die Hände wie zum Gebet aneinandergelegt und diese schließlich flach zur Seite gleiten lassen.
»So schließen die Indians Verträge! Ich habe diese Handbewegung ganz automatisch gemacht. Ich fand den Tauschhandel schon immer einträglich. So hab ich mir's angewöhnt.«
»Was haben Sie in der Silberschlucht erhandelt? Und von wem?«
Auch Sterling verlor jetzt Farbe.
»Sie müssen verstehen: Das ist ein Geschäftsgeheimnis! In einer Demokratie gelten andere Gesetze!«
Langustier schmunzelte nur.
»Nun, dann frage ich Sie, Friedrich Decker: Was haben Sie bekommen? Am Scheideweg? Als Anteil an jenem Wechsel, den Sie in Berlin bei Herrn Fetschow einlösten?«
Gleißende Helle und ohrenbetäubender Donner entluden sich fast gleichzeitig. Alle fuhren von den Sitzen auf vor Schreck. Lizzy Clyber schrie schrill. Der Polizeichef war in Nullkommanichts hinter dem jungen Decker. Im Blitzgeflacker bewegte Philippi sich wie aufgezogen. Gerardine überlegte fieberhaft. Da stimmte doch etwas nicht ...
»Ich habe den Wechsel eingelöst, das gebe ich zu«, sagte der junge Decker mit erregter, fester Stimme. »Ich wusste nicht, dass es schlecht wäre. Er erzählte von einer Erbschaft. Es war ein versiegelter Umschlag, ich habe nicht gewusst, was ... Er sollte das viele Geld drüben gut anwenden, dachte ich, nachdem er einst alles verloren und die Jahre von meinem Vater so fest traktiert worden war.«
»Untersteh dich, du Hundesohn!«, entfuhr es dem Schulzen.
Lizzy war zu Friedrich Decker gelaufen.
»Du dummer Kerl, wie konntest du nur?«, fragte sie und zog ihn an sich.
»Wer?«, fragte der König. »Wen hat man ordentlich traktiert?«

»Den Mann, dem Mister Sterling seine Barker-Four überließ!«, sagte Langustier.
Sterling saß kerzengerade und verzog keine Miene.
»Den Mann, dem Sie Ihr bestes Pferd verdanken, Sire!«, fuhr Langustier fort. »Ihren Brühl!«
Gerardine atmete auf. Ihre Erinnerung hatte sie nicht getrogen. Lizzys Friedrich war ja doch neben dem eigenen Vater auf die Suche gegangen in die Nebelschlucht. Und Sterling neben ...
»Brühl? Den hab ich doch von ...«
Ein tiefes, sonores Rauschen ertönte. Draußen setzte die Sintflut ein. Der einstige Pferdehändler, zuletzt nur als Deckers Famulus und Hornist der Amerikanischen Brüder bekannt, hatte seinen Stuhl umgeworfen und rannte auf die offenen Fenstertüren zu. Aber die Front der vorm Regen Flüchtenden baute sich wie eine undurchdringliche Mauer vor ihm auf. Aussichtslos der Versuch, durch die Menge zu schlüpfen. Er musste aufgeben, man hatte ihn gepackt. Mit gesenktem Kopf ließ er sich von Philippi und Polk vor den König führen.
Die Flügeltüren waren inzwischen geschlossen. Der Regen prasselte erst daran, wusch dann darüber hin, als gösse Petrus mit großen Kannen. Endlich tickten gar dicke Hagelkörner zu Boden, groß wie Haselnüsse, wie Walnüsse, wie kleine Frühäpfel, und bildeten eine dicker und dicker werdende eisige Schicht auf der Terrasse.
»Pfeiffer!«, donnerte der König und pochte dazu hart mit der Krücke aufs Parkett. »Ihr enttäuscht mir zutiefst!«
Gerardine und Jérôme hatten seinen Sessel gedreht, damit er sich bei all der Aufregung nicht noch den Hals verrenkte.
»Er war doch mal ein angesehener Mann? Sein Pferd seindt ohntadelig. Fast hätte ich mir durch Ihn bewegen lassen, die Rosshändlers nicht mehr vor tolls Geschmeiß zu halten. Und sie seindt es *doch*! Ich hielte Ihm vor brav, wo ich doch schon längst bei mich wusste: Die Bravsten seindt am schlingelsten!

Der Teufel hol Ihm – hat es Ihn denn nicht gereicht, sein Geld zu verjubeln? Musste Er denn jetzt auch noch Hazard spielen mit seinem Rest Leben?«

Pfeiffer schwieg und blickte hartnäckig zu Boden. So nahe war er dem neuen Anfang gekommen – und stand abrupt am Ende. Sein Kopf brauchte ganz offenbar noch Zeit, dies zu begreifen.

»Es scheint«, sagte Langustier, »als hätte der Teufel selbst, oder jener Teil des Christengottes, der das Böse erledigt, jene drei wieder zusammengeführt. Mag also doch etwas dran sein an den alten Geschichten von der Silberkehle als einem dämonischen Ort! Joyard wurde vom Sohn getötet, den er sträflich alleingelassen hatte. Diesen wiederum brachte einer der vielen Betrogenen um, die ihm als dunkle Schleppe folgten. Der schlimme Philippe nutzte die vagen Theoreme d'Alemberts, indem er Garantiebriefe für das unfehlbare Spiel verkaufte. Was haben Sie ihm gezahlt, mein Herr? 1780 in Paris?«

»Hundert Livres …«, sagte Pfeiffer mit einer Stimme, die jedem in die Knochen fuhr. »Für zwanzig Friedrichsdor erkaufte ich mir die unfehlbare Anleitung zu verlieren.«

»Sie hätten auch Glück haben können«, sagte Langustier.

»Ich? Glück?«, lachte Pfeiffer irr auf. »Glück hatte nur der Dämon mit der unterbrochenen Augenbraue, den ich sogleich unfehlbar wiedererkannte.«

Etwas schien ihm klarzuwerden, und er schlug sich die Hände vors Gesicht.

»Sie haben den Sohn ihres besten Freundes getötet, ohne es zu ahnen. Sie dachten auch noch, Joyard damit zu rächen, nicht wahr? Das machte Ihnen die Tat noch leichter.«

Pfeiffer nickte schwach.

»Genug!«, schrie der König. »Habt Ihr den Mord an meinem weiland gewesenen Ersten Küchenmeister Joyard gesehen?«

»Ja, Majestät!«

»Habt Ihr den Sohn meines weiland gewesenen Ersten Küchenmeisters Joyard meuchlings zu Tode gebracht?«
»Heimlich ja, doch nicht hinterrücks! Ich erschoss ihn von vorn!«
»Doch Ihr lenktet den Verdacht auf meine amerikanischen Freunde!«, rief der Prinz, um auch einmal etwas zu sagen.
»Vor allem machtet Ihr einen unbescholtenen Mann, dem mein ganzes Wohlwollen gilt, zum Lieferanten für Euer Mordwerkzeug ... Ich dispensiere Sie ausdrücklich, mein lieber Sterling, von aller Mitschuld!«, sagte der König.
Der Amerikaner wurde bleich wie schlesisches Leinen. Pfeiffer sagte langsam:
»Dieser Schurke soll – Joyards Sohn ...? Das ist unfassbar. Ich sah nur mein Verderben in ihm, als ich ihn vor dem Tempel erkannte. Nun schien er auch noch aufgestiegen zu sein: ein Favorit des Prinzen! Der Scharlatan, der mich wie nebenbei um alles gebracht hatte. Ich bat Mister Sterling, ein paar Probeschüsse mit diesem Wunderding von Barker-Rifle tun zu dürfen. In Wahrheit wollte ich nicht meine alterschwache Pistole benutzen, die hat schon oft versagt, wenn's drauf ankam im Krieg. Ich hätte mich in der Hand des anderen befunden. Das war gut, denn sein Messer hätte mich schneller getroffen, als ich hätte nachladen können.«
»Sie gaben Monsieur Sterling als Tauschobjekt den schwarzen Adlerorden, habe ich recht?«, fragte Langustier. »Ich vermisste ihn an Ihnen, als ich mit Ihnen sprach, auf der Ebene, vor der Beobachtungsfahrt.«
Pfeiffer nickte.
»Sie gaben ihm das amerikanische Kurzgewehr nach der Tat wieder zurück?«
Langustier war sehr nachdenklich geworden und blickte fragend zu Gerardine, die seine Verwirrung verstand. Sie hob Zeige- und Mittelfinger der rechten Hand.. Sehr richtig. Wie konnte das sein? Auf den Ballon war zweimal geschossen wor-

den. Hatte Pfeiffer sich die Barker-Four noch einmal geliehen? Oder ... Eine Erleuchtung ... Auch draußen war es wieder hell geworden. Der Regen fiel nur noch dünn.

»Mister Sterling! Machen Sie es uns nicht zu schwer. Wie kommt es, dass Sie nichts von Ihrem ›Tausch‹ zu Protokoll gaben? Es musste Ihnen doch seltsam vorkommen, dass der Probeschuss des Amerikanischen Bruders nur der Todesschuss für Saint-Sauliac hat sein können?«

Der König sackte zusammen.

»Auch Sie, mein Freu...«, begann er, stockte.

Der Fellhändler schnaufte tief. Für einen Moment schien es, als wollte sich Sterling davonmachen. Doch der Blick des Königs hielt ihn zurück. Oder auch ein Rest an Gewissen.

»Ich schlich Pfeiffer nach ... Ich hatte plötzlich Angst um mein Gewehr. Wir hatten alle einen Eid geleistet, es keinem Nicht-Amerikaner zu geben. Ich wollte einen Adlerorden, daher ließ ich mich erweichen. Ich ging einen Bogen, zum Glück, sonst hätte mich der Schuss getroffen. Unter der Eisgrube stand Pfeiffer. Er durchwühlte Saint-Sauliacs Taschen und zog einen Zettel heraus, den Wechsel, nehme ich an. Ein Stückchen riss ab, als er mich sah, und er fluchte. Und er hatte ein Gewehr ... Er zwang mich, in die eisige Grube zu gehen. Da lag der alte Koch. Ich musste ihn herausziehen und dann beide Tote hinunterwerfen in die Schlucht. Dann gab er mir das Gewehr zurück. Ich hatte die Mordwaffe in der Hand. Ich hätte ihn anzeigen sollen ...«

»Naturellement!«, sagte der König.

Pfeiffer lachte leise, während er das Martyrium des Amerikaners verfolgte, welcher hinzufügte:

»Sie kennen die Macht des Geldes. Ich wäre reicher zurückgekehrt als nach zwanzig Jahren Handel ...«

»Aber Sie haben aus eigenem Antrieb auf uns geschossen! Weil Sie ahnten, dass wir Ihnen auf die Schliche kämen«, rief Gerardine wütend.

»Verflucht!«, schrie Lalande und fuhr auf, doch Gerardines Hand zog ihn wieder auf den Sitz.
Sterling und Pfeiffer wurden von Philippi und den hereingerufenen pitschnassen Wachleuten des Bataillons Garde abgeführt.
»Ich seindt noch nie, nach keinem Feste so am Ende gewest, mein lieber Langustier …«, sagte der Monarch.
Nicht nur, dass all die Tafelfreuden sich rächten – er hatte auch das letzte bisschen Glauben an das Gute im Menschen verloren.

Man trug ihn sorgsam hinaus und verabschiedete ihn mit großem Gedränge. Alle wollten nun doch seinen Rock berühren, und er war zu matt, es sich zu verbitten. Endlich rollte die königliche Berline davon, und alle sahen ihr nach, solange es ging.
»Und was ist mit der Kopie der Mec Dec?«, fragte Gerardine, als sie mit ihrem Urgroßvater in den Garten ging. »Willst du Pentland und Polk, die beiden Diebe, einfach davonkommen lassen?«
Langustier setzte die Brille auf, um den Situationsplan der Schlucht ein letztes Mal zu betrachten, den Gerardine im Ballon angefertigt hatte. Die beiden Genannten standen am Seeufer und schauten sehr bleich aus der Wäsche. Sie erstarrten zu Eis, als Langustier und Gerardine nun auf sie zukamen.
»Es war keine Kopie, nicht wahr?«, fragte Langustier.
»Wovon sprechen Sie, Monsieur?«, fragte Pentland.
»Von der Mec Dec, die einer von Ihnen, ich nehme aber an, Sie beide gemeinsam, in der Nacht aus der unverschlossen gebliebenen Eiskate … äh … gerettet haben.«
Schweigen kann alles sagen.
»Woher wollen Sie das wissen?«
»Dass es das Original ist? Das schließe ich aus Ihrem beherzten Zugriff. Da das für uns keine Rolle spielt, lassen wir

das Dunkel der Geschichte über diesem Faktum! Ich denke, eine junge Demokratie braucht weniger Kulte und Riten als vielmehr Dokumente.«
Pentland war erleichtert und zwinkerte Polk zu. Er rückte an seiner Drahtbrille.
»Der alte Clyber ... Er tauschte das Original in Charlotte gegen eine schlechte Kopie, die er selbst angefertigt. Er war wohl berauscht von der Vorstellung, das Original der ersten Unabhängigkeitserklärung zu besitzen.«
»In Charlotte-Town, North Carolina, verfasst und von Männern unterzeichnet, die noch mein Onkel alle persönlich kannte. Er war auch dabei«, sagte Polk, ganz Patriot und Cincinnatus.
Dokumente, dachte Langustier. Dokumente ... Über Lupo Langustino müsste er in Marseille einiges herausfinden ...

Nach der Heimfahrt des Königs hatte sich der Himmel über Potsdam völlig aufgeklärt. Der Ballon blieb dennoch am Boden. Allerdings begannen der Cellist Mara und sein kleines Tanz-Orchester mit ihrem Spiel, das mit steigendem Vin-de-sec-Pegel besser und besser wurde. Die Barkers schlossen einen Handel mit Schickler ab. Gant fand in Decker den kongenialen Tabak-Kenner und durfte einigen Tagen des anregendsten Erfahrungsaustausches in der Kolonie Neu-Charlotte entgegensehen. Gerardine und Jérôme tanzten und tanzten, bis sie im Mai waren! Und Langustier? Der prostete so vielen Leuten zu wie nie zuvor, redete und redete und formulierte doch im Geiste schon die nächsten Sätze seiner Memoiren ...

Dienstag, 18. August 1786

Er war einer der Letzten, die den aufgebahrten König im Potsdamer Stadtschloss sahen. Lange stand er vor dem gusseisernen Sarg und konnte die Tränen nicht bezwingen. Er hatte noch einmal die Livree in des Königs Lieblingsfarbe angezogen. 46000 Friedrichsdor hatte ihm der König zum Dank für 46 Jahre geschickt. Überm Herzen aber trug er den Brief, mit dem der Sterbende ihn wahrhaft geadelt. Er kannte den Inhalt auswendig; leider hatten, da der König eigenhändig geschrieben, wahre Tintenfontänen vieles unleserlich gemacht:

FR
15. August 1786
Lieber Langustier, mein treuer Koch und Geheim-Commissär!
Die Alten müssen den jungen Leuten Raum machen, damit jedes Menschenalter seinen Platz finde; und wenn man es recte überlegt, was denn das Leben sei, so ist's doch nichts, außer dass man seine Mitbürger sterben und geboren werden sieht. Ach, ich war doch immer nichts als ein armer Sterblicher. Indessen fühle mir sehr erleichtert, wenn ich denke, dass mein rührseliger Bruder nicht Amerika regieren wird. Das seindt auch Ihr Verdienst!
Mein Herz bleibt Ihnen unveränderlich ergeben, mein lieber Langustier! Der Geschmack Ihrer unsterblichen Kreationen liegt mir noch im Tod auf der Zunge. Der Liebe Gott

ist ein (unleserlich) Ob es droben besseres Ambrosia gibt als bei Ihnen? Glaube es nicht. Die Versprechungen der (unleserlich) (unleserlich) Pfaffen, dieser (unleserlich) Rackers, sind das lächerlichste (unleserlich), das man sich ausdenken kann. Nichts als (unleserlich) Windbeuteleien! Ich glaube, es wird danach gar nichts mehr geben. Höchstens eine salzlose Schüssel von einem leblosen Ideenragout. Oder Löwenzahn! Die Welt seindt ein (unleserlich). Und ich bin froh, wenn ich diesem Höllenpfuhl bald entsteige. Was immer kommt, es wird besser sein. (Unleserlich) (unleserlich) (unleserlich) (unleserlich) (unleserlich)
Leben Sie wohl bis zum Ende, so wohl wie es eben geht!
F

PS Anbei ein kleiner Zuschuss für Ihre Reise in Ihre Jugendgefilde. Es betrübt mir sehr, Ihre *Memoires* nicht mehr vorgelesen zu bekommen.

Langustier verneigte sich vor dem Toten und ging, sodass auch die Nachdrängenden zu ihrem Recht kamen … Er wurde Teil der unübersehbaren Menschenmenge, die Friedrich dem Einzigen auf seinem letzen Weg in die Garnisonkirche folgte, wo ihn sein tumber, der Alchemie, den schönen Frauen und den christlichen Eiferern ergebener Neffe und Nachfolger auf dem Thron – gegen seinen Willen – beisetzen ließ. Marie und Rahel konnten Langustier auf dem Heimweg nur schwer trösten. Er machte sich tatsächlich die heftigsten Vorwürfe, denn er war nicht von der Meinung abzubringen, dass er es gewesen sei, der den großen König auf dem Gewissen hatte.
Am ersten Mai hatte sich der König auf Brühl setzen lassen, um eine dreiviertel Stunde in wütendem Galopp durch den Park von Sanssouci zu preschen. Danach hatte er sich übergeben und hinlegen müssen und war seither nicht mehr aufgestanden.

Natürlich war es die Aufregung über die Amerikapläne des Bruders gewesen – die maßlose Wut und Enttäuschung darüber, dass Prinz Heinrich es verabsäumt hatte, aus eigenem Antrieb mit ihm über diese Dinge zu reden. Er hatte es erst in der Folge jenes einzigartigen Festes am Heiligensee getan. Zu spät …

Anfang des Monats hatte Langustier ein kleines, dick eingesiegeltes Päckchen aus Versailles erhalten. Als er es öffnete, war ihm ein kastaniengroßer Diamant entgegengerollt. Fersen hatte ihm im allerhöchsten Auftrag dieses Kleinod gesendet und dazu geschrieben:

Mon très cher maitre!
Böhmer & Bassenge sind am Ende, Monsieur; die Königin ist voll des Dankes für Ihre – wenn auch so en passent gemachten! – Enthüllungen über jene Herren. Das war ihr ein hübsches Crystal wert … Keine Angst, sie wird sich deswegen nicht von trockem Brot ernähren müssen. Deswegen nicht! Gehaben Sie sich wohl – die Maifeier wird mir unvergesslich bleiben! Ich bin voll der Ungeduld, Ihre Memoiren in Händen zu halten!
Ihr ergebener Fersen.

PS. Pardon, warum sagte ich es nicht gleich? Meine untertänigsten Empfehlungen an Ihre zauberhafte Frau Gemahlin! An ihre zauberhafte Tochter! Und an die allerzauberhafteste Aeronautin! (Allerbeneidetster Lalande … Auch ihm: alles Glück der Welt!)

Langustier hatte den Diamanten an Johann Jacob Schickler verkauft. Vom Erlös würden Gerardine und Jérôme, verheiratet seit dem 16. Juli, am 31. des letzten Monats in der Neuen Welt ein neues Leben beginnen. Es war alles gut. Langustier strahlte. Endlich.

Historische Stichworte

D'Alembert und Friedrich II.
Jean-Baptiste le Rond d'Alembert (1717–1783) war das uneheliche Kind der Marquise de Tencin und des Generals Louis Camus Destouches. Er wurde in Paris vor der Kirche St. Jean-le-Rond ausgesetzt und großgezogen von einem Glaserehepaar namens Rousseau. Die im Text erwähnten Spiel-Systeme werden ihm zugeschrieben. (Bis 1790 dominierte unter den Glücksspielen um Geld das Pharo-Spiel, eine Art Roulette mit Karten). D'Alemberts Italienreise fand bereits 1763 statt. Wie Diderot war er seit 1751 Mitglied der Berliner Akademie. Friedrich II. bot d'Alembert 1752 den Präsidentenstuhl der Berliner Akademie als Nachfolger des todkranken Maupertuis an und verlieh ihm 1754 eine Pension von 1200 Livres ohne jede Verbindlichkeit. Einer ersten Begegnung in Wesel 1755 folgte 1763 eine zweite. D'Alembert begleitete den König nach Potsdam, wo er drei Monate blieb.

Charlotte
Die heutige Hauptstadt des Mecklenburg County, North Carolina, war ursprünglich eine Ansiedlung europäischer Auswanderer. 1755 baute Thomas Polk, ein Onkel des späteren Präsidenten James Knox Polk, sein Haus an der Kreuzung der Great-Wagon-Road mit einem zweiten, nach Westen führenden Weg der ortsansässigen Catawba-Indianer. 1768 wurde Charlotte-Town amtlich eingetragen. Noch heute ist die Kreuzung, an der Polks Haus stand: *The Square*, Stadtzentrum. Na-

menspatronin war die englische Königin, eine gebürtige Mecklenburgerin.

Früheste Ballonfahrten
Am 4. Juni 1783 demonstrierten die Montgolfier-Brüder vor großem Publikum in Annonay eine der ersten Auffahrten eines unbemannten Heißluftballons (seither Montgolfière genannt). Eine 33,5 Meter im Umfang messende, mit Papier ausgeschlagene Stoffhülle stieg bis auf zwei Kilometer Höhe und ging sanft wieder nieder. Die erste freie bemannte Fahrt einer Montgolfière gelang am 21. November 1783 dem Marquis d'Arlande und Jean-François Pilâtre de Rozier. Damals gingen die Konstrukteure noch davon aus, dass der Rauch, besonders der übel riechende, das Steigen verursachte ... Am 1. Dezember bereits erfolgte in Paris der erste Gasballonaufstieg von Jaques Alexandre César Charles (nach ihm fortan »Charlière« genannt). Montgolfières waren in zehn Minuten startklar, eine Charlière mit Wasserstoff zu füllen dauerte in der Frühphase mehrere Tage. Erste Aeronautin war 1784 die Französin Elisabeth Thible. Der erste Start von deutschem Boden erfolgte am 23. August 1786 durch Jean-Pierre Blanchard in Hamburg, der bereits 1785 mit dem Amerikaner John Jeffries den Ärmelkanal überfahren hatte.

Generalpathologus
Johann Christian Anton Theden (1714–1797), war Militärarzt, Wasserheilkundiger und Leibarzt Friedrichs des Großen. 1786 folgte er Johann Leberecht Schmucker im Amt des Ersten General-Chirurgs an der Charité zu Berlin (vorher war er ›Dritter‹) und klagte: »Unsere deutschen Wundärzte werden, leyder! größtenteils beim Barbierbecken gebildet [...] und haben weiter nichts gelernt, als den Bart putzen, Pflasterstreichen und Aderlassen [...] Viele können nicht einmal lesen [...]« Er hielt daher (voruniversitäre) Vorlesung für angehende Wund- und

Militärärzte in der »Anatomie« im Großen Stall und war auch sonst erfinderisch: Seine »Tinctura Antimonii Thedenii«, auch »Wund- oder Schusswasser« genannt, bestand aus Weingeist, Honig oder Zucker, Weinessig und verdünnter Schwefelsäure und war zur Behandlung entzündeter Wunden allgemein im Gebrauch. Der elastische Katheter, neue Blutstillmethoden sowie Hohlschienen für Knochenbrüche gehen ebenfalls auf sein Konto.

Kleine (Vor-)Geschichte der USA

Franzosen-Indianer-Krieg: (1754–1763): Teil des Siebenjährigen Krieges (1756–1763); letzter und namensgebender von vier Franzosen- und Indianerkriegen zwischen Franzosen und Briten in Nordamerika und Französisch-Akadien, in dem die Franzosen unterlagen. Indianer unterstützten beide Seiten als »Scouts«.

Kontinentalkongress: Kongress der Delegierten der dreizehn britischen Kolonien in Nordamerika; 5.9.–26.10.1774 (Erster K.) und 10.5.1775–1789 (Zweiter K.) in Philadelphia; beschloss im Juni 1775 die Aufstellung einer gemeinsamen Armee (Kontinentalarmee) unter dem Oberbefehl von George Washington und eine erste Staatenbundverfassung (Konföderationsartikel) im November 1777 (ratifiziert 1781).

Unabhängigkeitserklärung: Am 4.7.1776 vom Kontinentalkongress angenommenes Dokument, in dem die dreizehn konföderierten Staaten unter Berufung auf allgemeine Menschenrechte ihre Lösung von England erklärten.

Unabhängigkeitskrieg: 1776–1783; die miserabel operierende britische Nordarmee musste schon am 17.10.1777 bei Saratoga kapitulieren; französische Unterstützung (durch Rochambeau, Lafayette, de Grasse u.a.) und Steubens preußischer »Drill« führten nach vielem Auf und Ab zum Sieg der Kontinentalarmee über die zuvor unangefochten siegreiche britische Südarmee unter Cornwallis bei Yorktown am 19.10.1781. Im Frie-

den von Paris erhielten die jetzt unabhängigen USA das gesamte Territorium zwischen Appalachen, Mississippi, den Großen Seen und Florida.
US-Verfassung: Vom Verfassungskonvent in Philadelphia (Kontinentalkongress) erarbeitete und am 17.9.1787 vorgelegte Verfassung einer präsidialdemokratischen Republik aus mehreren Bundesstaaten; trat am 21.6.1788 in Kraft. Seit 1789 ist die Verfassung mit einem Katalog von Grundrechten kombiniert.
Erste US-Präsidenten: George Washington (1789–1797), John Adams (1797–1801), Thomas Jefferson (1801–1809).

Königlicher Umgang mit der Sprache
Bevor Konrad Dudens »Regeln für die deutsche Rechtschreibung nebst Wörterverzeichnis« 1902 auf Beschluss des deutschen Bundesrats rechtsverbindliche Sprachvorschrift für alle Bundesstaaten des Deutschen Reiches wurden, herrschte für Bürger und Könige Narrenfreiheit in Sachen Schreibung und Satzbau. Des Großen Königs Kapriolen sind am schönsten im gedruckten Briefwechsel mit seinem Kammerier Michael Gabriel Fredersdorff dokumentiert. Das Hoffranzösisch war die damalige Weltsprache; hier wurde Friedrich II. durch französische Muttersprachler mehr auf Linie getrimmt.

Letzte Wochen des Königs
Friedrichs II. letzter Ausritt geschah in Wahrheit am 4. Juli: »Mit äußerst großer Mühe ward der König um elf Uhr auf sein Pferd gebracht. Er ritt drei Viertelstunden im großen Garten von Sanssouci, mehrenteils im Galopp, und kam außerordentlich matt und entkräftet zurück. Bei Tafel hatte er gar keinen Appetit, und gleich nachher mußte er sich erbrechen.« (Johann Friedrich Zimmermann, zit. n. Gustav Mendelssohn Bartholdy: Der König. Ebenhausen bei München, 1912, S. 527). Im Roman wurde – aus narrativen Rücksichten – auch der Besuch des Arztes Zimmermann zeitlich vorgezogen. Am 16. August

»wechselten Bewußtsein und Bewußtlosigkeit den Tag über, und zum ersten Mal in seinem ganzen Leben erinnerte er sich der zu expedirenden Kabinetsgeschäfte nicht. In der Nacht zum 17ten, als die über seinem Kopf hängende Uhr 11 schlug, fragte er, was die Uhr sei? Man sagte es ihm, worauf er sagte: »um 4 Uhr will ich aufstehen.« Bald darauf nahm er etwas Saft und sagte: »das wird gut sein – wir sind über den Berg, und später noch mehrere unverständliche Worte«. (Rödenbeck, Tagebuch, a.a.O., S. 364). Friedrich II. starb 74-jährig am 17. August 1786, morgens, zwanzig nach zwei Uhr, im Beisein seines Kammerlakais Strützky, des Ministers von Hertzberg, des Adjutanten und General-Lieutenants Graf von Görtz, des Doktors Selle sowie der Kammerhusaren Neumann und Schöning. Noch am 17. August wurde sein Leichnam ins Potsdamer Stadtschloss gebracht und öffentlich aufgebahrt. Einen Tag lang konnte ihn dort jeder besichtigen, bis er, am 18. August, um acht Uhr abends, in der Garnisonkirche beigesetzt wurde.

Mec Dec
Der Sage nach wurde in Charlotte am 20. Mai 1775 von 27 Bürgern die erste Unabhängigkeitserklärung während der sogenannten Amerikanischen Revolution verfasst. Von der »Urkunde« existiert nur eine 1819 angefertigte Gedächtnis-Kopie. Das Datum der »Mecklenburg Declaration of Independence« wird vom heutigen Bundesstaat North Carolina in Siegel und Flagge geführt. Thomas Jefferson benutzte sie angeblich als Vorlage zur Unabhängigkeitserklärung der Vereinigten Staaten. Elf Tage später, am 31. Mai, entwarfen und billigten dieselben 27 Bürger aus Charlotte Gesetze, die sogenannten »Mecklenburger Beschlüsse«, zur Verwaltung und Regierung ihrer nun unabhängigen Stadt. Charlotte trug wegen zahlloser Scharmützel zwischen Briten und der Kontinentalarmee den Spitznamen »Wespennest«.

Neu-Charlotte und die Silberkehle
Das erfundene Gut und Kolonistendorf Neu-Charlotte möge man sich da vorstellen, wo heute Pritzhagen (Märkische Schweiz) liegt. Die dortige Feldsteinkirche und die Silberkehle gibt es – etwas überhöht und vom Autor mit Tempel, Obelisk auf dem Dachsberg und der Eisgrube versehen. Bei Pritzhagen existiert noch eine ähnliche, etwas weniger »wilde« Schlucht: die Wolfsschlucht, wo sich tatsächlich ein »Teufelsstein« befindet.

Preußisch-Amerikanisches Handelsabkommen
Am 26. Mai 1783 gab Friedrich II. seinem Gesandten in Paris, Freiherrn von der Goltz, den Auftrag, mit Benjamin Franklin über die Handelsbeziehungen zwischen Preußen und den Vereinigten Staaten zu sprechen. »Nach Aufnahme der Verhandlungen erfolgte ein monatelanger Briefwechsel. [...] Preußen ratifizierte den Vertrag am 24. September 1785, der 2. Kontinentalkongress am 17. Mai 1786. Die Ratifikationsurkunden wurden am 8. August 1786 in Den Haag ausgetauscht und der Text am 17. Mai 1786 verkündet. (Vgl. Irmgard Blume: Der Freundschafts- und Handelsvertrag ... In: Friedrich Wilhelm von Steuben ... Würzburg, 1980, S. 135–142) Das Abkommen blieb bis 1918 in Kraft. Importwaren wurden Virginiatabak, Reis, Indigo und Walfischtran, exportiert wurden Leinen, Hanf, Porzellan, Eisenwaren und Tuche. Emden sollte den Handel mit den westlichen Territorien Deutschlands öffnen, Stettin mit dem Osten. Der tatsächlich rege einsetzende deutsch-amerikanische Handel lief jedoch nicht über diese Häfen, sondern über die freien Hansestädte Hamburg und Bremen, was das Abkommen bedeutungslos werden ließ. Bedeutender waren die »Bestimmungen zur Humanisierung der Kriegsführung«, die »Grundsätze über die Wahrung der Menschlichkeit in Kriegszeiten« formulierten, wie sie erst die Genfer Konvention wieder aufstellte (Blume, a.a.O., S. 141).

Prinz Heinrich, Beinahe-König von Amerika

Friedrich Wilhelm von Steuben bemühte sich, in unbezahlten Ruhestand versetzt, vehement um die Errichtung eines US-amerikanischen Militärstaates nach preußischem Vorbild, mit König, versteht sich. Alte Freunde schanzen sich bekanntlich gerne Posten zu. Mit diesem Wunsch stand er nicht allein, wie die bemerkenswerte postalische Anfrage an seinen »old commander Prince Henry of Prussia« beweist, die er (in Wahrheit erst nach Friedrichs II. Tod) weiterleitete. Was lange als apokryph galt, bestätigte sich 1911, als Prinz Heinrichs Antwort im Charlottenburger Archiv gefunden wurde. »The prince's answer, probably written in early 1787, said that Steuben's letter of November 2 transmitted a surprising letter from one of the baron's [i.e. Steubens, Anm. TW] friends. Oral tradition, recorded by Rufus King in 1824, attributes that letter to the president of Congress, Nathaniel Gorham. Writing that the government was not a success and that he was exploring the possibility of adopting the British model of constitutional monarchy, Gorham had seemingly asked Prince Henry whether he would accept an American crown. Either Steuben or Gorham suggested that a code be established to carry on correspondance about the matter. / Whether the prince wrote to Gorham is unknown. He wrote Steuben that he agreed the English model was most perfect, but that he was too old to take up new projects and that he would do nothing to change the government of the United States. He declined to establish a code, but far from rebuffing the proposal completely, he suggested that he would be in Paris in the fall where Steuben might arrange for a friend to see him.« (Minor Myers, Jr.: Liberty without Anarchy. A History of the Society of the Cincinnati. Charlotte-Town, 1983, p. 83f.) Prinz Heinrich hatte sich weniger als König von Amerika, denn als heimlicher König, sprich: Berater seines Neffen Friedrich Wilhelm II. gesehen, doch dessen Berater-Camarilla (Wöllner, Bischoffswerder und Madame Rietz) belegte ihn mit dem Bannfluch. Bezeugte »Lecteurs« des Prinzen hießen Toussaint und Francheville. Die Männerbekanntschaften des Prinzen waren Friedrich II. ein Dorn im Auge, und er zahlte 1774 seinem Bruder 10 000 Friedrichsdor dafür, dass er die Liaison mit seinem Adjutanten Christian Ludwig von Kaphengst beende. Heinrich legte nochmals dieselbe Summe drauf und schenkte seinem Kaphengst u. a. das Rittergut Meseberg (heute Gästehaus der Bundesregierung), wo dieser ein wüstes Prasserleben begann. Ihre Freundschaft blieb bestehen, auch wenn Kaphengst offiziell nur noch einmal, während des »Kartoffelkrieges«, 1778, Dienste für den Prinzen übernahm.

Queen Charlotte
Charlotte war die Tochter des in Mirow apanagierten Prinzen Carl Ludwig Friedrich zu Mecklenburg – eines Halbbruders des regierenden Herzogs Adolf Friedrich III. von Mecklenburg-Strelitz. Ein Brief an Friedrich II., in dem Charlotte sich über das Betragen der preußischen Armee in Mecklenburg beschwerte, wurde gedruckt und brachte Prinz Georg auf die Idee, die ferne, außergewöhnlich gebildete Prinzessin zu heiraten. Am 8. September 1761 fand die Trauung statt, bei der sich das Paar zum ersten Mal sah: Uff … zum Glück schön! Die junge Königin an der Seite Georgs III. war äußerst beliebt, auch wegen des vergleichsweise einfachen, volksnahen Lebens. Die Verschwendungssucht ihrer fünfzehn Kinder brachte die Krone jedoch in Verruf. Georg III. war im Alter blind und geistig verwirrt. Die Aufsicht über ihn oblag Charlotte. Das Paar lebte zurückgezogen in Windsor. Nach dem Tod ihrer Lieblingsenkelin Charlotte verlor sie jeden Lebenswillen und starb, nachdem sie 57 Jahre englische Königin gewesen war, am 16. November 1818.

Restaurants

Als »Restaurants« bezeichnete der Pariser Suppenküchenbetreiber Boulanger, nach dem die Boulangerie ihren Namen hat, vorgefertigte Bouillons, sprich: Suppen. Er nannte sich seit 1765 mit behördlicher Erlaubnis »Restaurateur« (was von der späteren Bedeutung des Worts her etwas gipsern klingt), und seine »Restaurants« waren, mit festen Preisen und Geschmacksrichtungen, à la carte zu beziehen: Die Karte war eine Tafel, auf die mit Kreide geschrieben stand, was es gab.

Society of the Cincinnati

Die »Society« war die Antwort einer kleinen Gruppe hochrangiger Militärs auf die drohenden Gefahren von Meuterei und Anarchie in der US-Kontinentalarmee. Nach Jahren ausbleibenden Solds und fehlender Unterstützung für die Witwen, Waisen, Invaliden und erwerbslosen Kriegsheimkehrer war die Stimmung auf dem Siedepunkt. »The Society of the Cincinnati began as a mutiny moderated into an organization.« (Myers, Liberty, a.a.O., p. 1). Etwa siebenmal seit 1777 hatten Meutereiversuche unterdrückt werden können, bis Major General Henry Knox auf die Idee der Cincinnati als »one society of friends« kam. Die Gründung erfolgte am 13. Mai 1783 in Fishkill, Dutchess County, State New York, im »Mount Gulian« genannten Wochenendfarmhaus des reichen Wallstreet-Kaufmanns Verplanck. Der nominell noch amtierende Generalinspekteur der Kontinentalarmee, Friedrich Wilhelm von Steuben alias »der Baron«, residierte im Verplanckhaus vom Herbst 1782 bis zum Spätsommer 1783. Namensgeber und Vorbild für die Gesellschaft war der Römer Lucius Quinctius Cincinnatus, der – zur Kriegspflicht gerufen – den Pflug niederlegte und kämpfte bzw. in die Politik ging, nach dem Kampf jedoch unmittelbar wieder zu Pflug und heimischem Herd zurückkehrte. Der Spruch auf dem Mitgliedsabzeichen, auf dem Schwerter und Pflugscharen zu sehen waren, lautete nicht: *Schwerter zu*

Pflugscharen, sondern: »Omnia relinquit servare rem publicam« (Alles verläßt er, den Staat zu erhalten), soll heißen: *Wir sind bereit, wenn es wieder so weit ist.* Nur wer in der Kontinentalarmee gekämpft hatte, konnte beitreten. Die Mitgliedschaft war an den Erstgeborenen zu vererben. Ehrenmitgliedschaften waren möglich (prominentestes »Honorary M« wurde später Sir Winston Churchill), erloschen aber – wie persönlicher Adel – mit dem Tod. Dass der Orden überlebensfähig war, beweist die Tatsache, dass die »Society of the Cincinnati« noch heute existiert und wirkt. Der USA-Freund und Förderer Louis XVI. stiftete eine französische Sektion, die bis 1854 bestand. Eine Ehrenmitgliedschaft Prinz Heinrichs, der im Gründungsjahr der französischen Sektion, 1784, in Paris war, wäre nur logisch, ist aber unbezeugt.

Spitzel Mirabeau

Honoré-Gabriel Riquetti, Comte de Mirabeau (1749–1791), hatte bereits ein abenteuerliches und wenig rühmliches Leben als Ehebrecher und politischer Publizist (u.a. gegen die Cincinnati) und Verfasser erotischer Romane hinter sich, als er 1786 zweimal nach Berlin kam – im Frühjahr und im Herbst –, um im französischen Auftrag die dortige politische Lage zu sondieren. Friedrich II. empfing ihn am 25. Januar und am 15. April in Audienz und wechselte mehrere kurze diplomatische Briefe mit ihm. Der König »empfing ihn freundlich, brachte ihm sogar Interesse entgegen, blieb aber gegenüber seinem (Mirabeaus) Angebot, in preußische Dienste zu treten, unempfänglich« (Guy Chaussinand-Nogaret: Mirabeau. Stuttgart, 1988, S. 104). Im Roman wird von der bezeugten Audienz-Chronologie aus technischen Gründen abgewichen. Die Eindrücke seiner beiden Aufenthalte in der preußischen Residenz verarbeitete Mirabeau in der 1788 in London erschienenen Schrift *De la monarchie prussienne sous Frédéric le Grand.* Auszüge daraus erschienen übertragen in: Mirabeau. Der Redner der Revolution. Reden Briefe Schriften. Hrsg. von Horst Günther. Frankfurt, 1989.

Steubens Popularität in den USA
Steuben kam als verdienter preußischer Offizier 1777 nach Amerika. Als Generalinspekteur brachte er die Kontinentalarmee auf Vordermann. Ein von ihm auf Französisch verfasstes »Drillbook«, das »Regulations-« oder »Bluebook«, von Washingtons Aide-de-camp Alexander Hamilton ins Englische übertragen, wurde ein maßgebliches Handbuch für die Armee, das bis zum Mexikokrieg Mitte des 19. Jahrhunderts in Gebrauch war. Steuben, der selbst nie richtig Englisch lernte und die Vereinigten Staaten zum zweiten Preußen machen wollte, genießt noch immer allerhöchstes Ansehen bei den Revolutionary-War-Fans. Es gibt grandiose Gemälde und Standbilder. Steubens Grab ähnelt dem des Prinzen Heinrich – die stumpfe Pyramide erhebt sich düster im Park des »Von-Steuben-Memorials« in Remsen, New York. Die amerikanischen Historiker stören sich nicht daran, dass der einstige Generalinspekteur Steuben schwul war. Die deutschen wollen es hartnäckig leugnen. Steubens Aide-de-camp, der spätere Kongressabgeordnete Benjamin Walker, war es jedenfalls auch, deklarieren sie.

Unverkäufliches Diamant-Gehänge
Das Collier, für das die Pariser Juweliere Böhmer und Bassenge jahrelang Diamanten gesammelt hatten, bestand aus 637 Diamanten (2 800 Karat). Ludwig XV. fand es zu teuer für Madame Dubarry. Auch Ludwig XVI. hatte Bedenken, es Marie Antoinette 1778 zu schenken: Für 1,6 Millionen Livres hätten alle Pariser tüchtig Kuchen essen können … Der Kardinal Louis de Rohan dagegen ließ sich von einem Betrügerpärchen blenden: Er glaubte den Beteuerungen einer gewissen Jeanne de Valois alias Comtesse de la Motte Valois, ihn im Auftrag Marie Antoinettes um etwas bitten zu sollen: Falls der Kardinal das Collier

in ihrem Namen vorfinanzieren würde, gäb's ein Rendezvous ... Der Kardinal leistete eine Anzahlung. Das Collier wurde der falschen Comtesse übergeben, doch die erste Zahlungsrate der Königin bei Böhmer und Bassenge blieb aus. Sie wusste von nichts. Der falsche Comte Antoine-Nicolas de la Motte Valois war längst mit dem Collier in London und verkaufte die Steine einzeln. Da die meisten nicht sehr groß waren, war das leicht möglich. Marie Antoinette, den Rohans ohnehin nicht wohlgesonnen, ließ den Kardinal öffentlich verhaften. Ein Sensationsprozess mit dem Parlament als Richterkollegium wurde anberaumt. Auch Cagliostro alias Giuseppe Balsamo, der zur Zeit der Affäre in Kontakt mit Rohan gestanden hatte, wurde dabei der Mitwirkung an der *affaire du collier de la reine* beschuldigt. Doch es konnte weder ihm noch Rohan etwas anderes als riesenhafte Beschränktheit vorgeworfen werden. Die Colliersteine glitzerten auf ewig in Abwesenheit Cagliostro wurde des Landes verwiesen und ging nach London. Die Betrüger-Comtesse floh 1787 aus der Haft, 1791 fiel sie nach einer nächtlichen Orgie aus dem dritten Stock eines Londoner Hauses und starb. Rohan, der zahlen sollte, rettete die Revolution vor den Gläubigern. Die Juweliere erholten sich nie von dem Verlust. Böhmer wurde in ein Irrenhaus gebracht. Bassenge, gebürtiger Prenzlauer, floh vor der Revolution nach Dresden, ging später nach Paris zurück, wo er 1812 starb. Noch 1858 liefen Prozesse zwischen den Erben des Böhmer-&-Bassenge-Nachfolgers Deville gegen die böhmischen Grafen Rohan. Eine Nachbildung des Prachtgehänges nach den Zeichnungen der Juweliere befindet sich heute im Besitz des Service d'Accesoires de la Société Française de Production, Paris. Hans Axel von Fersen, Revolutionskriegsteilnehmer, Cincinnati-Mitglied, löste als Favorit Marie Antoinettes viele heikle Aufgaben, u.a. organisierte er ihre (letztlich gescheiterte) Flucht vor den Häschern der Revolution. Nach den Diamanten des verschwundenen Colliers hat er nicht gefahndet.

USA in der Mark: Neu Boston, Philadelphia

Im Zuge der »inneren Kolonisation« entstanden zu Zeiten Friedrichs II. zahlreiche Kolonistensiedlungen, die Auswanderungswilligen neue heimische Perspektiven eröffnen sollten. In »Philadelphia« und »Neu Boston« im Amt Storkow, wo 1748 Bleicher, Färber und Weber die Arbeit aufnahmen, konnten sich die verhinderten Emigranten sogar ein bisschen wie Amerikaner fühlen. Aber Ortsnamen und Versprechungen blendeten nur. Die angeworbenen Kolonisten, Bauern und Handwerker fanden sich schon bald von den Unternehmern (Entrepreneurs), die eine Kolonie gründeten – Häuser bauten und mit angeworbenen Kolonisten besetzten –, nach Strich und Faden ausgebeutet. Das Schulzen- bzw. Ausbeutungs-Recht konnte veräußert, verpachtet oder – wenn erblich – vererbt werden.

Waffentechnik

Feuerwaffen des 18. Jahrhunderts waren Vorderlader: Pulver und Kugel kamen von vorne in Pistolen-, Gewehr- und Kanonen-Lauf. Beim Laden eines Gewehrs wurde das Pulver aus der Pulverbüchse in den Lauf geschüttet und mit dem Ladestock leicht angedrückt. Die Mündung wurde mit einem kreisförmigen, gefetteten oder angefeuchteten Stück Baumwollstoff – dem Schusspflaster – abgedeckt. Die draufgelegte Kugel wurde mit dem Finger in den Lauf gedrückt, sodass sich das Pflaster um sie legte. Nun wurde die ummantelte Kugel mit dem Ladestock vor das Pulver geschoben. Das Schusspflaster hinderte Pulver und Kugel am Herausfallen, es schmierte den Lauf und wirkte reinigend der Verschmauchung und Verstopfung entgegen. Vor allem aber wurde der Drall des gezogenen Laufs auf die Kugel übertragen: Seit dem 15. Jahrhundert waren die Läufe gezogen, da man erkannt hatte, dass die Eigendrehung des Geschosses die Treffsicherheit entscheidend verbesserte. Zum Zünden des Gewehrs oder der Pistole mittels des Steinschlosses musste bis 1781 etwas ungekörntes, mehliges und daher leichter entzündliches Schwarzpulver (das sogenannte Zündkraut) auf eine seitlich auf Höhe der Pulverladung befindliche Metallpfanne geschüttet werden. Beim Betätigen des Abzugs wurde die Klappe oder »Batterie« über der Zündpfanne vom herabschwingenden Hahn hochgeschoben, während gleichzeitig ein Stück Flint (Feuerstein, Quarz, SiO_2) oder Pyrit (Schwefelkies, FeS_2) über ihre leicht gerippte Oberfläche rieb und Funken schlug, die das Zündkraut entflammten. Durch eine Bohrung, das Zündloch, kroch die Flamme zur Auswurfladung durch. – Das trichterförmige Zündloch (ab 1781) ließ einen Teil der Pulverladung aus dem Lauf auf die Pfanne rinnen, sodass kein Zündkraut mehr aufgeschüttet werden musste. Allerdings hatte das Pulver ab sofort fein gekörnt zu sein. Hierdurch wurde sechsmaliges Schießen in der Minute möglich, bei siebenmaligem Laden. Zudem war das Feuern bei Nacht erleichtert. Die Zielgenauigkeit eines einzelnen preußischen Infanteriegewehres (Kaliber 18 Millimeter, Länge 1,45 Meter, mit Bajonett 1,96 Meter, Gewicht ca. 4,5 Kilogramm) war gering. Erst bei Bataillonsstärke (808 Mann) und einer Feuerentfernung zum Gegner von 150 Schritt (ca. 120 Meter) wurde eine etwa fünfzigprozentige Trefferquote erzielt. Die Musketen der Preußen waren im europäischen Vergleich minderwertig. Der dünne Schaft brach leicht. Der Schwerpunkt lag zu weit vorn und verleitete zu tiefem Anhalten. Eine revolutionäre Neuerung wäre dem Heer daher sehr zugute gekommen. Bei Gewehren mit drehbarem Doppellauf konnte nach einem Schuss der Lauf gedreht und sofort erneut geschossen werden. Die Wendemechanik leierte allerdings rasch aus und erforderte zu hohe Pflege- und Instandsetzungskosten. Zwei- oder dreioder gar vierläufige Wender waren technisch bereits entwickelt. Ein Beispiel eines »zweiläufigen Batteriewenders« liegt in einer der Vitrinen in der Waffenhalle des Märkischen Museums in Berlin. Richtig ausgefeilt wurde die Repetiertechnik erst im

19. Jahrhundert, nach der Entwicklung des Hinterladers und der Patrone.

Wechselhandlung Fetschow

Heinrich Friedrich Gottlieb Fetschow (1755–1812) eröffnete 1785 eine Waren- und Wechselhandlung in der Klosterstraße 87, dort wo heute der Berliner Fernsehturm steht. Wechselhandlungen waren frühe Privat-Banken. Da es noch kein Papiergeld gab, sondern allenfalls Zettel bzw. Noten oder Tresorscheine, die eine Staats- oder Privatbank (Zettel- oder Notenbank) zur Herausgabe einer zuvor deponierten Menge Münzgeld verpflichteten, hatte der Wechsel im 18. Jahrhundert die wichtigste Funktion im überregionalen Zahlungsverkehr bei Händlern und bei Privatpersonen. Der Wechsel konnte, wenn vom bezogenen »Institut« akzeptiert, zur direkten Geldquelle für den Adressaten werden. Die auszahlende Bank hatte dann eine Forderung gegenüber dem Aussteller bzw. dessen Bank. Der Wechsel konnte aber auch als Zahlungsmittel verwendet (»indossiert«) und beliebig oft übertragen werden. Ein Adressat vermerkte die Weitergabe auf der Rückseite. Der Wechselhändler oder Kreditgeber lebte von einer Wechselgebühr, die beim Akzeptieren und Einlösen fällig wurde. Es gibt noch immer Wechsel, aber sie verlieren an Bedeutung. Seit 1765 gab es in Berlin eine Königliche Credit- und Wechselbank, die vor allem Großkunden betreute, ebenso das Bank- und Handelshaus Splitgerber & Daum – Preußens Hauptwaffenlieferant –, das 1764 (nach dem Tod von David Splitgerber) in den Besitz der Gebrüder Schickler überging.

Zimmermann, der Löwenzahndoktor

Der König bat am 6. Juni 1786 brieflich den Prinzen Friedrich August, Herzog von York, den zweiten Sohn Georgs III., ihm den Königlichen Leibarzt Johann Georg Zimmermann »auf 14 Tage« zu schicken, damit er ihn über seinen Gesundheitszustand »konsultieren« könne. Diätspezialist Zimmermann kam am 24. Juni zum ersten Mal zum König und hatte bis zum 10. Juli 1833 einzelne Unterredungen mit ihm. Der König litt an Atemnot und hatte stark geschwollene Beine. Zimmermann verordnete Löwenzahn- und Fenchelwasser-Kuren. Zur Erleichterung des Luftholens atmete der König brav »Qualm« ein: die Dämpfe eines Aufgusses von Holunderblüten in heißem Essig … Friedrich II. änderte aber nichts an seinen sonstigen Essgewohnheiten. »Fürchterlich war der Blick seiner Augen. In den tiefen Höhlen der Wangen und zumal in seinen sonst so feinen und mir so angenehmen Lippen saß die tiefste, schwärzeste, erschrecklichste Traurigkeit. Die ersten Worte, die der König mit einer mir ganz fremden Stimme aussprach, erschütterten mir Herz und Seele, er sagte: Ich bin nichts mehr als ein altes Gerippe; ich tauge zu nichts mehr als hingeworfen zu werden auf den Anger.« Was war geschehen? »Bei der Mittagsmahlzeit hatte der König die Diätregeln sehr übel befolgt […]. Er hatte, wie immer, sehr viel Suppe zu sich genommen, und diese bestand, wie gewöhnlich, in der allerstärksten und aus den heißesten [i.e. schärfsten; Anm. TW] Dingen ausgepressten Bouillon; aber zu der Portion Suppe, die der König allein aß, nahm er dann noch immer einen großen Eßlöffel voll gestoßner Muskatblüten und gestoßnen Ingwers. Er aß sodann ein gutes Stück nach russischer Art zubereitetem, das ist mit einem halben Quart Branntwein abgekochtem Rindfleisch. Hierauf folgte eine große Menge von einem italienischen Gerichte, das zur Hälfte aus türkischem Weizen und zur Hälfte aus Parmesankäse besteht; dazu tut man den Saft von ausgepreßtem Knoblauch, und dieses alles wird in Butter so lange gebacken, bis eine harte und fingerdicke Rinde umher entsteht; über alles gießt man endlich eine ganz aus den heißesten [i.e. schärfsten; Anm. TW] Gewürzen bestehende Brühe, und diese von dem Lord Marischal in Sanssouci zuerst angegebene, aber von dem König emendierte [i.e. verbesserte; Anm.

TW] und korrigierte Lieblingsschüssel [i.e. Lieblingsgericht; Anm. TW] heißt Polenta. Endlich beschloß der König, indem er den herrlichen Appetit lobte, den ihm der Löwenzahn machte, die Szene mit einem ganzen Teller Aalpastete, die so heiß [i.e. scharf; Anm. TW] und so stark gewürzt war, daß sie in der Hölle gebacken schien, wie der Tischgenosse des Königs mir und meiner Frau versicherte …« (Bartholdy, Der König, a.a.O., S. 525f.) Als Zimmermann in Begleitung seiner Gattin am 11. Juli wieder Richtung Hannover abreiste, musste er sich eingestehen, dass dieser König Vielfraß ein hoffnungsloser Fall wäre. Friedrich II. entließ ihn sehr gnädig und entschuldigte sich, ihn so lange von der Arbeit abgehalten zu haben. Zimmermann erhielt als Lohn für zwei Wochen Kurgespräch und Löwenzahntrunk 2000 Taler – ein Heidengeld: So viel verdiente der wahrlich nicht unterbesoldete Goethe als weimarischer Staatsminister in einem ganzen Jahr! Und als Schriftsteller noch mal die gleiche Summe.

Foto: Tanja Nittka

TOM WOLF

Geboren 1964 in Bad Homburg, studierte Neuere Deutsche Literatur, Ältere Deutsche Sprache und Literatur sowie Philosophie und promovierte in Tübingen. Seit 1984 veröffentlichte er zahlreiche belletristische Beiträge in Anthologien, Zeitschriften und Zeitungen und verfasste wissenschaftliche Bücher (u. a.: »Einmal lebt' ich wie Götter!!!« Nachforschungen zu Arno Schmidts »Gelehrtenrepublik«, 1987; Die Dimension der Natur im Frühwerk Alfred Döblins, 1993; Pustkuchen und Goethe. Die Streitschrift als produktives Verwirrspiel, 1999; Brüder, Geister und Fossilien. Eduard Mörikes Erfahrungen der Umwelt, 2001.) Tom Wolf wurde im Jahr 2005 mit dem Berliner Literaturpreis »Krimifuchs« ausgezeichnet. Von Februar bis Juni 2006 war er »Stadtschreiber zu Rheinsberg«.

Im berlin.krimi.verlag erschienen sind bislang die Honoré Langustier-Bände »Königsblau – Mord nach jeder Fasson«, 2001; »Purpurrot – Tödliche Passion«, 2002; »Rabenschwarz – Zepter und Mordio«, 2002; »Schwefelgelb – Mörderische Kälte«, 2003; »Smaragdgrün – Teuflische Pläne«, 2004; »Silbergrau – Blutige Spiele«, 2004; »Goldblond – Verheerende Torheit«, 2005; »Muskatbraun – Zerstreute Gesellschaft, 2006«; »Kreideweiß – Tödliche Schreie«, 2008.

Besuchen Sie den Autor im Internet: www.doktor-wolf.de

Die letzten Geheimnisse des Küchenmeisters

Im Herbst 2010 erscheint:

Langustiers Memoiren
ISBN 978-3-89809-516-7
ca. 272 S., Pb., ca. 9,95 € [D]

Alle Preußenkrimis von Tom Wolf:

Königsblau – Mord nach jeder Fasson
ISBN 978-3-89809-009-4

Purpurrot – Tödliche Passion
ISBN 978-3-89809-013-1

Rabenschwarz – Zepter und Mordio
ISBN 978-3-89809-018-6

Schwefelgelb – Mörderische Kälte
ISBN 978-3-89809-019-3

Smaragdgrün – Teuflische Pläne
ISBN 978-3-89809-026-1

Silbergrau – Blutige Spiele
ISBN 978-3-89809-028-5

Goldblond – Verheerende Torheit
ISBN 978-3-89809-501-3

Muskatbraun – Zerstreute Gesellschaft
ISBN 978-3-89809-504-4

Kreideweiß – Letzte Schreie
ISBN 978-3-89809-512-9

Kristallklar – Mord à la carte
ISBN 978-3-89809-514-3

Alle Krimis ca. 272 Seiten, je 9,95 € [D]

berlin.krimi.verlag im www.bebraverlag.de